Diogenes Taschenbuch 24467

AF198549

MAGDALEN NABB, geboren 1947 in Church, einem Dorf in Lancashire, England, starb 2007 in Florenz. Sie studierte an der Kunsthochschule in Manchester und begann dort zu schreiben. Seit 1975 lebte und arbeitete sie als Journalistin und Schriftstellerin in Florenz.

Magdalen Nabb

Tod einer Verrückten

Ein Fall für Guarnaccia

ROMAN

Aus dem Englischen von
Irene Rumler

Diogenes

Titel der 1988 bei
HarperCollins Publishers Ltd., London,
erschienenen Originalausgabe:
›The Marshal and the Madwoman‹
Copyright © 1988 by Magdalen Nabb
Covermotiv:
Copyright © Diogenes Verlag

I

Unwillkürlich blieben sie am Randstein stehen. Kein Auto war in Sicht, und man hörte nicht einmal fernes Motorengeräusch, aber sie hatten dieses Verhalten so verinnerlicht, daß sie zögerten, bevor sie auf die leere, schmale Straße hinaustraten, verwirrt, weil sie gegen nichts anzukämpfen hatten. Wenn ihnen danach zumute gewesen wäre, hätten sie sogar mitten auf der Straße gehen können, doch die überwältigende Florentiner Augusthitze bewog sie, sich dicht an der Häuserfront in dem schmalen Streifen Schatten zu halten, den die Dachsimse warfen.

»Alles in allem«, sagte Maresciallo Guarnaccia, sobald sie die Straße überquert hatten, »spricht vieles dafür. Ich bin froh, daß wir uns so entschieden haben.«

Der Maresciallo und seine Frau hatten im Juli Urlaub gemacht. Sie waren mit ihren zwei kleinen Jungen nach Sizilien in ihre Heimatstadt in der Provinz Syracus gefahren und hatten die Kinder anschließend bei der Schwester des Maresciallo gelassen, wo sie den ganzen August bleiben sollten, während er wieder auf sein Revier im Palazzo Pitti zurückmußte. Jetzt war früher Nachmittag, Siesta-Zeit, so daß sie mehr noch als sonst das Gefühl hatten, die einzigen zwei Menschen zu sein, die sich noch in der Stadt aufhielten.

»Wenn wir diese Abkürzung nehmen, ist es kühler.«

Sie bogen in eine düstere Gasse, die so schmal war, daß nie ein Sonnenstrahl hineinfiel. Ihre Schritte hallten.

»Wenn wenigstens ein paar mehr Geschäfte offen hätten...«, murmelte die Frau des Maresciallo.

»Bis jetzt sind wir doch ganz gut zurechtgekommen.«

»Du willst sagen, *ich* bin zurechtgekommen. Gestern mußte ich quer durch die ganze Stadt laufen, um einen Metzger zu finden, und bestimmt wird es nach dem Fünfzehnten noch schlimmer, wenn die wenigen Leute, die ihre Läden bis jetzt geöffnet haben, auch noch zumachen.«

»Dann gehen wir eben öfter essen, so wie heute. Mir hat es gefallen.«

»Heute ist dein freier Tag. Aber wenn du Dienst hast, können wir nicht durch die Gegend rennen, um ein Restaurant zu suchen, das geöffnet hat.«

»Stimmt.«

»Ganz abgesehen davon, daß das zu kostspielig wird. Denk an meine Worte, die einzigen Lokale, die offenbleiben, haben es nur auf Touristen abgesehen. Schlechtes Essen zu horrenden Preisen. Nein, nein. Wir kommen schon zurecht. Angeblich soll in der Zeitung stehen, welche Geschäfte in den einzelnen Stadtvierteln geöffnet haben. Außerdem habe ich noch ein paar Konserven. Schließlich müssen wir ja nicht jeden Tag Fleisch essen. Im Krieg sind die Leute auch zurechtgekommen.«

»Übertreibst du nicht ein bißchen?«

»Es macht wahrhaftig keinen Spaß, bei fünfunddreißig Grad im Schatten in der Gegend herumzulaufen und nach einem offenen Geschäft zu suchen – und das Zeug dann noch kilometerweit nach Hause zu schleppen.«

»Wenn du Auto fahren könntest…«

»Das haben wir alles schon durchgekaut. Der Verkehr in dieser Stadt ist ein einziger Alptraum aus Einbahnstraßen, und erst die Ringstraßen! Da würde mich in meinem Alter vor Angst der Schlag treffen.«

»Aber jetzt nicht.«

»Was meinst du mit ›jetzt nicht‹?«

»Den Verkehr. Es gibt keinen.«

»Da hast du recht…«

Blinzelnd traten sie auf die Hauptstraße hinaus, wo sie ein Schwall Hitze einhüllte und ihrer Unterhaltung ein Ende bereitete. Sie hatten die höchste Stelle des abschüssigen Hofs vor dem Palazzo Pitti erreicht und bogen nach links durch das große Eisentor, als sie noch einmal sagte: »Da hast du recht. Daran hatte ich nicht gedacht…«

Ihr kleiner Fiat stand neben dem Streifenwagen und dem Mannschaftswagen.

»Trotzdem, in meinem Alter… Und wer sollte es mir beibringen? Diese Fahrschulen kosten ein Vermögen.«

»Salva!«

»Mm.«

»Sag doch was – oder tu was!«

Der Maresciallo blinzelte hinter seiner Sonnenbrille und schaute nach allen Seiten.

»Laß dir nur Zeit«, meinte er nach einer Weile.

»Und sag nicht immer ›laß dir Zeit‹! Kannst du dir vorstellen, wie es an einem normalen Tag wäre, wenn hinter mir eine kilometerlange Autoschlange hupen und der Verkehrspolizist herkommen und mich weiterpfeifen würde?

Da wäre längst die ganze Stadt verstopft, und alle würden mir die Schuld geben. Wenn es bloß nicht so heiß wäre! Ich verschmelze buchstäblich mit dem Sitz. Ich hab dir gleich gesagt, wir hätten warten sollen, bis es kühler wird.«

»Es wird dunkel, bevor es kühler wird«, entgegnete der Maresciallo sachlich.

»Ich fahre nicht im Dunkeln, und damit basta.«

»Schon gut.«

»Also, der Gang ist drin. Ist er drin? Er ist drin. Kupplung – nein, Handbremse. Ich hätte in den Spiegel schauen sollen, aber... er fährt... nein. Salva, um Himmels willen!«

»Hab doch ein bißchen Geduld.«

»Geduld! Mit dir würde jeder die Geduld verlieren, wenn du so mit den Händen auf den Knien dasitzt wie ein Holzklotz. Als ob du fernsehen würdest. Wie kannst du mir das Fahren beibringen, wenn du nicht redest? Ich hänge seit einer halben Stunde an dieser Kreuzung fest – er fährt!«

»Ich glaube, du solltest lieber anhalten.«

»Und mir das Ganze noch mal antun? Ich werde nicht noch einmal anhalten, bevor wir zu Hause sind, wenn ich es vermeiden kann.«

»Na ja... die Via Romana ist eine Einbahnstraße. Halt an und fahr rückwärts raus. Du hättest rechts abbiegen müssen.«

»Was? Warum hast du das nicht gleich gesagt? Die Bremse ... Wenn ich irgendwo drangefahren wäre – du willst uns wohl beide umbringen?«

»Setz einfach ein Stück zurück.«

»Das würde ich ja, wenn ich wüßte, wo... Da kommt ein Auto auf uns zu! Salva!«

»Der wartet schon.«

»Gleich sind wir tot. Das ist nicht der Rückwärtsgang. Wenn uns irgendwas zustößt, was wird dann aus den Kindern? Jetzt fährt er zurück, und ich kann es ihm nicht verdenken. Wenn du mir helfen würdest, statt einfach nur dazusitzen – ah, jetzt hab ich ihn. Und jetzt, wie muß ich rückwärts lenken? Hätte ich mich doch bloß nicht darauf eingelassen! Du bist unmöglich! Wenn uns jemand sieht, sterbe ich vor Scham. Jetzt kann ich da abbiegen – oder doch nicht? Der Blinker, ich habe vergessen... Jetzt ist es zu spät. Du hättest doch was sagen können. Er verfolgt mich. Warum? Glaubst du, er hat sich über mich geärgert?«

»Vermutlich will er eben diese Strecke fahren.«

»Also ich fahre nicht schneller. Oder soll ich?«

»Ganz wie du willst.«

»Sag bloß nicht, ich soll mir Zeit lassen. Es stimmt, was die Leute immer sagen, daß es nicht gut geht, wenn Männer ihren Frauen das Autofahren beibringen wollen. Die haben nicht soviel Geduld wie ein Fremder. Denen reißt ständig der Geduldsfaden. Er ist noch immer hinter mir.«

»Mach dir keine Sorgen.«

»Ich soll mir keine Sorgen machen? Das Ganze war einzig und allein deine Idee, vergiß das nicht. Autofahren lernen ist was für junge Leute. Eine Frau in meinem Alter, die an ihre Kinder denken muß, kann nicht... Salva, schau, die vielen Leute auf der Straße! Was soll ich tun? Ich muß anhalten – ich halte an. Einparken kann ich nicht, das weißt du, das mußt du machen, wenn wir da nicht durchkommen. Ist das nicht einer von deinen Streifenwagen? Wo gehst du hin? Laß mich nicht allein!«

9

»Warte auf mich.«

Mühsam hievte der Maresciallo seinen massigen Körper aus dem winzigen Fiat. Sie standen an einer Kreuzung, und das hintere Ende eines Autos, das rechts aus der schmalen Straße herausragte, gehörte tatsächlich zu einem Streifenwagen von seiner Carabinieri-Wache. Der Maresciallo bahnte sich den Weg durch die lärmende Menge und klopfte an das Fenster auf der Fahrerseite. Drinnen saß sein junger Brigadiere Lorenzini und sprach ins Funkgerät. Als er aufschaute und die großen Augen des Maresciallo hinter der Sonnenbrille auf sich gerichtet sah, kurbelte er die Scheibe herunter.

»Wie sind Sie so schnell gekommen? Ich habe gerade erst angerufen.«

»Was ist denn los?«

»Nichts Ernstes, nur ein Streit zwischen zwei Nachbarinnen.«

»Aber die ganze Straße ist hier versammelt!«

»Ich weiß. Bruno versucht, die Wogen zu glätten.«

»Ich hätte nicht gedacht, daß noch so viele Leute in Florenz sind.«

»Nur gut, daß kein Verkehr ist. Ich glaube nicht, daß Bruno da sehr viel erreicht. Er ist zu jung, um genügend Autorität auszustrahlen, und außerdem mögen es die Leute in dieser Gegend nicht, wenn sich die Polizei einmischt.«

»Warum haben sie uns dann gerufen?«

»Haben sie nicht. Wir sind auf unserer Runde zufällig vorbeigekommen und haben festgestellt, daß die Straße blockiert ist.«

Der Maresciallo richtete sich auf. »Überlaßt sie sich selber, die beruhigen sich schon wieder.«

Lorenzini streckte den Kopf zum Fenster heraus. Der Geräuschpegel nahm zu, und der junge Bruno war in dem Gedränge nirgends zu sehen.

»Das geht nicht so ohne weiteres. Es macht einen schlechten Eindruck, wenn wir nicht dafür sorgen, daß die Straße geräumt wird – außerdem ist die eine Frau splitternackt, was erheblich zu dem Ärgernis beiträgt…«

»Wieso das denn?«

»Sie ist nicht ganz richtig im Kopf.« Lorenzini klopfte sich an die Schläfe.

»Wo ist sie denn?«

»Da oben.«

»Du meine Güte…« Der Maresciallo bahnte sich den Weg zu dem Haus, vor dem sich ein Gerüst erhob, das im unteren Teil mit einem grünen Sicherheitsnetz verkleidet war.

»Lassen Sie mich durch.«

Die Leute achteten nicht auf ihn, traten weder beiseite, um ihn durchzulassen, noch hinderten sie ihn daran, sich an ihnen vorbeizuzwängen. Er trug keine Uniform, und kein Mensch wußte oder interessierte sich dafür, wer er war, da er nicht zu ihnen gehörte. Bruno konnte er nirgends entdecken, stellte aber fest, daß die Frauen am lautesten schrien. Ein paar Männer in Hemdsärmeln standen vor der Tür des eingerüsteten Hauses; einer von ihnen bearbeitete sie mit den Fäusten.

»Verpißt euch!« kreischte von oben eine hysterische Stimme. »Laßt mich in Ruhe!«

»Du solltest dich schämen, so ordinär herumzuschreien!«
brüllte eine stämmige kleine Frau, die dem Maresciallo ihren Ellbogen in den Magen rammte, »und zieh dir um Himmels willen was über!«

Der Maresciallo starrte wie alle anderen nach oben. Das Fenster der Wohnung im zweiten Stock war zwar nicht groß, reichte aber bis zum Boden und hatte nur ein niedriges Geländer. Die Frau, die dort oben stand, offenbar die, von der Lorenzini behauptet hatte, sie sei nicht ganz richtig im Kopf, schwenkte trotzig eine rosige Faust, die sie zwischendurch auf die unten versammelte Menge richtete, die meiste Zeit jedoch auf das Fenster gegenüber, das in dieser schmalen Straße keine drei Meter weit entfernt war. Sie war nicht ganz nackt, sondern hatte eine Art Kittelschürze an, die aber nicht zugeknöpft war und so weit aufsprang, daß sie ihren fetten rosigen Leib enthüllte; in ihrer Unbefangenheit wirkte sie wie ein zweijähriges Kind, das einen Wutausbruch hat.

»Gib endlich Ruhe, Clementina! Mach deine Fensterläden zu, damit hier wieder Frieden einkehrt.«

Irgendwann griff die verrückte Frau nach den Fensterläden, von denen die braune Farbe abblätterte, und knallte sie zu, stieß sie aber gleich wieder auf und ließ den nächsten unflätigen Wortschwall los.

Es ließ sich unmöglich feststellen, worum es bei dem Streit ging; die Frau von gegenüber, deren Stimme noch heiserer klang als die der Verrückten, war nur teilweise zu sehen, da ihr Fenster kleiner war. Vielleicht hielt sie sich bewußt im Hintergrund, weil sich der Unmut der Leute auf der Straße zunehmend gegen sie richtete.

»Du machst alles nur noch schlimmer, laß sie doch in Ruhe!«

Ein dunkler Kopf schob sich über den Fenstersims, und der Maresciallo sah eine aufblitzende Brille und ein zorngerötetes Gesicht.

»Man sollte sie einsperren! Ich hab mir schon mehr gefallen lassen, als ich verkraften kann! Und wer da unten an meiner Tür klingelt, kann ruhig damit aufhören, weil ich sowieso nicht aufmache!«

Der Maresciallo wandte sich um und versuchte sich zur Tür gegenüber durchzuarbeiten, um festzustellen, ob da vielleicht der junge Bruno läutete, aber ein Mann, der noch größer war als er, versperrte ihm mit seinem breiten Rücken den Weg. Er hörte eine wütende Stimme fragen: »Wer zum Teufel hat die Carabinieri gerufen?«

»Weiß der Himmel…«

Gemeinsam unternahmen die Leute noch einen Versuch, die Verrückte dazu zu bringen, ihre Blöße zu bedecken, aber das löste nur einen weiteren Schwall obszöner Beschimpfungen aus, die in ihrer Trotzigkeit ebenso unschuldig wirkten wie die geradezu kindliche Nacktheit der Frau.

Obwohl das Gedränge und das Geschrei schlimmer wurden und die Hitze alle Beteiligten offenbar nur noch mehr aufbrachte, war dem Maresciallo klar, daß keine echte Gefahr bestand und daß es sich hier um eine Art Ritual handelte, das aufhören würde, sobald allen langweilig wurde. Sein Pech war es, daß der Mann vor ihm in diesem Augenblick zu der Frau mit Brille hinaufschrie, sie solle kein solches Miststück sein und die arme bekloppte Alte gefälligst in Ruhe lassen.

Darauf sagte ein anderer: »Untersteh dich, meine Frau als Miststück zu bezeichnen!« Und als sich der Maresciallo umdrehte, um festzustellen, wer gesprochen hatte, traf ihn eine Faust ins Auge.

»Kaltes Wasser ist das einzige, was da hilft. Halten Sie sich das drauf. Aber ein hübsches Veilchen werden Sie schon kriegen. Ich mache Ihnen schnell einen Kaffee.«

Der rettende Engel des Maresciallo war der Schrank von Mann, der ihm die Sicht versperrt hatte und sich als Besitzer der Bar an der Ecke entpuppte, die gegenüber dem Haus lag, in dem es den Ärger gegeben hatte. Er führte den noch völlig benommenen Maresciallo nach drinnen und dirigierte ihn an einen braunen Resopaltisch, damit er sich erholen konnte. Wortlos drückte der Maresciallo die kalte Kompresse auf sein eines großes, vorstehendes Auge, das ringsum deutlich anschwoll. Zum Glück war ihm die Sonnenbrille aus dem Gesicht geschlagen worden und nicht auf der Nase zerbrochen, sonst hätte es viel schlimmer ausgesehen.

Die anderen Leute waren alle draußen vor der Bar, wo am Straßenrand noch ein paar Tische aufgestellt wurden. Sie feierten das Ende des Streits oder trösteten sich über das Ende der Unterhaltung für diesen Tag hinweg, doch ihre Gespräche wurden vom Lärm des Fernsehers übertönt, der in der Bar lief, obwohl niemand hinschaute. Die wenigen Männer, die außer dem Maresciallo noch vor der Hitze geflohen waren, spielten am Flipper. Die Luft war von ihrem Zigarettendunst erfüllt.

»Da ist Ihr Kaffee. Wie fühlen Sie sich jetzt?«

»Es geht schon.«

»Wie sind Sie überhaupt da reingeraten? Sie wohnen doch nicht hier in der Gegend.«

Der Maresciallo sagte ihm, wer er war.

»Tut mir leid. Da Sie keine Uniform tragen… Ich kann mir nicht vorstellen, wer Sie gerufen hat.«

»Niemand. Meine Leute sind zufällig vorbeigekommen.«

»Sie hätten besser daran getan weiterzufahren.«

»Die Straße war blockiert.«

»Stimmt. Na ja, sowas passiert eben. Niemand ist zu Schaden gekommen – tut mir leid, das hätte ich nicht sagen sollen. Wirklich Pech, daß es Sie so erwischt hat. War reiner Zufall.«

»Natürlich.« Es hatte nicht viel Sinn, die Sache weiterzuverfolgen, da er nicht gesehen hatte, woher die Faust gekommen war, und sie außerdem jemand anderem gegolten hatte.

Ein schepperndes Frauenlachen unterbrach das Gespräch der Männer vor der Tür. Alle anderen Frauen hatten sich in die Häuser zurückgezogen, doch die Verrückte, die sich inzwischen angezogen hatte, allerdings noch immer ihre Hausschlappen trug, war heruntergekommen und wurde von den Männern draußen vor der Bar aufgezogen.

»Gib uns einen Kuß, na, komm schon!«

»Behaltet ja eure Hände bei euch.« Aus irgendeinem Grund hatte sie einen Handfeger dabei, den sie drohend hochhielt.

»Komm schon, gib uns einen Kuß.«

Der Barbesitzer hatte neben dem Maresciallo Platz genommen.

»Sie ist nicht ganz richtig im Kopf«, erklärte er. »Arme Haut. Die anderen übertreiben es mit ihren Hänseleien

und Schikanen, aber das Problem ist, daß sie sie immer an-
stachelt. Sie genießt es, im Mittelpunkt zu stehen.«

»Worum ging es denn bei dem Streit?«

»Um die Tauben, wie üblich.«

»Tauben?«

»Sie füttert sie. Genau dort an der Ecke unter Maria Pias
Fenster, und dann lassen sie ihren Dreck überall auf den
kleinen Balkon und die Pflanzen und ihre Wäsche fallen.
Nicht nur ein paar, sondern Hunderte.«

»Und das ist alles?«

»Mehr oder minder, nur führt eins zum anderen. Maria
Pia war an der Reihe mit dem Essen für Clementina. Sie
hatte ihr eine Schüssel Minestrone gegeben. Als sie dann
angefangen haben, sich wegen der Tauben zu zanken, hat
Clementina die Schüssel aus dem Fenster geworfen – o
Gott, jetzt steht wieder jemand dem 15er Bus im Weg.«

Auf der Straße ertönte wiederholt eine Hupe.

»In dieser Stadt einen Bus zu fahren verkürzt das Leben
garantiert um Jahre«, meinte der Barbesitzer, »bei diesen
engen Straßen und den Leuten, die einfach in der Mitte
parken. Dabei möchte man meinen, daß heute wahrhaftig
wenig Verkehr ist – wohin gehen Sie?«

Der Maresciallo war aufgesprungen, erstaunlich behende
für einen so korpulenten Menschen, und hatte die kalte
Kompresse auf den Boden fallen lassen.

»Meine Frau...«

Sie war in Tränen aufgelöst. Er fuhr selbst nach Hause,
so daß sie sich ganz darauf konzentrieren konnte, ihm zu
sagen, was sie von ihm hielt. Nach der halben Strecke war
sie fertig und verstummte bis auf ein gelegentliches Schnie-

fen, gefolgt vom Griff zum Taschentuch. Als sie die verwaiste Via Romana entlangfuhren, in der die Rolläden sämtlicher Geschäfte heruntergezogen waren, riskierte er eine Bemerkung: »Ist dir aufgefallen, daß da drüben alle Geschäfte offen hatten?«

Das heiße Wetter hielt unverändert an, obwohl der Wetterbericht Gewitter angekündigt hatte. Gewitter gab es sehr wohl, aber nur im Norden, und drei Tage hintereinander sahen der Maresciallo und seine Frau beim Abendessen in den Nachrichten überschwemmte Felder und Städte, die durch die Regengüsse lahmgelegt worden waren und in denen das Wasser kniehoch um im Stich gelassene Autos strudelte. Über dem Himmel von Florenz ließ sich kein Wölkchen blicken. Die Luft wurde zunehmend schwer und dampfig, als schwitzte sogar die Sonne vor Anstrengung, und die Hitze, die auf den steinernen Fassaden der riesigen Paläste flimmerte, ließ zusammen mit der gleißenden Helligkeit die Welt jedem verzerrt erscheinen, der so unklug war, ohne Sonnenbrille aus dem Haus zu gehen. Der Maresciallo, dessen Augen überempfindlich auf die grelle Sonne reagierten – sie begannen sofort heftig zu tränen –, ging nie ohne dunkle Brille aus dem Haus. Er ging überhaupt selten nach draußen, sondern blieb lieber in seinem Büro auf dem Carabinieri-Posten im Palazzo Pitti, erledigte langweiligen Papierkram, trank viel Mineralwasser, worauf er nur noch mehr schwitzte, und wechselte zwei- bis dreimal am Tag seine Khakiuniform.

Am vierzehnten August, dem Vorabend des Feiertags Mariä Himmelfahrt, kletterte das Thermometer sogar noch höher. In den Nachrichten wurden keine überschwemmten Landstriche in Norditalien mehr gezeigt, sondern menschenüberflutete Strände und Luftaufnahmen von mit Köpfen übersäten Badeorten. Die Fähren streikten, wie üblich in der Hochsaison, und man sah Interviews mit verzweifelten Familien, die schwitzend in ihren Autos saßen, auf dem Rücksitz nörgelnde und jammernde Kinder, und stunden- oder gar tagelang in der brennenden Sonne warteten.

»Welchen Zweck hätte es jetzt umzukehren?« schrie ein Fahrer mit gerötetem Gesicht ins Mikrophon. »Wir haben auf Sardinien ein Hotel für zwei Wochen gebucht. Seit fünfzehn Stunden hocken wir nun schon hier, und falls Sie wissen wollen, was ich von den Streikbrüdern halte, für mich sind das…« Das Interview wurde abgebrochen, bevor das Wort in den Äther dringen konnte, und man sah einen verlassenen Platz mitten in Rom. Ein einsames Auto überquerte ihn und blieb für die Kamera stehen.

»Wie schaffen Sie es, im August in Rom zu überleben?«

»Mit gewissen Schwierigkeiten, aber ich komme ganz gut zurecht. Meine Frau und die Kinder sind in den Bergen, also brauche ich mich nur um mich selbst zu kümmern. Aber wenn ich eine Zeitlang herumfahre, finde ich meistens ein offenes Restaurant.«

»Morgen ist der Fünfzehnte. Ob Sie da eines finden, das geöffnet hat?«

»Wohl kaum, aber ich habe zu Hause jede Menge Dosen aus dem Supermarkt.«

»Das hört sich an, als würde es Ihnen Spaß machen.«

»Na, sehen Sie sich doch um! An manchen Tagen fahre ich nur so zum Spaß quer durch die ganze Stadt und parke an fünf oder sechs verschiedenen Stellen. Nachdem man in dieser Stadt das ganze Jahr hindurch mit dem Verkehr zu kämpfen hat, ist das eine echte Erholung.«

Der Maresciallo fühlte sich an seine ersten Jahre in Florenz erinnert, in denen seine Frau mit den beiden Jungen zu Hause in Sizilien hatte bleiben müssen, weil seine betagte Mutter so schwer krank war, daß man sie weder allein lassen noch transportieren konnte. Vielleicht war es ja ganz lustig, einen Monat ohne Familie zu sein, aber nicht jahrelang.

Sogar der Film, der nach den Nachrichten gezeigt wurde, drehte sich um dieses Thema. Ein berühmter Komiker spielte einen Ehemann, der allein in der verwaisten Stadt zurückbleibt, umgeben von mit Schutzhüllen überzogenen Möbeln und einem Konservenvorrat in der Speisekammer. Wie der für die Nachrichten interviewte Mann genoß er die Zeit so ganz allein und verliebte sich bald in eine hübsche junge Touristin, die unbedingt Italienisch lernen wollte. Sooft die Ehefrau aus den Bergen anrief, setzte der Mann ein betrübtes Gesicht auf, stöhnte und sagte mit einem unterdrückten Seufzer: »Wenn du wüßtest, wie einsam man sich fühlt, wenn man Abend für Abend in einer leeren Wohnung sitzt, würdest du mich nicht einfach so allein lassen ...« Dann wich der traurige Blick einem Grinsen, während er von Zimmer zu Zimmer eilte, sich mit Eau de Toilette besprühte, die Bettdecke glattstrich und darauf wartete, daß es an der Tür läutete.

Der Maresciallo und seine Frau hatten den Film mehr als einmal gesehen, da er praktisch jeden Sommer gezeigt wurde, aber sie schauten ihn sich trotzdem an, weil sie den Komiker mochten. Als der Film zu Ende war und die Werbung begann, ging die Frau des Maresciallo in die Küche, um das restliche Geschirr zu spülen; er blieb im Wohnzimmer zurück, wo es inzwischen dunkel geworden war und außer einer kleinen Tischlampe nur die flimmernden Bilder ein bißchen Licht gaben. Als das Telefon klingelte, lief sie auf den Gang hinaus, glitt in ihren Filzpantoffeln auf dem polierten Marmorboden fast lautlos dahin, schaltete das Licht an und nahm ab. Ihr Mann blieb weiter vor dem Fernseher sitzen, etwas irritiert von dem hellen Lichtbalken unter der Tür, und hoffte, daß es nicht die Burschen waren, die Dienst hatten und ihn zu Hause anriefen, weil etwas passiert war.

Doch als er seine Frau sagen hörte: »Du mußt etwas lauter sprechen... so ist es besser... Wie geht es ihnen?«, sanken seine Schultern kaum merklich an die Sofalehne zurück. Ohne länger zuzuhören, wußte er, daß es seine Schwester war, die, wie üblich, etwa einmal in der Woche anrief, um zu berichten, wie es den Jungen ging, jedesmal spätabends, weil es dann billiger war.

Die Spätnachrichten kamen, und als der Maresciallo zum zweiten Mal die überfüllten Strände sah, überlegte er, daß sich der kriminelle Prozentsatz der Bevölkerung zusammen mit dem Rest am Meer befand und daß im August in der Stadt zu arbeiten in seinem Beruf den Vorteil hatte, daß es nicht viel zu tun gab. Er hätte sich eigentlich keine Sorgen zu machen brauchen, daß der Anruf für ihn sein könnte. Ende Juni war er zum letzten Mal nachts herausgerufen worden, und selbst das hatte sich als blinder Alarm herausgestellt.

Trotzdem hatten das Klingeln des Telefons und das Licht

seine friedliche Schläfrigkeit verscheucht, so daß er sich mühsam erhob und ins Schlafzimmer ging, um den Mückenkiller anzuschalten.

»Salva!«

»Was ist?«

»Wenn du schon da bist, stell doch den Mückenkiller an.«

»Hab ich schon.«

Er kam in die Küche. »Was machst du da?«

»Kamillentee. Ich habe ein bißchen Kopfweh, und mit dem Tee kann ich besser einschlafen. Hast du das Ding angestellt?«

»Mm.«

»Wenn du damit wartest, bis wir ins Bett gehen, erwischt mich jedesmal eine, bevor es sie erwischt.«

»Was hat Nunziata gesagt?«

»Den Jungen geht es gut. Ich kann nur hoffen, daß sie sich anständig benehmen. Es ist viel zu anstrengend für sie.«

»Hat sie das gesagt?«

»Natürlich nicht, aber ich weiß, was für eine Plage sie sein können, und da sie nie selber Kinder gehabt hat, ist sie das nicht gewohnt. Möchtest du noch was?«

»Nein. Ich wette, es macht ihr Spaß. Kommst du ins Bett?«

»In ein paar Minuten. Wenn das Maschinchen seine Wirkung getan hat. Erst trinke ich meinen Tee.«

Als sie ins Schlafzimmer kam, war die Luft vom Geruch des Mückenkillers erfüllt; ihr Mann lag bereits im Bett, gähnte und strich sich mit seiner großen Hand übers Gesicht.

»Ich bin müde, muß ich zugeben.«

»Das macht die Hitze, die zermürbt einen. Ich bin sicher, daß ich nur deshalb Kopfweh habe.«

»Wenigstens war der Anruf nicht für mich. Ich habe schon einen Augenblick befürchtet, es sei der Wachraum.«

»Um diese nachtschlafende Zeit?« Sie war fünfzehn Jahre mit ihm verheiratet, hatte aber so viel Zeit getrennt von ihm verbracht, daß sie sich zwar an die einfachen Dinge, die das Leben beim Militär mit sich brachte, gewöhnt hatte, an die Uniform und das Wohnen in Kasernen, an seinen gelegentlichen Ärger mit dem Capitano und die ständige Sorge um die jungen Rekruten; alles andere jedoch, was den gewohnten Tagesablauf störte, etwa unerwartete nächtliche Anrufe oder seine Verwicklung in ernsthafte Kriminalfälle, überraschte und beunruhigte sie nach wie vor.

So war es ihr Glück, daß der diensthabende junge Mann es nicht für angebracht hielt, den Maresciallo zu stören, als gegen drei Uhr morgens ein Anruf für ihn kam, und den Anrufer an die Kommandantur am Borgo Ognissanti auf der andern Seite des Flusses verwies. Die beiden schliefen ungestört in dieser heißen Nacht, drehten sich nur hin und wieder unbehaglich auf die andere Seite, wenn ihnen selbst das weiße Laken unerträglich schwer und lästig wurde.

Hätte es irgend etwas geändert, wenn der Wachhabende ihn aufgeweckt hätte? Diese Frage sollte sich der Maresciallo in den folgenden Tagen mehr als einmal stellen. Er hatte den Eindruck, daß sich dadurch wahrscheinlich überhaupt nichts geändert hätte. Er wäre nicht aufgestanden und hingefahren, sondern hätte genauso reagiert wie der junge Mann. Fairerweise mußte er zugeben, daß er auch nur in der Kommandantur angerufen und dafür gesorgt hätte, daß sich ein Streifenwagen in der Gegend umsieht. Und der hätte berichtet, daß alles ruhig ist. Also traf niemanden eine Schuld. Trotzdem, wenn der Maresciallo den jungen Burschen immer wieder beschwichtigte: »Mach dir keine Gedanken, du hast deine Pflicht getan und konntest ja nicht wissen…«, sagte er das vielleicht eigentlich zu sich selbst.

Jedenfalls wußte bis zum folgenden Abend niemand, daß etwas vorgefallen war, und der Maresciallo kam zu einem wohltuenden Schlaf und wachte beim Klang der Kirchenglocken fröhlich auf. In der Küche stand das Fenster offen, der Espresso auf dem Herd blubberte, und der warme Duft von marmeladegefüllten Brioches, seinem Lieblingsgebäck, stieg ihm in die Nase.

»Wie ist dir denn das gelungen? Erzähl mir nicht, daß heute früh ein Bäcker offen hat.«

»Ich habe sie gestern gekauft und in ein feuchtes Tuch eingeschlagen. Fünf Minuten im Rohr, und sie schmecken wie frisch gebacken. Ich dachte, zur Feier des Tages könnten wir uns ruhig etwas Gutes gönnen, auch wenn du arbeiten mußt.«

»Es wird nicht viel Arbeit geben.«

An diese Bemerkung sollte er sich später noch ebensogut erinnern wie an den süßen, beinahe widerlichen Geruch der Brioches, der ihn dann den ganzen Fall hindurch verfolgte, weil er so viel Zeit in der Bar verbrachte, in der er gestern mit einer Kompresse auf dem Auge gesessen hatte. Vorerst jedoch genoß er das gemütliche Frühstück in der Küche und freute sich über das Licht, das durchs offene Fenster kam. Auch die Wohnzimmerfenster standen noch offen, und das Sonnenlicht sickerte durch die weißen Musselinvorhänge.

Trotzdem waren die Lichtrechtecke auf dem Boden darunter bereits warm. Gegen zehn Uhr mußte man die Fensterläden wegen der Hitze schließen, so daß das Haus für den Rest des Tages im Dunkeln lag.

»Gibt es heute auch was Besonderes zum Mittagessen?«

»Gebratenes Kaninchen.«

Er hätte gar nichts dagegen gehabt, es sich mit einer frischen Tasse Espresso im Sessel bequem zu machen, vielleicht weil diese warmen Lichtflecke und die in der ganzen Stadt läutenden Kirchenglocken eine so wohlige, sonntägliche Atmosphäre verbreiteten. Statt dessen warf er einen Blick auf seine Uhr und ging ins Schlafzimmer, um seine Uniformjacke zu holen.

Auf dem Weg in sein Büro begrüßte ihn Di Nuccio, der Tagesdienst hatte, mit einem fröhlichen guten Morgen. Die Jungen von der Nachtschicht hatten sich zum Schlafen verzogen, und der Vormittag verging wie jeder andere, nur daß es noch weniger zu tun gab als sonst. Er las das Übergabeprotokoll, in dem ein Anruf wegen einer Ruhestörung vermerkt war, der zum Borgo Ognissanti weitergeleitet worden war und sich als blinder Alarm herausgestellt hatte.

Obwohl er sein Jackett ausgezogen hatte, bevor er sich an den Schreibtisch setzte, schwitzte er bis Mittag so, daß ihm die Uniform am Körper klebte; nur zu gern ließ er den restlichen stupiden Schreibkram, der anscheinend nie weniger wurde, obwohl er in letzter Zeit kaum etwas anderes erledigte, liegen, um einen Blick in den Wachraum zu werfen. Nur Di Nuccio war da. Er hatte die Ärmel hochgekrempelt, aber auch er hatte große Schweißflecke in den Achselhöhlen und einen noch größeren zwischen den Schulterblättern.

»Bist du ganz allein?«

»Der Junge ist raufgegangen, um mit dem Mittagessen anzufangen.«

Einer der diensthabenden Rekruten war dafür zuständig, einzukaufen und für die anderen zu kochen. Die regulären Carabinieri beklagten sich ständig, daß die jungen Männer, die hier ihren Militärdienst ableisteten, zum ersten Mal von zu Hause weg waren und nicht kochen konnten. Und hier in der Kaserne sorgten matschige Spaghetti mit angebrannter, bitterer Tomatensauce in Windeseile für böses Blut, zumal an Abenden, an denen die jungen Kerle nichts Besseres zu tun hatten, als sich auf einen guten Teller Pasta vor dem Fernseher in der kleinen Küche zu freuen, die ihnen zugleich als Aufenthaltsraum diente. Diesmal jedoch war der anstoßerregende Koch ein frisch eingestellter Carabiniere. Bei seinen ersten Versuchen war eine Art Suppe herausgekommen, bestehend aus Nudeln, die sich im Kochwasser aufgelöst hatten, und einer dubios aussehenden bräunlichen Sauce, die dadurch zustande gekommen war, daß er den Inhalt einer Dose geschälter Tomaten hatte anbrennen lassen. Sie mußten das Zeug wohl oder übel wegwerfen. Der Maresciallo, der früher jahrelang auf seine eigenen Kochkünste angewiesen war, nahm den Jungen beiseite und legte ihm nahe, sich an die Zeitangaben auf der Spaghettipackung zu halten; dann gab er ihm noch ein paar aufmunternde, wenn auch vage Ratschläge zur geschmacklichen Abrundung der Sauce. Am nächsten Tag ließen sich die zähen gelben Schnüre nicht um die Gabel wickeln, und in der säuerlichen braunen Sauce schwammen die verkohlten Überreste von einem Dutzend Knoblauchzehen. Als daher Di Nuccio meinte: »Gott sei

Dank hat er nächste Woche Nachtschicht«, erübrigte sich die Frage, weshalb.

»Er wird es schon noch lernen«, mehr sagte der Maresciallo nicht dazu. »Alles ruhig?«

»Wie auf dem Friedhof.«

»Dann verschwinde ich mal.«

Sobald er die Tür zu seiner Dienstwohnung aufsperrte, wehte ihm der kräftige Duft einer Kaninchensauce entgegen, und er bekam unweigerlich ein schlechtes Gewissen, wenn er an die Jungs im Stockwerk über sich dachte.

»Bist du's?«

»Mm.«

Die Fensterläden im Schlafzimmer waren geschlossen. Er schaltete das Licht ein und zog sich aus. Jetzt brauchte er eine kalte Dusche, aber um diese Jahreszeit war selbst das kalte Wasser lauwarm. Trotzdem fühlte er sich danach viel besser, und als er gemächlich ins Wohnzimmer ging, genügte der Anblick der zwei Gedecke, zu Ehren des Feiertages auf einer frischen weißen Spitzendecke, und des sanften Lichts, das durch die leicht aufgeklappten Fensterläden drang, um die Langeweile des Morgens zu vertreiben, ihn fröhlich zu stimmen und einen kräftigen Appetit zu wecken.

»Salva, füll bitte den Wasserkrug auf, sei so gut.«

Er ging in die Küche und machte den Kühlschrank auf.

»Wie wäre es mit einem Schluck Rosé zum Kaninchen? Ich möchte bei dieser Hitze lieber keinen Roten trinken.«

»Mach ihn auf, wenn du willst. Ich trinke nichts davon.«

»Du hast doch nicht wieder Kopfweh?«

»Nein, es kommt meist erst am Nachmittag, aber du

weißt ja, daß ich müde werde, wenn ich mittags Wein trinke.«

»Nichts hindert dich daran, ein Schläfchen zu machen.«

»Du weißt, daß ich mich anschließend noch schlechter fühle.«

»Es wäre zu schade, keinen... er ist so schön kühl...« Er entkorkte die Flasche und trug sie mit dem Krug Wasser ins Zimmer. Die Stimmung war richtig sonntäglich. Da die Glocken zu läuten aufgehört hatten, lag es vielleicht am Bratenduft... Dann wurde ihm klar, daß es an der Spitzendecke lag, die normalerweise nur am Sonntag aufgelegt wurde.

Das Kaninchen, begleitet von sahnigem Kartoffelpüree, schmeckte so gut, daß er einer zweiten Portion nicht widerstehen konnte.

»Es ist lange her, daß wir Kaninchen hatten«, murmelte er, als wollte er sich rechtfertigen, weil er Übergewicht hatte und schon immer gehabt hatte.

»Ich dachte mir, daß es dir schmecken würde. Aber du hast mich gar nicht gefragt, wo ich es bekommen habe.«

»Hätte ich das tun sollen? Mußtest du weit laufen?«

»Nein, das ist es ja gerade! Ich habe es in San Frediano bekommen, wo du dir dein blaues Auge geholt hast. Du hattest recht, die Geschäfte dort sind offen, also habe ich es dort versucht. Und das Beste ist, daß sie, außer heute natürlich, bis auf die Drogerie den ganzen August geöffnet haben. Der Gemüsehändler macht im September zu, um seinen Laden renovieren zu lassen, und der Metzger war wie wir im Juli im Urlaub. Er meint, ihm ist es lieber so, weil es da am Meer nicht so voll ist. Er hat einen kleinen Sohn, jünger als unsere beiden, und seine Frau hilft ihm im Geschäft.«

»Du scheinst ja recht gut über sie Bescheid zu wissen.«

»Das ist so ein Bezirk, in dem die Leute gern ein bißchen plaudern. Sie sind zum Teil ein wenig ungehobelt, aber trotzdem... Die Besitzer des Lebensmittelladens haben erzählt, daß sie normalerweise in den letzten zwei Augustwochen zumachen, aber diesmal müssen sie die Fassade richten lassen, und das kostet ein Vermögen – das Haus gehört ihnen, und sie wohnen in der Wohnung über dem Laden –, und deshalb können sie sich in diesem Jahr keinen Urlaub leisten.«

»Du hast dich ja ausgiebig unterhalten!«

»Warum auch nicht? Wenn die Kinder wieder da sind, ist das was anderes, aber jetzt habe ich so wenig zu tun. Ich muß zugeben, daß es mir Spaß gemacht hat, es hat mich an zu Hause erinnert, wo ich alle Leute gekannt habe...«

»Das sollte keine Kritik sein.« Zweifellos fühlte sie sich manchmal ein bißchen einsam. In einer Stadt zu wohnen, in der man nicht zu Hause war, noch dazu in einer Kaserne, war keine ideale Voraussetzung, um Freunde zu gewinnen, und außerdem war sie an die jahrelange ständige Gesellschaft seiner Schwester Nunziata gewöhnt. »Ich bin froh, daß du eine nette Gegend zum Einkaufen entdeckt hast. Warum hast du mir das nicht früher erzählt?«

»Ich dachte, du hättest dich wegen deinem Veilchen und... wegen der ganzen Geschichte geärgert. Du hast nicht wieder davon gesprochen, also habe ich es auch nicht erwähnt.«

In Wirklichkeit hatte er geglaubt, sie sei verärgert, und auch jetzt wagte es keiner von beiden, das Thema ihrer ersten und letzten Fahrstunde anzuschneiden.

»Jedenfalls, jetzt wo dein Auge schon viel besser ist... und nachdem ich sehe, wie gut dir das Kaninchen schmeckt... Der Metzger ist wirklich sehr gut. Vielleicht kaufe ich auch in Zukunft dort ein.«

»Was ist mit dieser verrückten Frau? Kauft die auch dort ein?«

»Sie verbringt praktisch den ganzen Vormittag im Laden, gibt aber sehr wenig Geld aus. Bestimmt ist sie arm. Es ist überhaupt ein armes Viertel, aber ich habe den Eindruck, sie muß wirklich schlimm dran sein. An den meisten Tagen sitzt sie einfach nur da, auf dem einzigen Stuhl, und redet mit allen, die hereinkommen, oder beschimpft sie. Ich muß schon sagen, ihre Sprache... Aber ab und zu kauft sie sich auch eine Wurst oder eine Frikadelle oder sogar ein kleines Steak. Egal, was sie kauft, anscheinend verlangt er immer tausend Lire dafür, und oft bittet sie ihn dann um ein Ei, wie ein Kind, das ein Bonbon erbettelt.«

»Und gibt er ihr eines?«

»Ja, und er wickelt es in ein Stück Zeitungspapier ein. Im Lebensmittelgeschäft habe ich sie auch gesehen, wie sie eine Scheibe Mortadella gekauft hat, hauchdünn wie ein Papiertaschentuch, und ein kleines Endstück von einem Laib Brot, kaum genug für eine Maus. Sie hat auch immer dasselbe Kleid an, und ich möchte nur wissen, wann sie es wäscht, weil sie nie schmutzig aussieht. Möchtest du einen Pfirsich?«

»Ich weiß nicht... ja.«

»Oder ein Stück Wassermelone? Da ist noch was von gestern im Kühlschrank.«

»Nein, lieber einen Pfirsich.«

»Das Eigenartigste an ihr ist, daß sie die ganze Zeit kehrt und putzt.«

»Das tun viele Frauen.«

»Nein, warte! Nicht ihre Wohnung, das meine ich nicht. Sie putzt überall, oder zumindest ihre gesamte Umgebung. Sie kehrt die ganze Straße – eigentlich ist es ein Platz, weißt du, obwohl er nur wie eine verbreiterte Straße aussieht –, und ich habe gesehen, wie sie auf Knien Papierschnipsel aufklaubt, alle einzeln, und dann das Pflaster und selbst die Autos, die dort geparkt sind, mit einem Lumpen abwischt. Sie leert sogar den Abfallkorb an der Bushaltestelle und tut eine saubere Plastiktüte hinein.«

»Erspart der Straßenreinigung einen Mann.«

»Genau! Und wehe, sie erwischt jemanden dabei, daß er irgendwelchen Abfall oder ein abgebranntes Streichholz fallen läßt. Dann geht sie mit ihrem Handfeger auf ihn los. Die Männer, die immer draußen vor der Bar herumhängen, schikanieren sie ganz fürchterlich. Sie werfen hinter ihrem Rücken Sachen aufs Pflaster, nur um sie zu ärgern und zu sehen, wie weit sie sie treiben können. Es ist wirklich eine Schande.«

»Das habe ich gesehen. Wenn ich mich recht erinnere, haben sie auch so getan, als würden sie ihr Avancen machen.«

»Genau, und sie nimmt das für bare Münze, aber dann wird sie wieder ganz rabiat, wenn sie andauernd Papierschnipsel fallen lassen. Aber schuld sind die Männer, denn schließlich ist sie nicht ganz richtig im Kopf, die Arme. Erwachsene Männer, die sich aufführen wie kleine Jungen! Und die Kinder piesacken sie natürlich genauso, aber was will man erwarten, wenn die Erwachsenen mit schlechtem

Beispiel vorangehen? Alles in allem ist das schon eine merkwürdige Ecke, auch wenn ich mich wahrhaftig nicht darüber beklagen kann, wie man mich in den Geschäften behandelt. Ich setze lieber mal den Kaffee auf...«

Der Maresciallo, gesättigt und zufrieden, machte es sich in einem Sessel bequem. Doch irgend etwas fehlte...

»Teresa! Wo ist die Zeitung?«

»Heute gibt es keine Zeitung.«

»Ach, richtig. Das habe ich vergessen.«

»Im Ersten kommen gerade Nachrichten.«

Er schaltete den Fernseher ein und setzte sich wieder hin. Aber die Nachrichten vermochten ihn nicht zu fesseln. Er starrte auf einen ausländischen Würdenträger, der einer großen Limousine entstieg, und fragte sich, ob sich seine Frau so gut in Florenz eingelebt hatte, wie sie immer behauptete. Immer wieder umzuziehen bedeutete Unruhe und Verunsicherung, auch für die Kinder. Aber so war nun mal das Leben beim Militär. Er konnte nichts daran ändern. Trotzdem warf er, sobald er wieder in seine Uniform geschlüpft war und sich zum Gehen anschickte, noch einen Blick in die Küche und sagte: »Heute abend ist wohl alles zu, die Kinos auch, oder?«

»Ich glaube schon. Warum? Wolltest du ins Kino gehen?«

Das war so ungewöhnlich, daß es sie überraschte.

»Nein, nein... ich dachte nur, wir könnten irgend etwas unternehmen oder irgendwo hingehen. Immerhin ist Feiertag.«

»Na ja, wir können ja um den Block gehen.«

Sie nannten es ›um den Block gehen‹. Der gewohnte Spaziergang, bei dem sie den Fluß auf dem Ponte Vecchio überquerten, unter den schmiedeeisernen Laternen am Ufer bis zur nächsten Brücke und dann wieder über den Fluß gingen, auf dem Rückweg kurz haltmachten und sich in den winzigen Park vor der evangelischen Kirche setzten, um zu plaudern oder über das Wasser auf den zinnenbewehrten Turm des Palazzo Vecchio zu blicken. Die angestrahlten Paläste und die Lichterketten, der warme, dunkle Himmel und der große Augustmond boten ein eindrucksvolles Schauspiel, das zu betrachten sie nie müde wurden und jedem Film vorzogen. Dazu kam, daß sie sich dabei unterhalten konnten, wenn ihnen danach zumute war. Teresa beklagte sich ständig darüber, daß der Maresciallo kein Gefühl dafür hatte, was sich wo gehörte. Ihr zufolge tendierte er dazu, im Kino laute, irrelevante Bemerkungen loszulassen, so daß die Umsitzenden zu zischen anfingen, und bei Familientreffen, wenn er Konversation machen sollte, wie ein Holzklotz dazusitzen, in Gedanken kilometerweit weg.

Umgekehrt beklagte er sich andauernd, daß sie immer übertrieb.

Doch heute abend konnten sie ›um den Block gehen‹ und in der Nähe des Ponte Vecchio ein Eis essen. Bestimmt hatte selbst heute eine Eisdiele offen, da im Stadtzentrum Scharen von Touristen unterwegs waren.

Ob es so war, sollte er nie erfahren. Der Anruf kam beim Abendessen, noch bevor er Zeit gehabt hatte, sich umzuziehen. Anfangs hatte er Mühe, etwas zu verstehen, weil die Stimme so leise war und so lapidar klang, daß ihm die Dringlichkeit nicht gleich zum Bewußtsein kam.

»Ich wollte Sie persönlich sprechen, auch wenn mir klar ist, daß ich Sie bestimmt beim Essen störe; aber ich halte es für das Beste. Wir haben uns vor einiger Zeit kennengelernt, vielleicht erinnern Sie sich noch.«

»Wer spricht denn da?«

»Gianfranco.«

»Gianfranco? Aber ich kenne niemanden...«

»Gianfranco Cini«, grummelte die Stimme leise weiter, »aber die meisten Leute nennen mich schlicht Franco. Sie erinnern sich doch bestimmt, daß Sie sich ein blaues Auge geholt haben und in meine Bar gekommen sind...«

»Ach, natürlich.« Jetzt konnte er die Stimme zuordnen, gelassen und nicht aus der Ruhe zu bringen wie ihr Besitzer. »Freilich erinnere ich mich...«

»Jedenfalls wäre es gut, wenn Sie herkommen oder jemanden schicken könnten. Sie ist schon eine Zeitlang tot, glaube ich, und ich weiß nicht, ob es richtig war oder nicht, die Tür aufzubrechen. Jedenfalls, was geschehen ist, ist geschehen, und das konnten wir ja nicht ahnen. Wer weiß, vielleicht hätten wir noch rechtzeitig zur Stelle sein können, was meinen Sie?«

Was sollte er denn meinen? Er hatte keine Ahnung, wovon der Mann die ganze Zeit in diesem sanften Ton redete, als würde er Bemerkungen über das Wetter machen.

»Haben Sie gesagt, daß jemand tot ist?« Vielleicht hatte er sich verhört.

»Und ob sie tot ist, da besteht gar kein Zweifel. Natürlich ist Pippo kein Arzt, aber trotzdem... Wir haben die Misericordia angerufen, aber ich habe zu Pippo gesagt, vielleicht wollen die sie in einem solchen Fall nicht einfach mitnehmen, denn da wird es Formalitäten geben. Ehrlich gesagt, auch wenn der äußere Anschein dagegenspricht – und ich glaube nicht, daß es da Zweifel geben kann –, hatte ich schon ein komisches Gefühl bei dem Gedanken, daß sie Sie gestern nacht angerufen hat, na, Sie wissen schon.«

»Mich angerufen? Ich…« Aber er bekam keine Gelegenheit, ein Wort einzuflechten. Die leise Stimme murmelte weiter.

»Wahrscheinlich kommt so was eben vor, aber trotzdem hatte ich ein eigenartiges Gefühl. Jedenfalls wollte ich, daß Sie Bescheid wissen. Um alles andere habe ich mich gekümmert…«

Am Ende hängte der Maresciallo buchstäblich mitten im Satz ein, nachdem es ihm nicht gelungen war, Francos Redefluß zu unterbrechen, um wenigstens zu sagen: »Ich bin in fünf Minuten da.«

»Wohin gehst du?« Seine Frau kam aus der Küche, als er wieder in sein Jackett schlüpfte.

»Jemand hat mich alarmiert.«

»Weshalb denn bloß?«

»Ich habe nicht die leiseste Ahnung.«

Zu Fuß wäre er genauso schnell gewesen, aber dann nahm er doch das Auto für den Fall, daß es noch andere Dinge zu erledigen gab. Dabei wußte er gar nicht, worum es überhaupt ging. Was konnte der Mann gemeint haben, als er von einem Anruf gestern nacht sprach? Er hatte keinen Anruf erhalten. Auch da fiel ihm der Anruf, der an die Kommandantur weitergeleitet worden war, noch nicht ein, vielleicht, weil er keine Folgen gehabt hatte. Es hatte ohnehin keinen Zweck, sich jetzt den Kopf darüber zu zerbrechen, da er an Ort und Stelle alles erfahren würde. Die einzig unumstößliche Tatsache, die sich aus dem unzusammenhängenden

Gerede des Barbesitzers ergeben hatte, war die, daß sie tot war.

Erst später wurde ihm klar, daß er sich weder gefragt noch sich bei diesem Franco erkundigt hatte, wer die tote Frau war. Es kam ihm vor, als hätten sämtliche Ereignisse der letzten paar Tage der Vorbereitung auf das hier gedient und als hätte er damit gerechnet zu erfahren, daß die Verrückte, deren Namen er nicht einmal mehr wußte, tot war.

2

Die Szene der vergangenen Woche wiederholte sich, mit denselben Personen, der gleichen Ansammlung von Menschen, die sich unter den Fenstern des Eckhauses eingefunden hatten und hinaufschauten, und dem Maresciallo, der sich den Weg zur Haustür bahnte. Allerdings gab es winzige Unterschiede. Das Licht bei Sonnenuntergang war gedämpfter, und dasselbe galt für den Lärm, den die Leute machten. Außerdem war er diesmal in Uniform, so daß sich die Menge teilte, um ihn durchzulassen. Als er zum Fenster der verrückten Frau hinaufsah, erblickte er anstelle des plumpen, nackten Körpers einen dünnen Mann in weißem Hemd. Über das laute Gemurmel hinweg rief eine heisere Frauenstimme: »Pippo! Mach auf, der Maresciallo ist da.«

Der Mann im weißen Hemd schaute kurz hinunter und verschwand dann. Der Maresciallo ging eilig auf die Haustür zu, die mit einem Klicken aufging, sobald er sie erreichte. Die Treppen waren sehr steil und düster, beleuchtet nur von einer schwachen, nackten Glühbirne auf jedem Treppenabsatz. Eine hübsche, pausbackige junge Frau stand in der Tür zu der Wohnung im ersten Stock, aus der warmes Licht und verlockende Essensgerüche drangen. Obwohl sie sich zurückzog, als sie den Maresciallo sah, hörte er sie, während sich die Tür schloß, noch leise »Guten Abend« murmeln.

Er nickte nur zu der geschlossenen Tür hin, da er seinen ganzen Atem benötigte, um, den Hut in der Hand, mühsam die Treppen hinaufzustapfen.

Pippo, der dünne Mann im weißen Hemd, erwartete ihn auf dem obersten Treppenabsatz. Noch bevor der Maresciallo ihn erreicht hatte, überfiel er ihn: »Das war Franco, der Sie angerufen hat. Ich dachte, ich bleibe lieber hier bei ihr.«

Er war schlaksig und hatte eine große Nase und graue Augen, die unruhig hin und her flitzten und denen nichts entging.

Der Maresciallo, ganz außer Atem, ging nicht darauf ein, folgte ihm aber durch die abblätternde schwarze Tür in die schäbige kleine Wohnung.

»Sie ist da drin.«

In der Küche war kaum genug Platz für den altmodischen Ausguß, einen uralten Gasherd und einen kleinen Tisch mit einer Plastikdecke. Das Fenster, nicht größer als dreißig Zentimeter im Quadrat, stand weit offen, so daß man auf das Durcheinander roter Ziegeldächer vor der untergehenden Sonne hinausblickte, und vor der schmalen Nische links neben dem Herd hing ein fadenscheiniger geblümter Vorhang. All das registrierte der Maresciallo, ohne den Raum zu betreten, da ihm der Weg durch den Körper versperrt war, der unmittelbar hinter der Tür lag. Nach ein paar Sekunden stieg er darüber, um hineinzugelangen. Pippo blieb draußen vor der Tür.

»Wer hat ihr das draufgelegt? Sie?« Der Kopf war mit

einem ausgewaschenen Geschirrtuch bedeckt, so daß nur ein Büschel grauer Haare zu sehen war.

»Was anderes konnte ich nicht finden.«

Der Maresciallo zog das Tuch weg und betrachtete das Gesicht, das nach oben gewandt war, als wollte es zu ihm aufschauen. Die Augen standen leicht offen, der Mund war nach einer Seite verzogen, und auf der Backe hatte die Frau einen dunklen Fleck. Er runzelte die Stirn und beugte sich über die Leiche. Sie lag auf der Seite, halb bedeckt von der geblümten Kittelschürze, vorn entblößt, und nun bemerkte er, daß sie deshalb offen war, weil sämtliche Knöpfe fehlten. Er mußte an die plumpe, nackte Gestalt denken, sprühend vor Leben und bebend vor Zorn, die ihren Nachbarn wild mit der dicken kleinen Faust gedroht hatte. Jetzt waren die fetten Arme seltsam nach hinten ausgestreckt, als hätte sie damit ihre Schürze zurückgestreift. Die Knie waren abgewinkelt und wiesen Flecken in demselben Weinrot auf wie die rechte Wange. Auf den schlaffen Brüsten befand sich jeweils ein ähnlicher Fleck.

Der Maresciallo richtete sich auf und strich sich seufzend mit seiner großen Hand übers Gesicht. Draußen auf der Straße verstummte eine heulende Sirene.

»Wo haben Sie sie gefunden?«

»Ich hoffe, ich habe nichts falsch gemacht...« Es läutete an der Tür. »Das sind die von der Misericordia...«

»Schon gut. Lassen Sie sie rein.«

Pippo drückte auf den Türöffner neben der Wohnungstür und kam wieder zurück.

»Also, wo haben Sie sie gefunden? Sie hat doch nicht hier gelegen.«

»Sie hätte ja noch am Leben sein können. Woher sollte ich das wissen?«

»Wo war sie?«

»Mit dem Kopf im Gasherd. Das habe ich…«

»Im Gasherd?«

Hinter Pippo tauchten vier schwarzgekleidete Männer von der Misericordia auf.

»Können Sie noch einen Augenblick warten?« Der Maresciallo warf einen Blick auf den Herd und das offene Fenster, wandte sich dann um und betrachtete noch einmal die rotweinfarbenen Flecken auf der bleichen Haut. Dann machte er den wartenden Männern ein Zeichen. Als sie verschwunden waren, sagte er zu Pippo: »Kommen Sie lieber herein.« Und als er merkte, daß es dem Mann widerstrebte, über das emporgewandte Gesicht zu steigen, breitete er das Geschirrtuch darüber.

»Ich möchte nicht gern… Zuvor war es was anderes, wissen Sie, da hab ich gedacht, vielleicht lebt sie ja noch.«

»Setzen Sie sich.« Es gab nur einen wackeligen Plastikstuhl. »Bestimmt geht es Ihnen gleich besser.«

Pippo war so bleich, daß der Maresciallo befürchtete, er könnte umkippen oder sich übergeben. »Möchten Sie ein Glas Wasser?«

»Nein, nein, nichts. Allein die Vorstellung…« Als wäre alles in diesem Raum vom Tod verseucht.

»Erzählen Sie mir, was passiert ist, von Anfang an.«

»Ich wäre gar nicht raufgegangen, das kann ich Ihnen versichern, wenn Franco nicht gesagt hätte…«

»Lassen Sie Franco jetzt erst mal beiseite.« Anscheinend war der Barbesitzer in diesem Bezirk so eine Art Stammeshäuptling, der alle Entscheidungen traf.«Erzählen Sie mir so einfach wie möglich die Tatsachen in der Reihenfolge, in der sie sich ereignet haben. Niemand behauptet, daß Sie was falsch gemacht haben. Ich muß genau wissen, wie sich alles abgespielt hat.«

Dabei wußte niemand besser als der Maresciallo, daß genau das unmöglich war, weil einem nie jemand die ganze Wahrheit erzählte.

»Wenn heute kein Feiertag gewesen wäre, hätte irgend jemand früher was gemerkt, aber viele Leute waren über Mittag außer Haus, zu Besuch bei Verwandten und was weiß ich wo, und Franco hat heute vormittag auch nur für ein oder zwei Stunden aufgemacht, sonst…«

Der Maresciallo hockte sich auf die Tischkante und konnte nur hoffen, daß sie sein Gewicht aushielt. Das würde bestimmt eine längere Unterredung werden, und offensichtlich war es zwecklos zu versuchen, diesen Mann dazu zu bewegen, sich an die Tatsachen zu halten, wie denn Unterbrechungen in aller Regel dazu führen, daß die Leute noch weiter vom Thema abschweifen, da sie stets darauf bedacht sind, sich zu rechtfertigen, statt knapp und präzise zu berichten, was geschehen ist.

»Jedenfalls hat sich niemand was dabei gedacht. Nachdem die Läden geschlossen waren und auf dem Platz nichts los war, fand niemand was dabei, daß sie sich den ganzen Tag nicht hat blicken lassen, weil sie immer erst gegen Abend mit ihrer Putzerei anfängt. Da überkommt es sie eben. Sie…« Er warf einen Blick auf die Leiche. »Schon eine komische Geschichte, da gibt's nichts. Ist mir gar nicht wohl dabei, wenn ich ehrlich sein soll. Wo war ich gleich wieder?«

»Sie hat sich den ganzen Tag nicht blicken lassen.«

»Nein, tja... Wir waren zufällig auch nicht da, bei meiner Schwägerin. So gegen sieben sind wir zurückgekommen. Das erste, woran meine Frau gedacht hat, als wir heimkamen, war Clementinas Abendessen.«

»Clementina? Ist das...?«

»Ja, Clementina! Von der reden wir doch, oder?«

»Tut mir leid, ich hatte ihren Namen vergessen. Erzählen Sie weiter.«

»Wir geben ihr immer ein bißchen was zu essen – nicht daß wir die einzigen wären. Wir tun hier alle unseren Teil. Ich will nicht behaupten, daß wir lauter Tugendbolde sind. Bei uns geht es manchmal ziemlich rauh zu, Sie wissen schon, was ich meine, aber wir kümmern uns um unsere Nachbarn, und ich übertreibe nicht, wenn ich sage, daß meine Frau mehr tut als die meisten, und ich habe sie nie daran gehindert.«

Er redete und redete, bis der Maresciallo am liebsten die ganze Familie auf der Stelle heiliggesprochen hätte, wenn sein Gegenüber nur zur Sache gekommen wäre. Und während Pippo redete, waren seine Augen die ganze Zeit auf den Tisch oder auf seine Hände geheftet, und nur hin und wieder warf er dem Maresciallo einen scharfen Blick zu, ohne ihm direkt in die Augen zu sehen, um festzustellen, wie dieser alles aufnahm.

Das Gesicht des Maresciallo war, wie üblich, ausdruckslos. Seine großen, leicht vorstehenden Augen übersahen nichts und verrieten auch nichts.

»Ein bißchen Minestrone und Brot – sie kauft sich jeden Tag ein Stückchen Brot, aber wenn ein Feiertag bevorsteht und man gleich für zwei Tage Brot einkaufen müßte, steht sie am Ende immer ohne da. Nicht daß es viel wäre, ein bißchen Suppe und Brot – obwohl diesmal auch ein Pfirsich im Korb war, jetzt fällt es mir wieder ein, daß meine Frau das gesagt hat –, aber ältere Leute mögen kein schweres Essen. Also jedenfalls, als alles fertig war, hat meine Frau vom Fenster aus hinübergerufen, aber es kam keine Antwort.«

Der erste Lichtblick. Das Problem bei Leuten, die etwas zu verbergen haben, ist, daß sie nicht unbedingt das verheimlichen, was man herausfinden will, und dadurch entstand jedesmal Verwirrung. Das ausgiebige Selbstlob, die Ansprache des tugendhaften Bürgers und diese kurzen, nervösen Blicke auf den Maresciallo ließen alles in allem darauf schließen, daß sich der lautstarke Streit letzte Woche zwischen Clementina und Pippos Frau abgespielt hatte. Mit anderen Worten, Pippo hatte dem Maresciallo das Veilchen verpaßt! Ob sie schneller vorankommen würden, wenn der Maresciallo ihm erklärte, er wisse Bescheid und denke nicht im Traum daran, deshalb etwas zu unternehmen? Garantiert nicht! Das hätte nur noch eine halbe Stunde mit Begründungen und Erläuterungen zum Taubenproblem zur Folge gehabt. Daher sagte er nur: »War das Fenster offen, als Ihre Frau herübergerufen hat?«

»Weit offen. Die Läden auch. Und Sie sehen ja, wie klein die Wohnung ist. Selbst wenn Clementina geschlafen hätte, hätte sie sie gehört.«

So, wie der Maresciallo die heisere Stimme der Frau in Erinnerung hatte, stimmte das mit Sicherheit.

»Was haben Sie gedacht, als sie nicht reagiert hat?«

»Ich habe sofort gedacht, ich geh lieber mal runter und rufe Franco.«

Natürlich! Nicht die Carabinieri oder einen Krankenwagen oder irgendeine andere offizielle Stelle, sondern Franco, offenbar eine Autorität, die in dieser Angelegenheit nicht übergangen werden durfte, auch wenn er noch so seelenruhig und gütig wirkte.

»Franco ist mit mir rausgekommen, und dann haben wir zusammen unter dem Fenster gestanden und hinaufgerufen. Ein paar andere sind auch rausgekommen und haben mitgerufen, aber sie hat einfach nicht gehört – tja, natürlich nicht, aber das konnten wir ja nicht ahnen. Unser erster Gedanke war, daß sie nach dem gestrigen Abend vielleicht ein bißchen angeschlagen war. Sie wissen ja, wie das ist.«

»Nein. Was war denn gestern abend?«

»Wir haben gefeiert. Ein großes Abendessen draußen auf dem Platz. Franco hat alles organisiert. Da außer uns alle fort sind, die meisten am Meer, sind wir auf die Idee gekommen, irgendwas zu veranstalten, um am Fünfzehnten unseren Spaß zu haben. Wir haben beschlossen, wir feiern am Vierzehnten abends – das war Francos Idee –, damit wir heute früh alle ausschlafen können. Ein paar von uns haben morgen noch frei, ich selber auch. Jeder hat vier Wochen lang jede Woche soundsoviel einbezahlt, und gestern abend hat es dann ein tolles Essen gegeben. Vier Gänge. Ein schön gedeckter Tisch – mit Kerzen und allem Drum und Dran. Mimmo hat Ziehharmonika gespielt, und danach wurde ein bißchen getanzt. Clementina hat auch getanzt. Sie hat sich königlich amüsiert…« Verlegen hielt er inne und warf wieder einen Blick auf die leblose Clementina.

»Sie… sie hat ein paar Tropfen zuviel erwischt und bekam ein ganz rotes Gesicht… Wir haben es sogar geschafft, sie eine Zeitlang vom Putzen abzuhalten.« Er senkte die Stimme, als befürchtete er, sie könnte sich gegen eine solche Verleumdung zur Wehr setzen. »Wir haben sie dazu gebracht zu tanzen. Die jungen Burschen haben so getan, als würden sie sich um sie streiten – alles nur zum Spaß, wissen Sie, ohne böse Absicht.«

»Ist das nicht manchmal ein bißchen zu weit gegangen?«

»Nein, nein, das würde ich nicht sagen.«

»Franco meint schon«, sagte der Maresciallo, der die günstige Gelegenheit nutzen wollte.

»Tut er das? Na ja, wenn überhaupt, geht den jungen Burschen gelegentlich der Gaul durch, aber die waren bei unserem Essen nicht dabei, die haben in ihrem Alter was Besseres zu tun, als mit den alten Leuten zu essen. Die sind erst nach Mitternacht auf ihren knatternden Mopeds zurückgekommen. Mag sein, daß sie sie ein bißchen auf den Arm genommen haben, aber nicht mehr als sonst. Ich meine, daß sie Sie einfach so mitten in der Nacht angerufen hat…«

Schon wieder dieser Anruf, den der berühmte Franco am Telefon erwähnt hatte. Vorerst verschwieg der Maresciallo, daß er nichts davon wußte. Er wollte sich lieber erst bei seinen Jungs erkundigen.

»Erzählen Sie weiter, was heute abend passiert ist. Sie dachten also, sie hat bestimmt einen Kater, habe ich recht?«

»So was in der Art. Oder einen verdorbenen Magen. Sie hat kräftig zugelangt gestern abend, und sie ist es nicht gewohnt, so viel zu essen. Jedenfalls, als ich gesehen habe, daß das Fenster offen ist, und weil das Gerüst dasteht…«

»...sind Sie hinaufgeklettert.«

»War das unrecht? Was ist, wenn sie Hilfe gebraucht hätte? Franco hat gesagt...«

»Nein, nein. Das war völlig richtig, davon bin ich überzeugt.«

»Franco wäre selber raufgeklettert, aber er ist ein bißchen schwer, und ich bin ziemlich gut in Form, auch wenn ich das selbst sage. Ich spiele noch immer ganz passabel Fußball. Genauer gesagt...«

»Sie sind also hier heraufgeklettert. Erzählen Sie mir genau, was Sie gesehen haben.«

»Ich habe ins Wohnzimmer geschaut und dann ins Schlafzimmer – die Schlafzimmertür war offen –, und dann...«

»Als Sie ins Schlafzimmer geschaut haben, war da das Bett gemacht?«

»Nein, es war zerwühlt.«

»Haben Sie es angerührt?«

»Nein, ich bin nicht mal hineingegangen, weil ich gesehen habe, daß sie nicht drin ist.«

Das war zumindest etwas.

»Glauben Sie, daß sie ihr Bett den ganzen Tag ungemacht lassen würde?«

»Clementina? Das soll wohl ein Witz sein!«

»Ich frag ja nur.«

»Sie kennen sie nicht!«

»Nein. Wenn sie also heute morgen noch am Leben gewesen wäre, hätte sie ihr Bett gemacht.«

»Und ob sie es gemacht hätte! Ach... ich verstehe, worauf Sie hinauswollen. Sie denken, daß sie die ganze Zeit – ich meine, seit gestern abend...«

»Erzählen Sie weiter.«

»Wo war ich gleich wieder? Ach ja, ich bin hier hereingekommen und habe sie gesehen. Sie lag da drüben, so halb
auf den Knien«, er deutete auf den Herd, »mit dem Kopf im
Backrohr, und das Gas war an.«

Der Maresciallo schaute zu dem kleinen Fenster hinüber.

»War das offen?«

»Nein, das habe ich aufgemacht. Das war das erste, was
ich gemacht habe, wegen dem Geruch – nein, als erstes bin
ich zu ihr hin und habe sie angefaßt. Sie hat tot ausgesehen,
aber ich bin kein Fachmann, und man weiß ja nie. Und dann
habe ich das Fenster aufgemacht…«

»Haben Sie denn das Gas nicht abgedreht?«

Er zögerte. »Sie haben recht, das Gas, ich muß es wohl
ausgedreht haben…« Er betrachtete den Herd, als wollte er
sich vergewissern. »Ich muß es ausgedreht haben … und
dann habe ich das Fenster aufgemacht und sie anschließend
da rausgezogen. Erst da habe ich begriffen… Sie war schon
ganz steif. Ich habe nie viel zu tun gehabt mit… Sie wissen
schon, was ich meine. Meine Mutter ist zu Hause gestorben,
aber dann holt man die Frau, die sie herrichtet, und bis alles erledigt ist… Ich hab mal einen Hund gesehen – den
muß jemand überfahren haben –, der genauso steif dagele-
gen hat. Es ist mir gelungen, sie vom Herd wegzuzerren. Eigentlich wollte ich sie aufs Bett legen, aber das habe ich nicht
geschafft, weil sie so… Jedenfalls habe ich ihr Gesicht zu-
gedeckt und bin dann ans vordere Fenster gegangen und
habe zu Franco hinuntergeschrien, er soll raufkommen. Ich
hab ihm die Tür aufgemacht.«

»Hat er irgend etwas angerührt?«

»Gar nichts. Er hat gesagt, das darf man nicht. Er hat sogar gesagt, ich hätte sie nicht bewegen dürfen, aber ich…«

»Machen Sie sich keine Sorgen.« Allmählich wurde Franco dem Maresciallo sympathischer.

»Was ist, wenn noch eine Chance bestanden hätte, Sie verstehen schon…«

»Sie haben Ihr Bestes getan. Wie lange, glauben Sie, waren Sie hier oben, bevor Sie Franco gerufen haben?«

»Wie lange…? Das kann ich nicht sagen.«

»Fünf Minuten? Eine Stunde?«

»Schon eher fünf Minuten als eine Stunde, aber es können auch zehn gewesen sein.«

»Und es ist Ihnen nicht schlecht geworden? War die Küche nicht voller Gas?«

»Ich glaube schon.«

»Sie glauben schon?«

»Es hat fürchterlich gerochen.«

»Aber nicht so schlimm, daß Ihnen übel geworden ist?«

»Na ja, ich habe das Fenster aufgemacht.«

»Aber das war nicht das erste, was Sie gemacht haben. Sie haben erst nach Clementina gesehen, also denke ich mir, daß Sie einigermaßen atmen konnten.«

»Ich glaube… ich erinnere mich, daß ich die Luft angehalten habe wegen dem Geruch.«

»Und Sie sind nicht absolut sicher, wann Sie das Gas abgedreht haben?«

»Aber ich habe es abgedreht…« Doch er zögerte noch und runzelte die Stirn.

Der Maresciallo erhob sich von der Tischkante und ging zum Herd.

»Sehen Sie? Er ist aus.«

»Das sehe ich.«

Er warf einen Blick dahinter und zog dann den geblümten Vorhang beiseite. Zum Vorschein kamen drei Wandbretter mit ein paar Töpfen und Tassen, einem Krug mit ein bißchen Besteck und am Boden, wie erwartet, eine blaue Gasflasche. Nur wenige Häuser in diesem alten Stadtbezirk waren an die Gasversorgung der Stadt angeschlossen. Der Maresciallo hob die Gasflasche an den Griffen hoch und schüttelte sie.

»Leer.«

»Aber es muß gereicht haben, um sie umzubringen, die Arme«, erläuterte Pippo. »Ich möchte bloß wissen, wieso sie das getan hat. Auch wenn sie überhaupt kein Geld hatte...«

»Ich muß mal telefonieren.«

»Hier gibt es kein Telefon.«

»Das hab ich mir schon gedacht. Und wie steht es mit der Wohnung darunter?«

»Die haben wahrscheinlich eines.«

Der Maresciallo ging zur Tür.

»Was ist mit mir?«

»Bleiben Sie hier sitzen. Und rühren Sie nichts an.« Welchen Sinn hatte es, das jetzt noch zu sagen, dachte der Maresciallo, als er die steile Treppe hinunterstapfte.

Die Wohnungstür ein Stockwerk tiefer war fest zu, was ihn etwas erstaunte. Nicht gerade neugierig, die Leute. Er drückte auf die Klingel. Die Wohnung mußte genauso klein sein wie die darüber, weil er deutliche Stimmen und das Klimpern von Besteck hören konnte, Geräusche, die aufhörten, sobald er läutete. Trotzdem dauerte es geraume Zeit, bis die pausbackige junge Frau, die er zuvor gesehen hatte, an die Tür kam.

»Ja?«

»Tut mir leid, daß ich Sie störe, aber ich muß dringend telefonieren. Wenn Sie nichts dagegen hätten...«

Ihrer Miene nach zu schließen hatte sie etwas dagegen, aber sie machte die Tür auf und ließ ihn ein.

»Guten Abend.« Der Maresciallo drehte seinen Hut in den Händen und entschuldigte sich nochmals bei dem jungen Mann, der linkerhand in der Küche am Tisch saß. Die Teller waren nicht eilig abgeräumt worden, so daß sich der Maresciallo wunderte, warum es so lange gedauert hatte, bis sie die Tür aufmachten.

»Er muß telefonieren.«

»Ist schon in Ordnung.« Der junge Mann stand lächelnd auf.

»Lassen Sie sich nicht beim Essen stören.«

»Ich zeige Ihnen nur das Telefon. Ich will vermeiden, daß Sie sich in diesen riesigen Gemächern verlaufen.« Er ging am Maresciallo vorbei und schaltete das Licht in einem anderen Zimmer an. Es war ein freundliches Wohnzimmer, voller Bücher und kleiner, farbenfroher Teppiche. »Hier bitte. Ich lasse Sie allein.«

Der Maresciallo machte nur einen Anruf, bei der Kommandantur am Borgo Ognissanti. Er wußte, daß sein Vorgesetzter Urlaub in den Bergen machte, und wurde mit einem jungen Leutnant verbunden, den er nicht kannte. Er erläuterte ihm die Fakten, so knapp es ging, und sagte dann: »Ich bleibe hier, bis jemand vom Büro des Staatsanwalts kommt.«

»Gut. Wenn Sie das Gefühl haben, Sie kommen mit allem zurecht… Sie können sich gar nicht vorstellen, wie schwierig hier alles ist, wenn man nur eine rudimentäre Belegschaft hat.«

»Natürlich. Machen Sie sich keine Sorgen, ich komme schon zurecht.«

Nachdem er aufgelegt hatte, schaute er sich im Zimmer um, schaltete dann das Licht aus und öffnete die Tür. Dabei hörte er, wie der Mann leise sagte: »Mach dir keine Sorgen.« Die beiden saßen am Tisch, aßen aber nicht. Der Maresciallo bat sie sitzenzubleiben.

»Ich finde schon allein hinaus, aber ich fürchte, ich muß Sie später oder vielleicht morgen früh noch einmal belästigen. Routinebefragungen, Sie verstehen.«

»Natürlich. Wenn es morgen ginge, wäre ich Ihnen dankbar. Wir wollten nämlich heute abend ausgehen«, meinte der Mann. Seine Frau beobachtete ihn, während er sprach, und sah dann den Maresciallo fragend an.

»Gut, dann morgen.« Schon erstaunlich. Sie hatten ihm keine einzige Frage gestellt und den Namen der toten Nachbarin nicht einmal erwähnt. Freilich hatte er ihn auch nicht erwähnt. Aus Gründen, die nur er kannte, wollte er nicht, daß die Wahrheit schon jetzt ans Licht kam. Leise schloß er die Wohnungstür hinter sich. Allem Anschein nach ein nettes Paar, nett und intelligent, aber irgendwie merkwürdig, daß sie so gar nicht neugierig waren.

Er verscheuchte sie aus seinen Gedanken, als er von oben Stimmen hörte, denn da er Pippo allein zurückgelassen hatte, bedeutete das, daß jemand dazugekommen war. Das konnte schlecht die unmittelbare Folge seines Anrufs sein.

Verärgert beschleunigte er seine Schritte und erreichte atemlos, den Hut an die Brust gedrückt, den Treppenabsatz. Die Tür stand offen, und die winzige Wohnung war von Geplapper und Zigarettenrauch erfüllt.

»Zum Kuckuck noch mal…« Er war keine fünf Minuten weg gewesen!

Pippo unterhielt sich angeregt mit einem untersetzten jungen Mann in Dunkelblau. Im Schlafzimmer saß eine ältere Frau auf dem einzigen Stuhl und wartete offenbar auf etwas.

»Was ist denn hier los?«

Pippo hielt mitten im Satz inne, und der junge Mann drehte sich, eine Zigarette im Mundwinkel, mit schiefem Grinsen um.

»Galli!« Der Maresciallo erkannte den Journalisten von der *Nazione*. »Wie zum Teufel…«

»Ich habe meine Methoden.« Galli streckte ihm die Hand entgegen, und der Maresciallo mußte sie wohl oder übel schütteln. Es war durchaus nicht so, daß er den Mann nicht gemocht hätte, vielmehr empfand er dessen Berichterstattung immer als aufrichtig, was man wahrhaftig nicht von vielen Journalisten behaupten konnte. Aber seine Art, stets zu früh aufzukreuzen, konnte einen rasend machen. Zumindest zu früh für den Maresciallo. Und dann hatte es da diesen Fall gegeben, bei dem er nicht nur vor der Polizei am Tatort aufgetaucht war, sondern auch noch einen Zeugen ausfindig gemacht hatte, den die Polizei nicht entdeckt hatte, und, statt sie zu informieren, die Aussage des Mannes in der Zeitung veröffentlicht hatte, natürlich mit dem Hinweis, daß die Polizei es versäumt habe… tja. So war das.

»Wenn ich im Weg bin, gehe ich«, bot Galli an.

»Sie meinen, Sie haben bereits, was sie wollten.« Hatte er aber nicht, jedenfalls nicht aus dem Gespräch mit Pippo, tröstete sich der Maresciallo. Es sei denn, er hatte sich die Leiche genau angesehen. Schließlich war er kein Dummkopf.

»Diese Geschichte gibt nicht mehr her als ein paar Zeilen«, sagte er auf gut Glück, ohne direkt zu lügen.

»Wollen Sie mich auf den Arm nehmen? Mitten im August? Wenn die Katze meiner Oma Selbstmord begangen hätte, würde sie eine halbe Seite und ein Foto bekommen!«

Der Maresciallo war erleichtert. Trotzdem sagte er: »Es wäre mir lieber, Sie würden gehen, bevor der Stellvertretende Staatsanwalt eintrifft.«

»Da haben Sie recht. Falls sich herausstellen sollte, daß sie ein Säckchen Diamanten oder sonst was auf dem Schrank hatte oder die verstoßene Tochter eines ausländischen Prinzen war, dann sagen Sie mir Bescheid.«

»Mm.«

»Und selbst wenn das alte Mädchen Pech in der Liebe hatte, würden wir eine Sonderausgabe machen. Mein Gott, ist das heiß! Es ist ekelhaft, im August zu arbeiten.«

»Dann machen Sie doch Urlaub.«

»Und lasse Sie in Frieden, meinen Sie? Ich doch nicht. Ich sehe mich schon, eingequetscht zwischen dem Pöbel auf einem Quadratmeter Strand. Vor vier Wochen war ich in London. Da war es so verdammt kalt, daß ich die ganze Zeit einen Mantel gebraucht habe.«

Man sah ihm an, daß er unter der Hitze litt. Sein Gesicht war bläßlichgrau, und unter den Augen hatte er dunkle Ringe. Er wischte sich die Stirn mit einem Taschentuch ab.

»Dann verschwinde ich mal. Wenn ich Ihnen irgendwie behilflich sein kann, melden Sie sich einfach.«

Es war unmöglich, diesem Mann böse zu sein, selbst wenn er frech wurde. Und immerhin hatte er sich schon oft als hilfreich erwiesen.

»Ich werde dran denken.«

»Dann bis demnächst!«

Der Maresciallo warf Pippo einen finsteren Blick zu, so daß Pippo rot wurde.

»Hab ich was gesagt, was ich nicht hätte sagen dürfen?«

»Woher soll ich das wissen? Ich weiß ja nicht, was Sie ihm gesagt haben.«

»Nichts, was ich Ihnen nicht schon gesagt habe. Es war mir nicht klar... Sie haben nicht gesagt, daß ich niemanden reinlassen darf.«

Das stimmte. Der Maresciallo gab es auf und schaute in Richtung Schlafzimmer, wo die ältere Frau noch immer völlig reglos dasaß und vor sich hinstarrte, als säße sie beim Zahnarzt im Wartezimmer.

»Und wer ist das?«

»Franco hat sie raufgeschickt.«

»So? Und hat Franco auch Galli raufgeschickt?«

»Wen?«

»Diesen Journalisten.«

»Nein, das glaube ich nicht. Er ist einfach aufgekreuzt. Hat behauptet, er wolle sich mit Freunden zum Essen treffen, und da hat er draußen den Auflauf gesehen.«

»Verstehe.«

»Wenn Sie sie nicht wollen, können Sie sie ja wegschikken.«

Nun zog auch der Maresciallo ein Taschentuch hervor und wischte sich die Stirn. Vielleicht sollte er lieber heimgehen und die ganze Angelegenheit Franco überlassen. Die Frau starrte bewegungslos vor sich hin. Was mochte sie bloß wollen? Er ging zu ihr hin.

»Und? Wollten Sie mich sprechen?«

Die alte Frau sah ihn an, als wäre er nicht ganz richtig im Kopf.

»Sie brauchen mir bloß zu sagen, ob ich bleiben oder gehen soll«, entgegnete sie.

Da ihm darauf keine Antwort einfiel, war es ihm ganz recht, daß sie nach einer Pause hinzufügte: »Ich habe sie nicht angerührt. Franco hat gesagt, ich muß auf Ihre Erlaubnis warten.«

»Ach so, verstehe. Sie sind gekommen, um sie herzurichten, habe ich recht?«

»Natürlich. Da sie sonst niemanden hat, halte ich bei ihr Nachtwache.«

»Das wird nicht nötig sein. Man wird sie fortbringen.«

»Verstehe. Franco hat schon gesagt, es könnte Formalitäten geben.«

»Formalitäten, das stimmt. Es wäre mir lieber, Sie gehen, wenn Sie nichts dagegen haben.«

»Das hab ich doch gesagt, oder? Sagen Sie mir nur, ob ich bleiben oder gehen soll. Und wenn Sie wollen, daß ich gehe...« Sie stand auf, eine winzige, adrette Person.

»Warten Sie... Haben Sie sie gut gekannt?«

»Clementina? Natürlich. Alle haben sie gekannt.«

»Aber einige müssen sie doch besser gekannt haben als andere.«

Sie überlegte einen Augenblick und sagte dann: »Nein.«

»Wie meinen Sie das?«

»So war es nicht. Alle haben sie auf die gleiche Weise gekannt.«

»Soso. Hätten Sie was dagegen, mir trotzdem Ihren Namen und Ihre Adresse dazulassen?«

»Das ist nicht nötig. Ich wohne nebenan, und wenn Sie mich brauchen, sagen Sie Franco Bescheid, der ruft mich dann.« Und damit ging sie.

Pippo begleitete sie hinaus. Er hatte sich eine Zigarette angezündet, vielleicht ganz in Gedanken, und jetzt drückte er sich auf dem Treppenabsatz herum, trat von einem Bein aufs andere und wünschte, er könnte ebenfalls gehen.

Der Maresciallo, der im Schlafzimmer geblieben war, rief zu ihm hinaus: »Da unten will jemand was von Ihnen.«

Der Lärm unter dem Fenster hatte zugenommen, und mehrere Leute riefen Pippos Namen. Er ging ans Fenster, die Zigarette im Mundwinkel, und beugte sich hinaus. Der Maresciallo trat zurück und beobachtete ihn. Pippos weißes Hemd, zweifellos sein bestes, das er zu Ehren des Feiertags angezogen hatte, klebte an seinem Rücken. Das Abendrot war verblaßt, ohne daß es kühler geworden wäre.

»Was ist los?«

»Deine Frau läßt dir sagen, daß sie hinaufgegangen ist. Die Kinder müssen essen.«

»Schon gut.«

»Was tut sich denn da oben?«

Pippo zuckte die Achseln und beugte sich weiter hinaus, als eine Autohupe ertönte und die Leute beiseite traten. Jemand rief: »Zweiter Stock!«

Pippo zog seinen Kopf zurück.

»Da kommt jemand. Ich kann nicht sehen, wer, weil das Gerüst im Weg ist.«

Der Maresciallo ging an die Tür. Es hörte sich an, als würde eine ganze Armee die Treppe heraufpoltern. Der Stellvertretende Staatsanwalt, zwei Stufen auf einmal nehmend und mit emporgewandtem Gesicht, tauchte als erster auf.

»Guten Abend, Signore…«, sagte der Maresciallo.

»Wo ist sie?«

»Hier, in der Küche. Ich glaube nicht, daß Sie alle auf einmal Platz haben.« Der Staatsanwalt hatte seinen Protokollführer dabei, und hinter ihnen kamen die Leute von der Spurensicherung und der Fotograf mit seiner ganzen Ausrüstung.

»Was ist da drin?« wollte der Staatsanwalt wissen.

»Das Schlafzimmer.«

»Doktor!«

Der Arzt vom gerichtsmedizinischen Institut löste sich aus der Gruppe auf der Treppe und zwängte sich nach vorn.

»Da drin.«

Dem Maresciallo blieb kaum Zeit, das lächerliche Geschirrtuch von der Leiche zu entfernen, als ihn der Staatsanwalt auch schon anherrschte: »Wer hat sie bewegt?«

»Der Mann, der sie gefunden hat«, sagte der Maresciallo, während er sich langsam aufrichtete. Der Staatsanwalt konnte sich doch wohl denken, daß nicht er es gewesen war. »Er hat sie mit dem Kopf im Gasherd gefunden und gedacht, er käme vielleicht noch rechtzeitig, um…«

»*Im Gasherd?* Doktor…«

Der Arzt stieg über die Leiche und gelangte so in die Küche. Er beugte sich über sie.

»Wer hat sie bewegt?«

Der Maresciallo wischte sich die Stirn ab und wiederholte: »Der Mann, der sie gefunden hat. Wie es scheint…«

»Er hat sie mit dem Kopf im Gasherd gefunden«, unterbrach ihn der Staatsanwalt.

Der Arzt runzelte die Stirn.

»Darüber reden wir lieber nach der Obduktion…«

Der Maresciallo war mehr als nur gelinde verärgert. Er wußte ebensogut wie die beiden Herren, daß man anhand der dunkelroten Male sehen konnte, wie der Körper nach dem Tod gelegen hatte, und daß sie, wenn die Frau wirklich an Kohlenmonoxyd gestorben wäre, viel heller rot gewesen wären. Aber das wollten sie in seiner Gegenwart nicht erörtern. Darüber würden sie im kleinen Kreis sprechen, und dann würde der Staatsanwalt ihm seine Befehle erteilen. Das war ihre Art, ihn wissen zu lassen, daß er nur ein Unteroffizier war, falls ihm das nicht klar sein sollte. Allerdings wußte der Maresciallo von seinem Capitano, daß die übelsten Staatsanwälte die Offiziere genauso behandelten. Die, die in Ordnung waren, behandelten niemanden so. Dieser gehörte offenbar zur ersten Kategorie, danach zu urteilen, wie er hereingefegt war, ohne auch nur zu grüßen, geschweige denn, sich vorzustellen; schließlich hatte der Maresciallo keine Ahnung, wer er war. Wahrscheinlich ärgerte es ihn, daß man ihn beim Essen gestört hatte. Und wenn die Sache schlecht läuft, überlegte der Maresciallo, während er den Mann taxierte, schiebt man garantiert dir die Schuld in die Schuhe.

Während ihm diese Gedanken durch den Kopf gingen, blieb seine Miene unbeteiligt, und seine großen, vorspringenden Augen blieben starr auf die abblätternde Wand vor ihm gerichtet wie die Augen einer Bulldogge, die auf einen Befehl wartet.

Um halb zehn brannten in allen Räumen der winzigen Wohnung schwache nackte Glühbirnen; der Maresciallo war allein. Der Staatsanwalt, der Gerichtsmediziner und die Leute von der Spurensicherung hatten die bei einem plötzlichen Todesfall übliche Routine absolviert und waren wieder verschwunden. Pippo hatte dem Staatsanwalt seine Geschichte erzählt, diesmal ein gutes Stück besser, und war nach Hause gegangen zu seiner Frau, dem Abendessen und dem Fernseher. Die Leiche mußte noch abgeholt, und Türen und Fenster mußten versiegelt werden, aber in der Zwischenzeit war der Maresciallo allein und sah sich mit ausdrucksloser Miene um.

Zuerst warf er einen Blick in den Kühlschrank. Er war sauber und aufgeräumt, aber so alt und verkratzt, daß er schäbig aussah, und weil so wenig darin war, wirkte er noch bedrückender. Eine kleine Tüte Milch in der Tür, ein Ei und eine hauchdünne Scheibe Wurst auf einem Blechteller.

»Und oft bittet sie ihn dann um ein Ei, wie ein Kind, das ein Bonbon erbettelt.«

»Und gibt er ihr eines?«

»Ja, und er wickelt es in ein Stück Zeitungspapier ein.«

Eine der letzten Fragen des Staatsanwalts, der sich wunderte, weshalb jemand diese Frau umgebracht haben sollte, lautete: »Hatte sie Geld?«

Der Maresciallo hatte geschwiegen und seine großen Augen noch weiter aufgerissen, als wollte er sagen, der Mann solle sich doch nur mal umsehen.

»Das muß nichts heißen.«

Natürlich stimmte das. Selbst Galli, der Reporter, hatte gewitzelt: »Falls sich herausstellen sollte, daß sie ein Säckchen Diamanten auf dem Schrank hat...«

Der Gedanke veranlaßte ihn, ins Schlafzimmer zu gehen. Er durchsuchte die Wohnung nicht systematisch. Vielleicht wäre das sinnvoll gewesen, aber er wollte nicht. Er begnügte sich damit, ziellos herumzuschnüffeln. Er zog den einzigen Stuhl vor den zerkratzten Schrank und stieg vorsichtig darauf, keineswegs überzeugt, daß er sein Gewicht aushalten würde. Er knarzte ein bißchen, hielt aber. Da oben war weder ein Säckchen Diamanten noch sonst etwas, nur eine dicke Schicht Staub und Fusseln. Die verrückte Clementina war in ihrem Putzfimmel ebenso unsystematisch gewesen wie der Maresciallo beim Durchsuchen der Wohnung. Er stieg wieder herunter und machte die Schranktür auf.

»Wer zum Teufel...« Seine Verblüffung hätte nicht größer sein können, wenn er irgend etwas gefunden hätte, was sie versteckt hatte. So, wie die Dinge lagen, war sein erster Gedanke, daß jemand Clementinas Kleidung entfernt hatte, aber wer um Himmels willen konnte das gewesen sein? Der Schrank war leer bis auf ein paar Drahtkleiderbügel und ein in Plastik eingeschlagenes Bündel, das auf dem Boden lag. Als er es aufmachte, kamen zwei alte Wollkleider zum Vorschein, die nach Mottenkugeln stanken. Er legte das Bündel wieder an seinen Platz und richtete sich auf, um sich weiter umzusehen. An der Wand gegenüber stand eine kleine

Kommode mit drei Schubladen. Er zog sie nacheinander auf und registrierte ihren Inhalt. Das dauerte nicht lange. Ein paar abgetragene Stücke Unterwäsche, eine dicke, an beiden Ellbogen gestopfte Jacke und eine leichtere in deutlich besserem Zustand, zwei Paar warme Strümpfe und noch ein altes Wollkleid, auch das in eine mit Mottenkugeln gefüllte Plastiktüte eingewickelt. Das war alles. Besaß sie nicht einmal einen Mantel? Und wie stand es mit Schuhen? Die Schuhe fand er schließlich unter dem Bett. Sie war barfuß gewesen, als sie starb; auch ihre Pantoffeln entdeckte er unter dem Bett. Folglich hatte sie wahrscheinlich geschlafen, als es passierte, und dieser Hauskittel ohne Knöpfe diente ihr zugleich als Nachthemd, was erklären würde, warum sie an jenem Tag in der vergangenen Woche während der Siesta darin am Fenster erschienen war. Trotzdem hatte sie doch bestimmt ein Sommerkleid. Hatte seine Frau das nicht erwähnt und hinzugefügt, daß sie es jeden Tag trug? Wo war es dann? Es gab nur einen Platz, wo es sein konnte, obwohl das Gerüst… Er ging ans Fenster und schaute hinaus. Ja, da hing es, im Licht der Straßenlaterne, direkt am Gerüst befestigt, gewaschen und getrocknet. Wegen des Gerüsts konnte sie es nicht auf die Wäscheleine hängen, die unter ihrem Fenster über eine Rolle lief, und auch nicht richtig hinaussehen. Hatte sie etwa das Sicherheitsnetz abgerissen, das das ganze Gerüst hätte abdecken sollen? Vielleicht doch nicht, da hier oben keine Laufplanken gelegt worden waren, sondern nur weiter unten. Schon eine merkwürdige Art, eine Arbeit nur halb auszuführen und das Gerüst den ganzen August über stehenzulassen.

Er beugte sich hinaus und holte das Kleid herein. In den

Wohnungen im Haus gegenüber waren die Lichter an, und aus einem offenen Fenster hörte er einen Fernseher. Unten auf der Straße rief eine Stimme durch die heiße, von Straßenlaternen erhellte Nacht.

»Martha!«

»Was gibt's?«

»Ich gehe zu Franco, nur falls du Zigaretten willst.«

»Dann bring mir zwei Päckchen mit, ja?«

»Wie geht es ihr?«

»Unverändert. Ich kann sie nicht allein lassen. Wenn es bloß nicht so heiß wäre...«

Der Maresciallo trat zurück und schloß das Fenster. Er betrachtete das geblümte Kleid. Das war alles, was sie besaß. Und ein Ei und eine Scheibe Wurst im Kühlschrank. Hätte nicht alles dagegengesprochen, hätte man leicht meinen können, daß sie sich das Leben genommen hatte, obwohl es Menschen gab, die noch schlimmer dran waren, die furchtbare Schmerzen hatten und krank waren, unterernährt, einsam und sich trotzdem mit aller Kraft ans Leben klammerten. Außerdem konnte er unmöglich jenen Tag vergessen, an dem er sich das blaue Auge geholt und anschließend miterlebt hatte, wie Clementina, lauthals und wichtigtuerisch, draußen vor der Bar alle Ankömmlinge mit ihrem Handfeger bedrohte. Mag sein, daß sie verrückt war, aber sie steckte voller Vitalität, auch wenn sie nur dieses eine Kleid besaß, das sie jeden Abend wusch und vors Fenster hängte. Wovon zum Teufel lebte sie überhaupt... wahrscheinlich von einer kleinen Rente. Er kehrte in die Küche zurück, blieb in der Mitte stehen, sah sich um und schaute dann noch einmal hinter den armseligen Vorhang. Ganz hinten auf einem Bord, in einem so dunklen Winkel, daß er sie zuvor nicht bemerkt hatte, stand eine Keksdose. Er setzte sich an den Tisch und machte sie auf. Sie enthielt einen Tausend-Lire-Schein und ein paar Münzen. Er fand weder ein Rentenbuch noch ein Mietbuch, aber wenigstens ihren Personalausweis.

Anna Clementina Franci, geboren 14. Mai 1934 in Florenz.
Staatsangehörigkeit: Italienisch. Wohnort: Florenz.
Personenstand: Verwitwete Chiari. Beruf: Keiner.

Der Maresciallo war erstaunt, daß sie erst Mitte fünfzig gewesen war.

Sonst war nichts in der Dose. Daß kein Rentenbuch vorhanden war, irritierte ihn, da es bedeuten konnte, daß es noch ein anderes Versteck gab, das er nicht gefunden hatte. Daß kein Mietbuch da war, war weniger merkwürdig, obwohl er bezweifelte, daß das Haus ihr gehörte. In der Stadt herrschte ein so eklatanter Wohnungsmangel, daß Tausende von Leuten ohne Vertrag oder Mietbuch Wohnungen vermieteten, oft für horrende Summen. Wer ein Haus oder eine Wohnung zu vermieten hatte, konnte die Spielregeln festlegen, und selbst die Vermieter, die Mietverträge anboten, erwarteten zumeist Schmiergelder, wenn diese verlängert werden sollten. Freilich war es unwahrscheinlich, daß die verrückte Clementina eine Kandidatin für so einen Vermieter gewesen war… es sei denn, sie hatte doch irgendwo Bargeld versteckt, was bedeuten würde, daß jemand, der davon wußte…

»Nein, das überzeugt mich nicht«, sagte der Maresciallo laut in die Stille der düsteren Küche.

Nein, das Mietbuch bereitete ihm kein Kopfzerbrechen, dafür aber etwas anderes. Er vermißte etwas anderes. Vielleicht gab es irgendwo noch eine Dose oder eine Schublade. Er stand auf, um nachzusehen. In jeder Wohnung gab es eine Schublade, in der sich allerlei Krimskrams ansammelte. Bei armen Leuten befand sie sich immer in der Küche, bei wohlhabenderen möglicherweise im Eingang. Dort schaute man nach, wenn man ein Stück Schnur für ein Päckchen suchte – obwohl man die Schere, die auch da hätte sein sollen, nie fand – oder eine Kerze, wenn die Sicherung durchgebrannt war, die Weihnachtskarten vom letzten Jahr, die die Kinder zum Ausschneiden nehmen durften, oder ein Paar Handschuhe, die irgendein Besucher vergessen und nicht mehr abgeholt hatte. In dieser Schublade lagen immer einige Schlüssel, die längst in kein Schloß mehr paßten, vereinzelte Quittungen für Gasrechnungen, Reservestecker und winzige Drahtrollen. Diese Schublade war nie schwer zu finden, und der Maresciallo entdeckte sie auch auf Anhieb, als er die Plastikdecke auf dem Tisch zurückschlug, da es in der Küche kein anderes Möbelstück mit einer Schublade gab. Sie enthielt einen Kerzenstumpen und ein paar Postkarten, die ihr Leute vom Urlaub am Meer geschickt hatten; eine war von Franco aus dem vergangenen Sommer. Er wühlte weiter und fand ein paar Wollreste, eine leere Pralinenschachtel, ein paar Schrauben und Nägel, irgendeinen Griff und eine vergilbte Zeitungsseite, mit der die Schublade früher vermutlich ausgelegt gewesen war, die sich aber nach hinten zusammengeschoben hatte. Doch wonach er suchte, fand er nicht. Freilich hatten Frauen manchmal noch eine Schublade dieser Art im Schlafzimmer, in der sich im Lauf der Zeit Teile von kaputtem Modeschmuck, unangebrochene Parfumpröbchen und alte Kopftücher ebenso ansammelten wie kostbare Briefe und Kindergebetbüchlein. Aber die Schubladen in Clementinas Schlafzimmer hatte er bereits durchgesehen, ohne etwas gefunden zu haben.

»Merkwürdig«, murmelte er.

Es klingelte an der Tür, und er ging hinaus und machte auf.

»Es hat geheißen, Sie sind hier fertig...« sagte der erste Träger, der heraufkam.

»Sind wir auch. Sie können sie mitnehmen.«

Die Männer taten ihre Arbeit. Als sie mühsam wieder hinuntergingen, hörte der Maresciallo einen von ihnen ärgerlich rufen: »Hochkant! Du mußt sie hochkant stellen, sonst kommst du bei diesen verdammten alten Treppen nicht um die Ecke!«

Geduldig wartete er noch eine Zeitlang, bis jemand kam, um die Siegel anzubringen, dann steckte er die Hausschlüssel ein, stieg die düsteren Treppen hinunter und ging in die Bar, um Franco einen Besuch abzustatten.

3

Das verschwommene gelbe Licht der Straßenlaternen und die feuchte Wärme der Augustnacht verliehen dem winzigen Platz, der, wie die Frau des Maresciallo gesagt hatte, kaum mehr war als eine verbreiterte Straße, eine heimelige Atmosphäre. Die Männer an den Tischen vor Francos Bar unterhielten sich oder spielten Karten. Ihre Frauen beugten sich über ihren Köpfen aus den erleuchteten Fenstern, fächelten sich mit Taschentüchern Kühlung zu, rauchten, tauschten Neuigkeiten aus oder beklagten sich über die Luftfeuchtigkeit. Aus sämtlichen Fernsehern in sämtlichen Wohnungen plärrte dieselbe Filmmusik. Franco stand in der Tür zur Bar, unrasiert, die Hände behaglich auf dem dicken Bauch. Der Maresciallo zwängte sich zwischen den Tischen hindurch.

»Ich dachte mir schon, daß Sie kommen würden«, sagte der massige Barbesitzer. »Kommen Sie herein und nehmen Sie Platz.«

Sein Fernseher war noch lauter als die anderen, da er ihn zur Straße hin gedreht hatte, damit die Männer von draußen etwas sehen konnten.

Der Maresciallo setzte sich an den Tisch, an dem er vor kurzem sein angeschlagenes Auge gekühlt hatte, und Franco ging hinter die Bar, um zwei Gläser und eine gekühlte Flasche aus dem Eisschrank unter dem Tresen zu holen. Er hielt die Flasche hoch und sagte etwas, was der Maresciallo wegen der Filmmusik, zu der im Moment auch noch eine Schießerei kam, unmöglich verstehen konnte. Doch da er sah, daß auf dem Etikett Pinot Grigio stand, nickte er. Zum Glück sagte Franco, sobald er die Flasche geöffnet und auf den Tisch gestellt hatte, mit einem Lächeln: »Ich drehe den Ton etwas leiser, damit wir reden können.«

Daraufhin ertönte draußen lautes Protestgeheul, aber Franco ging hinaus und verschaffte sich mit erhobener Hand Gehör.

»Habt ein paar Minuten Geduld, ich muß mit dem Maresciallo reden.« Der Protest erstarb. Er hatte den Platz so fest im Griff, als handelte es sich um eine Schule. Der Maresciallo konnte nicht umhin, ihn dafür zu bewundern, erkannte aber gleichzeitig, daß er nur das herausfinden würde, was er nach Ansicht Francos herausfinden sollte, und daß er, falls es sich der imposante Barbesitzer in den Kopf setzen sollte, jemanden zu schützen, wenig oder nichts dagegen unternehmen konnte. Es blieb abzuwarten, ob Franco zur Zusammenarbeit bereit war.

»Ich würde ihn ja ganz ausschalten«, bemerkte er, während er sich hinsetzte und die beiden Gläser füllte, »aber es ist besser, sie den Film weiter anschauen zu lassen. Schließlich wollen wir zwei uns unterhalten können, ohne daß uns alle anderen zuhören.«

»Stimmt.«

»Auf Ihr Wohl.«

»Auf das Ihre.«

»Also, wie läuft's denn so?«

Mit weit geöffneten Augen trank der Maresciallo einen Schluck aus dem beschlagenen Glas. Klar, daß Franco die Fragen stellte! Und er war keineswegs verstimmt, als er keine Antwort bekam. Er redete mit seiner sanften Stimme einfach unbeirrt weiter.

»Ich selber habe da oben nichts angerührt. Ich habe sie nicht einmal angeschaut. Ich hielt es für falsch, unnötig Verwirrung zu stiften, überall noch mehr Fingerabdrücke zu hinterlassen und so weiter.«

»Fingerabdrücke?«

»Das bleibt unter uns, Sie verstehen. Glauben Sie ja nicht, daß ich Ihnen sagen will, wie Sie Ihre Arbeit machen sollen, aber ich kenne die Leute hier im Bezirk, und wenn Sie meinen Rat hören wollen, lassen Sie sie vorerst lieber in dem Glauben, daß es Selbstmord war. Ich habe nichts gesagt.« Er zwinkerte ihm vertraulich zu. »Ich glaube, Sie werden mir recht geben, daß es das beste ist…«

Der Maresciallo war zu verblüfft, um die Fragen zu sondieren, die ihm durch den Kopf schossen, und klug genug, um den Mund zu halten. Wenn Franco Clementina nicht einmal angesehen hatte – es war ohnehin absurd, sich vorzustellen, daß er genügend gerichtsmedizinische Kenntnisse besaß… Was wußte er? Es hätte den Maresciallo nicht übermäßig gewundert, wenn Franco den Fall an Ort und Stelle aufgeklärt hätte, indem er aus dem Kreis seiner Gäste den Mörder herausgefischt und ihn dem Maresciallo so selbstverständlich präsentiert hätte wie die Flasche kühlen Weißweins.

»Ich brauche Ihnen nicht zu sagen, daß ich alles tun werde, um zu helfen. Um ehrlich zu sein, fühle ich mich ein bißchen schuldig, müssen Sie wissen. Natürlich hat meine Frau ganz recht, wenn sie sagt, daß jeder an meiner Stelle dasselbe getan hätte – immerhin war sie verrückt, zwar nicht so verrückt, wie manche Leute vielleicht glauben, aber wenn es um solche Dinge geht... Haben Sie gewußt, daß sie einmal versucht hat, den Papst anzurufen? An einem Sonntag morgen war sie hier drinnen und hat sich fürchterlich aufgeregt über etwas, was er in seiner Fernsehansprache gesagt hat, und wenn es ihr gelungen wäre, die Nummer ausfindig zu machen, wäre sie nicht mehr zu halten gewesen. Sie hat sowas schon früher gemacht, also verstehen Sie wahrscheinlich, warum ich nicht wollte, daß sie Sie mitten in der Nacht stört, denn immerhin hat sie die jungen Burschen durch ihr Benehmen geradezu ermuntert, das Gerüst hinaufzuklettern – ich meine, daß sie ihnen eimerweise Wasser über die Köpfe gekippt hat, machte die Sache nur noch lustiger. Ich bin sicher, daß Sie das verstehen.«

Bis jetzt hatte der Maresciallo kein Wort verstanden, ließ es sich aber nicht anmerken und trank noch einen Schluck Wein, bevor er zu dem Schluß gelangte, daß es vielleicht das beste war, etwas weiter auszuholen.

»Haben Sie Clementina gut gekannt? Hat sie schon immer hier gewohnt?«

»Nein, nein. Sie ist nicht von hier. Kommt vom anderen Flußufer, Santa Croce. So arg lang ist sie noch nicht hier.«

»Verstehe. Schade.«

»Höchstens zehn Jahre.«

»So kurz erst?«

»Vielleicht auch nur neuneinhalb, aber höchstens zehn. Also meine Familie, die wohnt schon seit einhundertundachtunddreißig Jahren hier im selben Haus. Heutzutage ziehen die Leute ja viel mehr herum. Oft ist ein Krieg daran schuld. Wir sind seit der Revolution von 1848 nicht von der Stelle gewichen, aber im letzten Krieg haben wir auch Glück gehabt und bei der großen Überschwemmung ebenfalls – freilich haben wir unsere ganzen Vorräte eingebüßt, aber wir wohnen im Stockwerk über der Bar, und bis dahin ist das Wasser nicht gekommen. Ich weiß noch...«

»Gestern«, unterbrach ihn der Maresciallo energisch – im Hinterkopf hatte er den Anruf wegen einer Ruhestörung, der an die Kommandantur weitergeleitet worden war, aber er wollte Schritt für Schritt vorgehen –, »haben Sie Clementina gestern gesehen? War sie genauso wie sonst?«

»Ja und nein – das erkläre ich Ihnen gleich. Gestern, müssen Sie wissen, hatten wir unser großes Fest.«

»Davon habe ich gehört.«

»Hat Pippo es Ihnen erzählt? Also, wir waren den ganzen Tag damit beschäftigt, alles vorzubereiten, vor allem, weil meine Frau das Kochen weitgehend übernommen hatte. Clementina hing den ganzen Tag hier herum und war aufgeregt wie ein kleines Kind. Sie hat gern gegessen und so schnell so viel in sich hineingestopft, daß man sich wundern muß, daß ihr nicht schlecht geworden ist. Ich habe sie noch nie so fröhlich erlebt wie gestern abend, als sie den Mund randvoll mit Ravioli hatte.«

Der Maresciallo mußte an den Kühlschrank mit einem Ei und einer Scheibe Wurst denken. »Sie hat wohl nicht oft ein richtig gutes Essen bekommen.«

»Jedenfalls kein solches wie gestern abend. Aber sie hatte immer genug zu essen. Sie war arm wie eine Kirchenmaus –

na ja, Sie waren ja oben und haben gesehen, wie sie gewohnt hat, aber jeder hat seinen Teil beigetragen, und ich glaube nicht, daß ein Tag vergangen ist, ohne daß sie von einer Nachbarin eine Mahlzeit bekommen hat. Meine Frau war gerade dabei, einen schönen Teller mit Sachen von gestern abend herzurichten, als Pippo mich geholt hat, weil sie nicht aufmachte.«

Trotzdem, abhängig zu sein von dem, was einem andere geben... Nun spürte der Maresciallo, daß er sein Abendessen versäumt hatte, obwohl er mittags zuviel von dem Kaninchen gegessen hatte.

»Und wo wir schon dabei sind«, fuhr Franco fort, »Pippos Frau hatte auch was für sie hergerichtet, und deshalb haben sie überhaupt bemerkt...«

»Ich weiß«, sagte der Maresciallo, »er hat es mir erzählt.«

»Tja, da haben Sie's. Wir haben getan, was wir konnten. Sie hatte am letzten Abend ihres Lebens ein ordentliches Gelage. Das freut mich wirklich, obwohl ich, wie gesagt, nicht glücklich darüber bin, daß sie Sie anrufen wollte.«

»Erzählen Sie mir von diesem Anruf.«

»Sie wissen doch bestimmt schon alles, die auf dem Revier haben Ihnen sicher längst alles gesagt.«

»Schon, aber erzählen Sie mir Ihre Version.«

»Also, es muß so gegen drei Uhr nachts gewesen sein – oder vielleicht erst halb drei, sagen wir, halb drei.«

»Dann haben Sie so lange gefeiert?«

»Ja und nein... Eigentlich war das Fest zu Ende, aber ein paar von den Männern hingen noch herum, und Clementina ist eine, die... Die Frauen waren alle längst zu Hause und ins Bett gegangen, aber sie war noch da.«

»Mitten unter lauter Männern?«

»Sie dürfen nicht vergessen, daß sie nicht ganz richtig im Kopf war. Wenn sie nach ihr gegrapscht haben, bildete sie sich ein, sie meinen es ernst, und sie haben sie in dem Glauben gelassen. Manchmal sind sie ein bißchen zu weit gegangen, aber fast immer war es Clementina die damit angefangen hat. Sie hat es genossen, im Mittelpunkt zu stehen.«

»Und waren das dieselben Leute, die sie damit kujoniert haben, daß sie am Gerüst hinaufgeklettert sind, wie ich von Pippo erfahren habe – war das gestern auch so?«

»Das war fast jeden Abend so, aber das waren die jungen Burschen, nicht die Männer. Seitdem dieses Gerüst dasteht...«

»Wieso steht es eigentlich im August da?«

»Fragen Sie mich was Leichteres. Die Stadt hat verfügt, daß die Fassade gerichtet werden muß, nachdem gefährlich große Verputzbrocken heruntergefallen sind, aber wenn Sie mich fragen, ist kein Geld dafür da. Man hat das Gerüst aufgestellt, aber mit der Arbeit haben sie noch gar nicht angefangen, und inzwischen hat Clementina das Netz abgerissen, um ihre Tauben füttern zu können.«

»Stimmt es, daß sie den Burschen, die da hinaufgeklettert sind, eimerweise Wasser über den Kopf gekippt hat?«

»Immer wieder. Ich bin oft zu ihr hinüber und habe gesagt: ›Mach doch deine Fenster zu und geh ins Bett, dann verschwinden sie schon.‹ Aber zwei Minuten später hat sie sie wieder aufgerissen und zu plärren angefangen und Wasser hinuntergeschüttet. Dabei war es zwecklos, die jungen Kerle anzuschreien. Die wußten genausogut wie ich, daß es ihr Spaß macht.«

»Nicht sehr angenehm für die Leute in der Wohnung unter ihr.«

»Da haben sie recht. Vor allem, nachdem sie…«

»Was?«

»Nichts. Die Armen. Wissen Sie, er studiert, und der Lärm hat ihn sicher oft gestört. Ein nettes, anständiges junges Paar.«

»Ja. Aber wenn jede Nacht so ein Radau war, wie kommt es, daß mich Clementina gestern nacht rufen wollte?«

»Dazu komme ich noch. Wie ich schon sagte, haben wir hier gerade dichtgemacht. Das Licht war noch an, und der Rolladen war halb heruntergelassen, wenn ich mich recht erinnere. Als ich hinausgegangen bin, um ihn ganz hinunterzuziehen, war unter ihrem Fenster ein Lärm, der die Toten aufgeweckt hätte, und einer der Burschen – wer es war, konnte ich nicht sehen – hat sich auf das Gerüst geschwungen. Ich habe hinübergerufen, sie sollen endlich damit aufhören, weil die anderen Leute schlafen wollen. Ich habe noch gewartet, bis der Bursche heruntergeklettert ist und alles ruhig war, und dann bin ich ins Haus gegangen. Deshalb bin ich auch dazwischengegangen, als sie versucht hat, Sie anzurufen. Eine gute halbe Stunde lang war alles ruhig, und dann hat sie auf einmal an meinen Rolladen geschlagen und gesagt, sie wolle die Carabinieri anrufen. Verstehen Sie, was ich meine?«

Der Maresciallo begann zu verstehen, war aber nicht sicher, ob er nicht alles noch komplizierter machte, wenn er das bestätigte. Er starrte lange in sein Glas und überlegte, wie er Franco dazu bringen könnte, ihm nachzuschenken. Als der Maresciallo nicht reagierte, wiederholte Franco:

»Sie verstehen doch, oder? Sie hatte ziemlich viel getrunken, sogar sehr viel für ihre Verhältnisse. Ich erinnere mich noch, daß sie beim Tanzen ganz rot im Gesicht war. Sie war ein bißchen betrunken – na ja, warum nicht ab und zu? Für sie war es ein Mordsspaß. Aber seit einer guten halben Stunde war alles ruhig gewesen. Ich habe den Rolladen ein Stück hochgezogen, sie hereingelassen und gleichzeitig einen Blick nach draußen geworfen. Keine Menschenseele weit und breit. Trotzdem hat sie den Hörer von der Gabel gerissen und geschrien, jemand würde versuchen, in ihre Wohnung einzubrechen. Ich habe versucht, vernünftig mit ihr zu reden, aber die anderen, die noch da waren, haben sie angestachelt, wie immer, wenn sie so angefangen hat. Einer von den Männern hat ihr sogar Ihre Nummer herausgesucht. Tja, was danach geschehen ist, wissen Sie ja. Wer immer am Telefon war, hat ihr erklärt, sie soll in der Kommandantur anrufen. Ich habe gesagt, daß ich das für sie erledige, und ihr den Hörer aus der Hand genommen. Sie hat nicht gemerkt, daß ich nicht angerufen habe, weil sie an der Tür stand und demjenigen, den sie draußen vermutete, zugeschrien hat, er solle sich verpissen und sie in Ruhe lassen. Sie hat geflucht, was das Zeug hielt, aber es war harmlos, es war einfach ihre Art.«

»Hm.«

»Ich konnte sie nur mit Mühe dazu überreden, wieder nach Hause zu gehen, weil sie überzeugt war, daß Sie bald kommen würden. Am Ende habe ich ihr versprochen, auf Sie zu warten, und bin mit ihr in ihre Wohnung hinaufgegangen. Ich habe mich überall gründlich umgeschaut, um sie davon zu überzeugen, daß niemand da ist, und als ich dann gegangen bin, hatte sie sich beruhigt. Es tut mir leid, was passiert ist, aber selbst jetzt wüßte ich nicht, was ich sonst noch hätte tun können. Wenn jemand so verrückt ist wie Clementina, weiß man nie, wann ausnahmsweise wirklich etwas schiefläuft. Woher hätte ich wissen sollen, daß etwas vorgefallen war, was ihr wirklich Angst eingejagt hatte? Bestimmt war sie völlig durcheinander, und ich habe sie nur für betrunken gehalten. Sehr wahrscheinlich war sie beides. Verstehen Sie das?«

»Das verstehe ich.«

»Franco!«

Einer der Kartenspieler streckte den Kopf zur Tür herein und zog fragend die Augenbrauen hoch.

Franco rührte sich nicht von seinem Stuhl, sondern hob nur einen dicken Finger und signalisierte damit kaum wahrnehmbar ein Nein. Der Mann in der Tür verschwand. Der Maresciallo registrierte Frage wie Antwort, hielt es aber für klüger, sich blind zu stellen. Wenn er es sich mit Franco verdarb, würde er diesem Verbrechen nie auf die Spur kommen. Er bemerkte Francos Seitenblick, der dazu diente festzustellen, ob sein Gegenüber etwas gemerkt hatte, aber der Maresciallo trank nur einen Schluck Wein und schaute mit ausdruckslosem Gesicht durch die offene Tür in die Nacht hinaus. Am Tisch der Kartenspieler wurden die Stimmen lauter, eine kurze, freundschaftliche Auseinandersetzung. Aus einem Fenster hoch oben rief eine Frauenstimme herunter: »Ich gehe jetzt ins Bett…«

Der Film im Fernsehen ging, der Musik nach zu schließen, dem Ende zu. Das Leben auf der Piazza war zu dem normalen Rhythmus einer Sommernacht zurückgekehrt, und man konnte sich nur schwer vorstellen, daß sich hier etwas Dramatisches ereignet hatte, daß jemand von außen in diese in sich geschlossene kleine Welt hatte eindringen und ihr Gewalt antun können. Das hier war eine Welt, in der sich kleine, vertraute Tragödien abspielten; die Sirene des Krankenwagens, wenn jemandes Mutter einen Schlaganfall erlitten hatte, täglich der mühsame Weg ins Krankenhaus, bis alles vorbei war. Im schlimmsten Fall eine untröstliche Mutter, deren Sohn bei irgendeiner Gaunerei erwischt worden war. Selbst Clementinas Verrücktheit gehörte für die Menschen hier ganz selbstverständlich zum Alltag. Sie kochten Suppe für sie, hänselten sie, schnauzten sie an, wenn sie zu weit ging. In all den Jahren, die der Maresciallo in Florenz war, war er noch nie gerufen worden, um hier einzugreifen. Diese Leute schlichteten ihre Differenzen selbst, oder Franco tat es für sie. So war das immer gewesen, und so würde es auch bleiben. Der Mord an Clementina fiel absolut aus dem Rahmen. Er mußte von einem Außenseiter begangen worden sein, und wer immer das war, war so schlau und instinktsicher gewesen, sich passend zu diesem Stadtbezirk für den Gasherd zu entscheiden, auch wenn er nicht effektiv genug vorgegangen war, um das Ganze überzeugend aussehen zu lassen. Vielleicht war ihm das nicht so wichtig gewesen, oder er hatte angenommen, daß es sonst niemand sonderlich wichtig finden würde. Eine verrückte alte Frau, arm und harmlos, die kein Mensch vermissen würde.

»In gewisser Weise wird sie mir fehlen«, sagte Franco, der wie der Maresciallo in die Nacht hinausstarrte, »obwohl sie einem manchmal auf die Nerven gehen konnte. Aber sie hat einfach dazugehört, wissen Sie? Ich warte dauernd darauf, daß sie da draußen mit ihrem Handfeger auftaucht...«

Aber draußen tauchte niemand auf.

»Kreuz sieben.« – »Der gehört mir.« – »Du gibst...«

»Einmal hat sie ihn dem Mann von der städtischen Müllabfuhr über den Schädel gehauen.«

»Was?«

»Sie ist mit ihrem Besen auf die Leute losgegangen, vor allem wenn sie ihr beim Putzen in die Quere gekommen sind. In der Beziehung war sie ganz fanatisch.«

»Meine Frau hat mir erzählt, daß sie den ganzen Platz gekehrt hat.«

»Gekehrt? Geschrubbt und gescheuert. Sie ist ständig auf den Knien herumgerutscht. Und einmal habe ich gesehen, wie sie aus einem Geschäft kam, ihren Kassenzettel sofort zur Mülltonne getragen und mühsam den Deckel aufgestemmt hat – sie war ja sehr klein –, obwohl sie ihre kleine Einkaufstasche in der Hand hatte und unter dem Arm den unvermeidlichen Handfeger. Sie war schon ein Unikum. Richtig schlimm wurde es immer, wenn es dunkel wurde, da hat sie angefangen zu kehren und zu wischen, als hinge ihr Leben davon ab.«

»Franco?« Aus dem hinteren Teil der Bar tauchte eine Frau auf. Sie war so korpulent wie Franco und lächelte ebenso freundlich und gelassen. Eine große Brosche auf dem ausladenden Busen schmückte ihr Kleid, und sie rauchte eine Zigarette.

»Pina, meine Frau«, sagte Franco. Offenbar hielt er es nicht für nötig, ihr den Maresciallo vorzustellen.

»Ach, armes Ding...«

Der Maresciallo faßte das als Bemerkung über Clementina und nicht als Begrüßung auf.

»Ich setze mich einen Augenblick«, fuhr sie mit einem Seufzer fort. »Meine Füße sind geschwollen. Der Arzt sagt, ich soll mehr gehen, aber ich weiß nicht, woher ich die Zeit dafür nehmen soll.« Mit ihren beringten Fingern knallte sie ein Päckchen Zigaretten und ein Plastikfeuerzeug auf den Resopaltisch und ließ sich auf einen Stuhl sinken, der viel zu zerbrechlich für ihr Gewicht aussah. Franco machte Anstalten aufzustehen.

»Ich hole dir ein Glas.«

»Nein. Ich möchte nichts. Worüber habt ihr geredet? Clementina, nehme ich an.«

»Darüber, wie sie den Platz geputzt hat«, sagte Franco, »sogar nachts.«

»Sie war schon eine merkwürdige Person.«

»Hatte sie schon immer diesen Putzzwang?« fragte der Maresciallo.

»Solange sie hier war, und das müssen zehn Jahre sein – stimmt's, Franco? Man kann ja nie wissen, vielleicht ist sie so geworden, als sie ihren Mann verloren hat. Manche Frauen werden danach komisch.«

»Und wann hat sie ihren Mann verloren?«

»Das kann ich Ihnen nicht sagen. Ich vermute auch nur, daß sie Witwe war, weil sie einen Ehering getragen hat. Jetzt, wo Sie danach fragen, kommt es mir auch komisch vor; obwohl sie auf ihre Art immer viel geredet hat, hat sie nie ein Wort über ihre Vergangenheit erzählt.« Pina zog ausgiebig an ihrer Zigarette, auf die ihr knallroter Lippenstift abgefärbt hatte. »Man kann jemanden Tag für Tag sehen, und am Ende weiß man doch nicht viel über ihn. Ich weiß allerdings, daß sie bis vor kurzem irgendeine Arbeit hatte. Weiß der Himmel, welcher gutmütige Mensch ihr die gegeben hat.«

»Was für eine Arbeit?«

»Putzen natürlich!« meinte Pina lachend. »Ich weiß, das hört sich nach der idealen Arbeit für sie an, die arme Haut, aber sie hatte ihre eigenen Vorstellungen vom Putzen, und die waren nicht nach jedermanns Geschmack. Ich zum Beispiel hätte nicht gewollt, daß sie meine Wohnung putzt, das kann ich Ihnen sagen.«

Es stimmte, daß der Maresciallo in Clementinas Wohnung festgestellt hatte, daß sie zwar sauber, aber keineswegs blitzend und appetitlich war. Er hatte es darauf geschoben, daß alle Einrichtungsgegenstände uralt waren, aber vielleicht war die Wohnung insgesamt doch nicht so sauber gewesen. Diese dicke Staubschicht oben auf dem Schrank...

»Bestimmt wollte ihr jemand was Gutes tun«, meinte Pina. »Obwohl ich nicht weiß, wer. Sie hatte keine Menschenseele, die sich um sie gekümmert hätte.«

»Wo war denn diese Arbeit?«

»In irgendeinem Büro, stimmt's Franco?«

»Stimmt. Nicht weit von hier, unten am Fluß. Wie die Firma geheißen hat, weiß ich nicht.«

»Ich müßte es eigentlich wissen«, sagte Pina, »sie hat den Namen oft erwähnt, wenn sie hingegangen ist... Wie zum Teufel hat sie gleich wieder geheißen?«

Der Maresciallo wollte sie weder drängen noch insistieren, daß der Name wichtig sei, weil er wußte, daß er ihr dann um so schwerer einfallen würde. Er konnte nicht einmal mit Bestimmtheit sagen, daß er wichtig war, aber er hatte nach wie vor das Gefühl, daß jemand von »außerhalb« den Mord begangen hatte, daß er nichts mit den Leuten hier auf dem Platz zu tun hatte und daß jede Verbindung zwischen Clementina und einer Person außerhalb des Bezirks von Nutzen sein könnte.

Nachdem Pina noch eine Weile angestrengt nachgedacht hatte, drückte sie ihre Zigarette aus und erhob sich schwerfällig von dem kleinen Stuhl.

»Ich weiß, wer Ihnen den Namen sagen kann. Maria Pia! Pippos Frau«, erklärte sie dem Maresciallo. »Pippo haben Sie ja kennengelernt.«

»Ja, Pippo habe ich kennengelernt.«

»Also, wenn sich irgend jemand erinnern kann, dann sie. Sie vergißt keinen Namen und kein Gesicht. Ich ruf mal hinauf.«

»Jetzt?«

»Sie ist bestimmt noch nicht im Bett. Sie geht nie vor Mitternacht ins Bett.«

Damit watschelte Pina langsam zur offenen Tür. Der Maresciallo sah, wie sie draußen auf dem Gehsteig kurz stehenblieb. Einer der Männer, die an den Tischen saßen, hatte mit gedämpfter Stimme etwas zu ihr gesagt. Wer es war, konnte er von drinnen nicht erkennen. Pina zuckte die Achseln und murmelte etwas, wovon der Maresciallo nur das Wort »Franco« verstand. Als er ihn ansah, lächelte dieser nur und sagte: »Sie kommt gleich wieder. Macht es Ihnen was aus, wenn ich kurz aufstehe und ein paar Gläser abspüle? Wir können ja weiterreden.«

»Nur zu.«

Sie hörten Pina draußen im Dunkeln rufen.

»Maria Pia! Maria Pia!«

Fensterläden quietschten und wurden aufgestoßen.

»Was gibt's denn?«

»Kannst du dich erinnern, wie dieses Ding geheißen hat, wo Clementina gearbeitet hat? Diese Firma?«

»Warum?«

»Der Maresciallo ist hier und möchte es wissen.«

»Aber sie ist schon seit einiger Zeit nicht mehr hingegangen.«

»Das spielt keine Rolle. Er will es trotzdem wissen.«

»Warte... es liegt mir auf der Zunge...«

Warum erinnerte Franco, wie er so hinter der Bar stand, den Maresciallo an ein mechanisches Spielzeug? Er war ein Koloß, und sein kahler Kopf glänzte... und nun band er sich eine riesige Schürze um den dicken Bauch – aber es hatte nichts mit seinem äußeren Erscheinungsbild zu tun... Ja, das war es. Es lag daran, daß sein großer Kopf, egal ob er redete oder schwieg, arbeitete oder gar nichts tat, immer leicht auf und ab wippte, als säße er auf einer Feder. Das und das unablässige gütige Lächeln waren der Grund dafür, daß er wie ein Riesenspielzeug aussah.

»Na also! Ich wußte doch, daß sie sich erinnern würde.« Pina kam siegesgewiß hereingewatschelt und lächelte den Maresciallo an. »Die Firma heißt ›Italmoda‹. Hat was mit Bekleidung zu tun, aber womit genau, weiß ich nicht.«

»Hat sie längere Zeit dort gearbeitet?«

»Soweit ich mich erinnern kann. Sie hat immer da gearbeitet, stimmt's Franco?«

»Solange sie hier gewohnt hat. Allerdings nur drei Vormittage in der Woche.« Franco hob einen dampfenden Drahtkorb voller Gläser aus dem Spülbecken.

»Mach mir doch einen Kamillentee, Schatz, wenn du schon da bist. Und dann könnten wir eigentlich zumachen, was meinst du?«

Franco nickte nur und lächelte. Er legte einen Beutel Kamillentee in eine Tasse und hielt sie unter die Düse, aus der kochendes Wasser kam.

»Machen Sie bloß nicht früher zu, weil ich hier bin«, sagte der Maresciallo gelassen. Wie konnte er ihnen begreiflich machen, daß er ihre Gewohnheiten keinesfalls durcheinanderbringen wollte, ohne zuzugeben, daß er erraten hatte, wie sie aussahen? Es war im Gegenteil äußerst wichtig, daß alles so weiterlief wie sonst, also wagte er nur zu sagen: »Ich bin nicht hier, um Sie zu beobachten…«

Wenn sie dazu übergingen, früh zuzumachen, würde er seine besten Wachhunde einbüßen. Am besten wäre es wohl, ihr Vertrauen zu gewinnen, indem er sie ins Vertrauen zog. Er war ziemlich sicher, daß er sich auf ihre Verschwiegenheit verlassen konnte, und außerdem hatte Franco ohnehin schon gesagt, er wisse, daß es kein Selbstmord war. Ihre liebenswerte handfeste Art und das Vertrauen, das sie im Bezirk genossen, überzeugten ihn. Selbst später, als die Geschichte beinahe ein tragisches Ende nahm, kam es ihm nie in den Sinn, sie dafür verantwortlich zu machen. Er war auch dann noch überzeugt, daß es richtig gewesen war zu sagen: »Es gibt etwas, was ich Ihnen gern anvertrauen würde, Ihnen beiden.«

Er wartete, bis sich Franco die Hände abgetrocknet hatte

und mit der Teetasse für seine Frau hinter dem Tresen hervorkam.

»Setzen Sie sich einen Augenblick.« Er schaute sich um, aber der Fernseher flimmerte vor leeren Stühlen, und niemand spielte an dem Computerspiel, das irgendwo außer Sichtweite piepste. Alle waren draußen und hofften auf eine kühle Brise, die jedoch ausblieb.

»Wer ist dran mit Geben?« – »Der gehört mir. Noch ein Spiel, dann verzieh ich mich ins Bett...«

Der Maresciallo beugte sich leicht zu dem Paar hinüber, das ihm an dem runden Tisch gegenübersaß, behielt dabei jedoch die Tür im Auge, um sicherzugehen, daß nicht unvermittelt jemand auftauchte.

»Clementina hat nicht Selbstmord begangen. Davon bin ich überzeugt.«

»Da hast du's! Genau das hast du auch gesagt, Franco.«

»Der Maresciallo weiß, daß ich es weiß. Ich habe es ihm gesagt.«

»Ich muß allerdings zugeben«, gestand der Maresciallo, »daß ich nicht die leiseste Ahnung habe, wie Sie dahintergekommen sind. Sie haben sie nicht einmal angesehen.«

»Das war auch nicht nötig. Sobald Pippo sagte, er hätte sie mit dem Kopf im Herd gefunden, wußte ich Bescheid. Das Gas in der Gasflasche hätte nicht ausgereicht, um einen Spatzen umzubringen. Ich habe gestern selber nachgesehen. Ihr ist nämlich immer das Gas ausgegangen. Die liefern einem nur sehr ungern eine einzelne Gasflasche, und manchmal hatte sie nicht genug Geld für zwei. Gestern, als wir bis über beide Ohren mit den Vorbereitungen für das Fest beschäftigt waren, hat sie mir andauernd damit in den Ohren gelegen. Sie dachte, ich hätte vielleicht noch eine Flasche übrig, aber ich hatte keine, und da zwei Feiertage bevorstanden, hat sie befürchtet, das Gas würde ihr ausgehen. Irgendwann hatte ich eine Minute Zeit, um hinaufzugehen und nachzuschauen. Ich habe ihr erklärt, zum Kaffeekochen würde es noch reichen, abends würde sie ohnehin unten mit uns essen und für den zweiten Abend, also heute, bekäme sie etwas von den Resten oder irgendwas anderes. Da das Geschäft morgen wieder offen hat, war ich sicher, daß sie zurechtkommen würde. Keine große Hexerei, wie Sie sehen. Nicht mal sie war so verrückt, daß sie versucht hätte, sich mit Gas umzubringen, obwohl die Flasche fast leer war.«

»Nein. Da haben wir's. Die Tatsache, daß jemand sie mit dem Kopf im Backrohr liegengelassen hat, kann nur bedeuten, daß der Betreffende einen Selbstmord vortäuschen wollte.«

»O Gott, Franco, stell dir das vor.«

»Wie hat er sie denn umgebracht?«

»Das weiß ich nicht. Es wird eine Obduktion geben. Also...« Er sah sie nacheinander an. »Sie hatten recht damit, daß das besser nicht nach außen dringen sollte. Ihnen beiden habe ich es nicht nur gesagt, weil Sie bereits so etwas vermutet haben, sondern weil ich glaube, daß Sie mir weiterhelfen können, und weil ich vermeiden möchte, daß jemand anderer hier Nachforschungen anstellt.«

»Sie glauben doch wohl nicht, daß jemand von hier...«

»Nein«, versicherte der Maresciallo Franco, »ich glaube nichts dergleichen. Aber wenn die Leute es erfahren, werden es die Zeitungen erfahren und so weiter. Ich ziehe es vor, den Täter in dem Glauben zu lassen, daß er uns Sand in die Augen gestreut hat. Das ist im Augenblick der einzige Vorteil, den wir ihm gegenüber haben.«

Franco sann ein paar Minuten darüber nach, wobei sein glänzender Schädel sanft auf und ab wippte. Pina beobachtete ihn, während sie mit zierlichen Bewegungen ihren Tee trank.

»Wenn es niemand aus unserem Bezirk ist«, meinte Franco, »verstehe ich nicht, wie wir Ihnen helfen können – nicht daß wir nicht wollen, Sie verstehen schon, aber...«

»Machen Sie sich keine Gedanken, ich erwarte nicht, daß Sie irgendwas unternehmen. Halten Sie nur die Augen offen. Wenn ich hier anfange, Fragen zu stellen, macht die Geschichte bald die Runde, aber Sie können mit Ihren Gästen unverfänglich plaudern, und nach dem, was passiert ist, ist es nur natürlich, daß alle über Clementina reden. Vielleicht schnappen Sie ja was auf, zum Beispiel irgend etwas Merkwürdiges aus den letzten Wochen, das mit ihr zu tun hat.«

»An Clementina war alles merkwürdig«, warf Pina ein.

»Aber vielleicht hatte sie in letzter Zeit Besuch von einem Fremden.«

»Soweit ich weiß, nicht.« Franco legte die Stirn in Falten.

»Wann hat sie aufgehört zu arbeiten, wissen Sie das?«

»Das kann ich Ihnen sagen«, antwortete Pina, »weil es an meinem Geburtstag war. Das war der fünfzehnte Juli. Ich habe ihr was zu trinken angeboten, um anzustoßen – sie mochte ganz gern mal einen Schluck, wenn sie einen bekam –, und da hat sie gesagt: ›Auf diesen Bastard, den bin ich Gott sei Dank los‹, und ich habe gesagt: ›Was soll das heißen? Hast du deine Arbeit sausen lassen?‹ Um ehrlich zu sein, mir erschien es wahrscheinlicher, daß man sie rausgeworfen hatte, vermutlich weil sie ihrem Chef mit dem Handfeger eins übergebraten hatte, aber das habe ich nicht gesagt. Jedenfalls meinte sie darauf nur: ›Ich kenne meine Rechte, und was er sagt, stimmt einfach nicht! Ich denk nicht dran zu gehen!‹ Aber was nicht gestimmt hat, weiß ich auch nicht.«

»Ich werde es schon herausfinden.«

»Davon gehe ich aus, aber ich kann mir nicht vorstellen, daß jemand das tun würde – Sie wissen schon…, nur weil sie sich nicht ohne weiteres hat rauswerfen lassen. Na ja, Sie kennen sich mit diesen Dingen besser aus als ich.«

»Aber Sie können die Dinge hier im Bezirk besser im Auge behalten. Bestimmt ist Ihnen ebenso klar wie mir, daß es keinen Sinn hätte, einen Mann in Zivil hier einzusetzen, wo jeder jeden kennt.«

»Der würde auffallen wie ein verbundener Daumen«, stimmte Franco ihm zu. »Ich verstehe, was Sie meinen, und Sie haben völlig recht. Einmal hat man aus irgendeinem Grund einen Mann in Zivil hierhergeschickt, und sofort wußten alle Bescheid.« Sein Blick wanderte zu seiner Frau und dann wieder zurück zum Maresciallo. »Sie glauben doch nicht, daß der Kerl zurückkommt, oder?«

»Dann sind wir ja nicht mehr sicher in unseren Betten!« rief Pina.

»Das sind Sie bestimmt«, versicherte ihr der Maresciallo. »Machen Sie sich keine Sorgen.«

»Da läuft es mir kalt den Rücken hinunter, das können Sie mir glauben«, sagte Pina. »Schließlich war Clementina auch nicht sicher in ihrem Bett – meinen Sie, sie hat geschlafen, als es passiert ist?«

»Sehr wahrscheinlich.«

»Ich wette, daß sie geschlafen hat«, sagte Franco, »denn wenn sie die Möglichkeit gehabt hätte, auch nur einen Schrei loszulassen, hätte sie mit ihrer Stimme ganz Florenz aufgeweckt.«

»Wissen Sie«, sagte Pina nachdenklich, »es war ein Schock für uns. Ich meine, niemand rechnet damit, daß ein Mensch, den man kennt, ermordet wird, aber ich glaube, noch mehr hätte es mich überrascht, wenn sie sich das Leben genommen hätte. Egal, was für Fehler sie hatte, sie gehörte nicht zu den Leuten, die sich selbst bemitleiden. Zugegeben, sie hat dem einen oder anderen ihren Besen über den Schädel gezogen und geflucht wie ein Fuhrknecht, sie hat an dem Essen, das wir ihr gegeben haben, herumgemäkelt, als wäre sie in einem Restaurant, aber sie wollte nie Mitleid und hat sich nie selber leidgetan. Von dem Moment an, in dem sie aufgestanden ist, bis zu dem Augenblick, in dem wir sie abends dazu überreden konnten, wieder nach Hause und ins Bett zu gehen, war sie auf den Beinen; sie hat geputzt, gestritten, Karten gespielt, geflucht, sich nichts gefallen lassen... Sie hätte nie im Leben Selbstmord begangen, egal, was für Probleme sie hatte. Habe ich recht, Franco?«

»Ich glaube schon. So, wie ich die Sache sehe, ist es nur gut, daß sie verrückt war. So arm, wie sie war – und dann diese jämmerliche Wohnung und nicht einen einzigen Menschen –, hätte sie ein elendes Leben geführt, wenn sie normal gewesen wäre und zurückgezogen gelebt hätte. Es war ganz gut, daß sie so war, wie sie war.«

»Da mögen Sie recht haben«, meinte der Maresciallo.

»Jedenfalls, lassen Sie Ihre Gäste ungeniert reden, und sollte sich herausstellen, daß jemand in letzter Zeit etwas Ungewöhnliches bemerkt oder jemand Fremden gesehen hat, sagen Sie mir Bescheid.«

»Dann kommen Sie also wieder?« fragte Franco.

»Irgendwann. Ich rufe Sie in ein paar Tagen an, wenn ich es nicht schaffe herzukommen. Und jetzt mache ich mich auf den Weg und lasse Sie in Ruhe.« Damit stand er auf.

»Sie können sich auf uns verlassen«, versprach Franco.

Nur die Hälfte der Tische vor der Bar waren noch besetzt. An einem leuchtete Pippos weißes Hemd gelblich im Schein der Straßenlaterne.

Er hielt beim Kartengeben inne, um eine Spur wichtigtuerisch zu sagen: »Gute Nacht, Maresciallo. Sehen wir Sie wieder? Ich nehme doch an, daß es eine Untersuchung gibt.«

Der Maresciallo brummte etwas Unverbindliches und fügte dann hinzu: »Gute Nacht allerseits.«

4

Die Schublade klemmte, so daß er ziemlich heftig ziehen mußte, bis sie aufging.

»Salva? Bist du das?«

»Mm.«

»Ich dachte, ich hätte dich hereinkommen hören. Was machst du denn bloß da draußen?« Sie war schon im Bett, und er hatte sie nicht aufwecken wollen, konnte der Versuchung aber doch nicht widerstehen, einen Blick in die Schublade im Flur zu werfen.

»Ich komme gleich«, rief er.

Da... eine Schachtel mit Knöpfen, eine zweite Schachtel, die nur seine Uniformknöpfe enthielt... das Verbandszeug, das im Badezimmerschränkchen keinen Platz mehr hatte, Nähzeug, eine Schere... die Schere? Neulich hatte er ewig danach gesucht... Es dauerte nicht lange, bis er zutage förderte, wonach er gesucht hatte: eine Schuhschachtel mit alten Fotos. Lauter Schnappschüsse, die nicht gut genug waren fürs Fotoalbum. Einige waren unscharf, ein paar waren gegen die Sonne aufgenommen, wieder andere überbelichtet, Monster mit zwei Köpfen oder gespenstische Schatten. Er entdeckte ein Foto von den beiden Jungen am Strand daheim in Sizilien und war ganz erstaunt, wie klein und mollig und babyhaft sie aussahen. Er konnte sich nicht erinnern, sie je so erlebt zu haben. Natürlich hatte er sie in dem Alter nur selten zu Gesicht bekommen, weil man ihn nach Florenz versetzt hatte. Er warf einen Blick auf das Datum auf der Rückseite und legte das Foto wieder in die Schachtel. Die Fotografien ganz unten waren alt und verblichen und stammten von seiner Mutter. Er hatte keine Ahnung, wie sie hierhergelangt waren, aber sie waren nun mal da. Manche Sachen folgten einem anscheinend überall hin, ohne daß man sich darum kümmerte, während andere, wichtigere Dinge beim Umziehen verlorengingen. Er war überzeugt, daß das in jeder Familie so war. Und trotzdem hatte er in Clementinas Wohnung nicht ein einziges Foto entdeckt. Sie war verheiratet gewesen, aber nirgends gab es ein Hochzeitsfoto. Und auch wenn sie keine Kinder gehabt hatte, war sie selbst einmal ein Kind gewesen. Sie hatte eine Vergangenheit, eine Familie, wie jeder Mensch. Wie war es möglich, daß es in ihrer Wohnung nicht ein einziges Foto gab? Behutsam machte er die Schuhschachtel wieder zu und schloß die hartnäckige Schublade.

»Salva! Was um Himmels willen...?«

»Ich komme schon.«

Teresa saß im Bett und hatte das Nachttischlämpchen an. Die Luft war durchtränkt vom schweren Geruch des Mückenkillers, und in einer Ecke summte ein Ventilator, der wenig mehr bewirkte, als die heiße Luft durcheinanderzuwirbeln.

»Hab ich dich aufgeweckt?« Er begann sein Hemd aufzuknöpfen.

»Ich habe nicht geschlafen, sonst hättest du mich mit deinem Krach aufgeweckt. Was hast du denn bloß gemacht?«

»Mir alte Fotos angesehen.«

»Unsere? Wozu denn? Welche Fotos?«

»Die Schnappschüsse aus der Schachtel in der Schublade.«

»Um diese Zeit? Die taugen doch alle nichts. Eigentlich sollte man sie wegwerfen.«

»Aber man wirft sie nicht weg, das ist der springende Punkt.«

»Ich weiß nicht, worauf du hinauswillst. Ich werde sie bald mal aussortieren, aber irgendwie sammeln sie sich Jahr für Jahr an.«

»Genau.«

»Wenn ich doch nur wüßte, wovon du redest.«

»Von Clementina.«

»Dieser Verrückten?«

»Ja. Sie ist tot.«

»Nein!«

»Doch. Und in ihrer Wohnung war nicht ein einziges Foto, kein einziger Schnappschuß.«

»Aber... haben sie dich deshalb gerufen?«

»Ja. Ich glaube, ich hole mir noch ein Glas Wasser. Möchtest du irgend etwas?«

»Nein, aber hast du gegessen?«

Das hatte er ganz vergessen. »Nein... Vielleicht mache ich mir noch ein Brot.«

»Ich richte dir eines.«

»Nein, nein. Bleib liegen.«

Als er so allein im Schlafanzug am Küchentisch saß, vor sich ein belegtes Brot, überkam ihn ein merkwürdiges Gefühl, das er nicht gleich einordnen konnte, weil er abgelenkt war. Er überlegte, ob er jemals in einer Wohnung gewesen war, in der es nicht wenigstens ein oder zwei Fotos gab, aber er konnte sich an keine erinnern. Als Kind zu Hause im Süden hatte er Bauernfamilien gekannt, die nicht genügend zu essen hatten und garantiert keinen Fotoapparat besaßen, aber selbst die hatten Fotografien von jeder Erstkommunion und jeder Hochzeit. Mag sein, daß Clementina verrückt war, aber für seine Begriffe reichte das als Erklärung nicht aus. Das Problem war, sobald ein Mensch einmal als verrückt abgestempelt war, wurde alles, was er tat oder sagte, damit gerechtfertigt. Wie oft hatte er das bisher gehört? »Natürlich, sie war ja verrückt.« – »Alles an ihr war merkwürdig.« – »Sie dürfen nicht vergessen, daß sie nicht ganz richtig im Kopf war.« Nein, ihn überzeugte das nicht. Es überzeugte ihn nicht, weil jemand sie umgebracht hatte. Man bringt keine Frau um, nur weil sie ein bißchen verquer ist und nach Einbruch der Dunkelheit die Straße putzt. Man bringt sie aus einem triftigen Grund um, der vermutlich nichts mit ihrer Verrücktheit zu tun hat.

Die Uhr auf dem Küchenbord tickte leise, begleitet vom rhythmischen Zirpen der Zikaden im Boboli-Garten hinter dem Palazzo, und da endlich wurde ihm bewußt, daß allein hier zu sitzen und sein Brot zu essen ihn an seine Zeit als Strohwitwer erinnerte. Es war keine unangenehme Erinnerung, da sie ihm noch deutlicher vor Augen führte, wie zufrieden er mit der derzeitigen Situation war. Noch besser würde alles werden, wenn die Jungen zurückkamen. Wie babyhaft und pummelig sie auf diesem Foto ausgesehen hatten... Er stand auf und spülte den Teller ab. Er war noch munter, obwohl es schon so spät war, und wollte gern noch einen Augenblick mit Teresa plaudern, falls sie nicht schon schlief. Er machte das Licht in der Küche aus und stellte erfreut fest, daß die Lampe im Schlafzimmer noch brannte, obwohl seine Frau die Augen geschlossen hatte. Er schaltete den Ventilator aus.

»Schläfst du?«

»Fast... Wieviel Uhr ist es?«

»Spät, aber du kannst ja morgen ausschlafen.«

»Ich schlafe nie aus. Du weißt ganz genau, wenn ich erst einmal wach bin...«

Er legte sich ins Bett und streckte die Hand nach dem Wecker aus.

»Ich habe ihn schon gestellt. Was ist denn mit dieser armen alten Frau passiert?« Nun waren ihre Augen weit geöffnet. »Oder möchtest du es mir nicht sagen?«

»Doch, ich sage es dir... aber du darfst außerhalb dieser vier Wände kein Wort davon verlauten lassen, weil ich nicht möchte, daß es jetzt schon bekannt wird. Es sollte nach Selbstmord aussehen, aber jemand hat sie umgebracht.«

»Umgebracht? Diese harmlose alte Frau? Sie war doch bestimmt arm wie eine Kirchenmaus!«

»Was hat das denn damit zu tun?«

»Na ja... ich weiß nicht. Ich dachte nur... ich weiß es nicht.«

»Soviel ich weiß, besaß sie keine Lira, aber trotzdem wurde sie umgebracht. Zu niemandem ein Wort davon, denk dran!«

»Ich sage bestimmt nichts. Du hättest es mir ja nicht zu sagen brauchen, wenn du nicht wolltest. Kein Grund, böse zu werden.«

»Ich bin nicht böse.« Aber er war tatsächlich verärgert,

und man hörte es seiner Stimme an. Er ärgerte sich über sich selbst, weil er sich von den fehlenden Fotos und der Verrücktheit der alten Frau so hatte ablenken lassen, daß er darüber den naheliegenden Gedanken, jemand könnte sie aus Geldgründen umgebracht haben, ganz aus den Augen verloren hatte. Wenn man es recht bedachte, was wußte er oder sonst jemand wirklich von Clementina? Vielleicht war sie ein Geizhals gewesen. Vielleicht hatte sie irgendwo Geld versteckt, das sie nur nicht gefunden hatten, auch wenn ihm das unwahrscheinlich erschien. Ihre Vergangenheit lag im dunkeln, und das brachte ihn wieder zu den Fotos zurück. Wer war sie? Wo hatte sie bis vor zehn Jahren gelebt? Das galt es herauszufinden.

»Na gut, wenn du lieber nicht darüber redest, mache ich das Licht aus.«

»Was? Nein... Ich habe nur nachgedacht. Aber mach es trotzdem aus.« Schlagartig war er müde. Es war ein langer Tag gewesen, und wie es aussah, würde der morgige noch länger werden.

Im August war der Morgen die beste Tageszeit, die einzige Zeit, in der sich der Körper kühl und leicht genug anfühlte, um aktiv zu sein, und der Kopf noch klar genug war, um fällige Entscheidungen zu treffen. Der Maresciallo war bereits eine gute Stunde, bevor die diensthabenden Rekruten herunterkamen, in seinem Büro. Er hatte sie im Stockwerk über sich aufstehen und duschen hören, Stimmen, die sich verschlafen die eine oder andere Bemerkung zuraunten. Vor dem Fenster regte sich kein Lüftchen, und in den Lorbeerbüschen zwitscherten die Vögel. Er hörte die Parkwächter kommen, die ihren Büroraum im Erdgeschoß direkt unter seinem Zimmer hatten. An so einem Morgen wäre es schön gewesen, nicht am Arbeitsplatz zu wohnen, sondern durch den Boboli-Garten zur Arbeit zu gehen. Er stand auf und öffnete das Fenster. Die Morgenluft war von der Sonne leicht angewärmt und roch nach Bäumen statt nach dem dichten Verkehr, der sie den Rest des Jahres über schwängerte. Er beugte sich hinaus, um einen Blick auf die rote Kuppel und den weißen Marmorturm des Doms vor dem hellblauen dunstigen Himmel zu erhaschen. Darüber freute er sich jedesmal. Seine frisch gebügelte Uniform fühlte sich auf der Haut angenehm an. Er hätte einiges darum gegeben, um diese Zeit sein Büro verlassen zu können, aber es gab viel zu erledigen, und bis er damit fertig war, würde die Luft draußen ebenso heiß und schweißgetränkt sein wie seine Uniform. So blieb er einen genußvollen Augenblick lang am offenen Fenster stehen, bis er die Jungs die Treppe herunterpoltern hörte.

»Morgen, Maresciallo.«

»Morgen, Jungs. Setzt euch einen Augenblick, alle beide. Alles in Ordnung?« Diese Bemerkung war an den linken Burschen gerichtet, einen kräftigen, fröhlichen Rekruten.

»Si, Signore!« Er bestand darauf, den Maresciallo ›Signore‹ zu nennen und die Hacken zusammenzuknallen, wenn man es am wenigsten erwartete. Der Maresciallo fand ihn beunruhigend zackig, während sich die anderen Rekruten über ihn lustig machten. Di Nuccio grinste. Der Maresciallo wahrte seinen glupschäugigen Ernst.

Die Tür wurde aufgestoßen, noch während jemand anklopfte.

»Wir holen die Post, Maresciallo.«

»Wartet.« Der Maresciallo schob den vorläufigen Bericht über die Ereignisse der vergangenen Nacht in einen großen Umschlag. »Gebt das zuerst im Büro des Staatsanwalts ab – und beeilt euch heute morgen, weil ich Di Nuccio losschicken will, sobald ihr zurück seid.« Er hatte einen guten Grund, sie zur Eile zu mahnen. Die Post in der Kommandantur abzuholen war eine begehrte Aufgabe, weil man dort unweigerlich alte Freunde traf und immer einen raschen Espresso und ein kurzes Schwätzchen einschieben konnte. Der Maresciallo wußte das, stellte sich aber dumm.

Als sie verschwunden waren, sprach er kurz mit dem Rekruten, der Bruno hieß, wobei er sich Mühe gab, Di Nuccios Grinsen zu übersehen. Man mußte diesen Burschen einfach mögen, obwohl er ziemlich überspannt war. Als er hier ankam, war er ein Fitnessfanatiker gewesen und hatte jede freie Minute mit Hanteln und Expandern trainiert. Drei Wochen später verlegte er sich aufs Aquarellieren, und die Hanteln verschwanden. Dabei konnte man ihm nicht vorwerfen, daß er sich nur oberflächlich mit diesen Dingen beschäftigte. Solange seine Begeisterung anhielt, widmete er sich einer Sache mit Haut und Haar und erzielte beachtliche Erfolge. Die anderen Rekruten machten sich andauernd über ihn lustig, aber es ließ sich nicht leugnen, daß er beeindruckende Muskeln hatte; und erst letzte Woche hatte er für eines seiner Bilder einen Preis gewonnen. Der Maresciallo seinerseits konnte sich nicht beklagen. Wenn der Junge gewollt hätte, hätte er jederzeit auf die Universität gehen und den Militärdienst jahrelang hinauszögern können, aber er hatte seine Einberufung mit achtzehn akzeptiert, war in die

Uniform geschlüpft und brachte selbst dafür überschwengliche Begeisterung auf. Der Maresciallo hatte noch nie einen Rekruten erlebt, der den Militärdienst so offensichtlich genoß, selbst wenn er nur darin bestand, an einer zugigen Straßenecke Wache zu schieben. Nichts konnte seine Begeisterung dämpfen, und nichts ging ihm gegen den Strich.

»Darf ich Sie etwas fragen, Signore?« fragte Bruno mit glänzenden Augen, sobald sich in der väterlichen Ansprache des Maresciallo eine Pause andeutete.

»Nenn mich nicht ›Signore‹.«

»No, Signore – Maresciallo, ist es Ihnen erlaubt, mit uns zu essen?«

»Was…?«

»Dürfen wir Sie zu uns nach oben zum Essen einladen, Signore?«

»Bloß nicht…!«

»Tut mir leid.«

»Er hat sich aufs Kochen verlegt!« warf Di Nuccio ein, der sich das Lachen kaum verkneifen konnte.

»Auf chinesische Küche«, stellte Bruno mit ernstem Gesicht richtig. »Ich war schon immer ein guter Koch. Und ich plane ein besonderes Essen – noch nicht gleich, weil ich die Zutaten erst bekomme, wenn wieder alle Läden aufhaben. Aber ich möchte Sie gern einladen.«

»Wir werden sehen…«, murmelte der Maresciallo verblüfft. »Du gehst jetzt besser an die Arbeit. Ich möchte mit Di Nuccio was bereden.«

Bruno sprang auf, grüßte zackig, marschierte hinaus, als stünde er unter Bewachung, und knallte die Tür hinter sich zu.

»Dieser Bursche...«, begann der Maresciallo, ließ den Satz aber in der Luft hängen, weil ihm nichts Rechtes einfiel.

»Er hat die ganze Kocherei übernommen, alles!« sagte Di Nuccio und prustete los. »Wir leben da oben wie Gott in Frankreich!«

»Ihr habt doch nicht etwa Dienste getauscht...«

»Aber nein. Er macht seinen regulären Dienst, und obendrein kocht er noch. Wir sollten es ruhig genießen, solange es anhält.«

»Wahrscheinlich hast du recht. Heißt das, er hat die Malerei an den Nagel gehängt?«

»Sieht ganz so aus.«

»Hm. Wir sollten uns lieber an die Arbeit machen. Gleich vorweg, weißt du irgendwas von einem Anruf vorgestern nacht, bei dem es um eine Ruhestörung in San Frediano ging?«

»Ich erinnere mich, daß ich gestern früh was im Übergabeprotokoll gelesen habe, aber es war blinder Alarm. Der Anrufer wurde an die Kommandantur weiterverwiesen, und der Wachhabende hat selbst in der Kommandantur angerufen und dafür gesorgt, daß der Streifenwagen, der am nächsten dran ist, benachrichtigt wird. Offenbar ist er hingefahren, aber alles war ruhig. Wer immer der Anrufer war, er hat sich nicht bei der Kommandantur gemeldet, und damit war die Sache erledigt.«

»Leider nicht«, sagte der Maresciallo und setzte zu einer Erklärung an.

Als er fertig war, sagte Di Nuccio: »Glauben Sie, man wird uns vorwerfen, daß wir nachlässig waren?«

»Nein, nein. Der Anrufer wurde ganz richtig an den Notdienst weiterverwiesen, und der Bursche war so vernünftig, auch noch selbst einen Streifenwagen hinzuschicken. Ich wüßte nicht, was er sonst noch hätte tun können, selbst wenn er gewußt hätte, was passieren würde.«

»Das stimmt.«

»Also, was ich von dir möchte, sind einige Informationen, und sieh zu, daß du inoffiziell drankommst. Wie heißt dieser Freund von dir drüben in der Kommandantur? Der, der sich letzten Winter beim Skifahren das Bein gebrochen hat?«

»Mario?«

»Ja, den meine ich. Als Kinder in Neapel wart ihr doch Nachbarn, oder?«

»Wir haben in derselben Straße gewohnt.«

»Gut, da ihr alte Freunde und Nachbarn seid, könnte ich mir vorstellen, daß du von ihm erfährst, was ich wissen möchte. Wenn ich selbst Nachforschungen anstelle, werden automatisch weitere Schritte eingeleitet, und genau das möchte ich um jeden Preis vermeiden. Auf dem Platz gibt es eine Bar, direkt gegenüber dem Haus der Toten. Ich vermute, daß da abends nach Ladenschluß ein bißchen gezockt wird – in kleinem, harmlosem Rahmen, nichts Bedenkliches – und daß das manchmal bis in die frühen Morgenstunden geht.«

»Verstehe. Mario müßte das wissen, schließlich fährt er dort Nachtstreife.«

»Versuch das für mich rauszufinden. Aber denk dran, ich möchte nicht, daß jemand seine Nase da reinsteckt.«

»Dann wollen Sie das nicht unterbinden?«

»Nein, nein. Im Gegenteil, wenn es sich so verhält, wie

ich glaube, möchte ich, daß sie weitermachen, denn dann sind die Rolläden unten, damit der Eindruck entsteht, daß die Bar geschlossen ist, und außerdem steht irgendwo jemand Schmiere.«

»Ich verstehe, worauf Sie hinauswollen. Die Leute könnten uns nützlich sein – vorausgesetzt, daß sie bereit sind, uns zu berichten, was sie mitbekommen.«

»Sie sind bereit. Der Gedanke, daß in ihrem Bezirk ein Mörder umherschleicht, gefällt ihnen allen nicht. Aber ihre Lebensgewohnheiten dürfen nicht durcheinandergebracht werden, denn ich benötige ihre Hilfe. Also, ich möchte lediglich wissen, bis um wieviel Uhr sie beisammenhocken, jedenfalls so ungefähr, und ob jemand, der nicht Bescheid weiß, von draußen darauf kommen könnte, daß da Leute drin sind.«

»Das bezweifle ich. Aber ich rede mal ganz unauffällig mit Mario.«

»Mach die Sache nicht zu kompliziert. Sag ihm die Wahrheit, wenn du willst. Solange sie nicht offiziell von mir kommt, ist niemand verpflichtet, etwas zu unternehmen. Verstanden?«

»Jawohl.« Doch Di Nuccio wirkte enttäuscht. Er mochte es ganz gern, wenn ein paar kleine Intrigen das Leben etwas interessanter machten; dem Maresciallo hingegen war es lieber, wenn sich Di Nuccio diese Vorliebe für seine Beziehungen zu Frauen aufsparte, die, wie er gelegentlichen Bemerkungen entnommen hatte, seinen Bedarf an Intrigen eigentlich reichlich hätten decken müssen.

Als Di Nuccio gegangen war, seufzte er. Bei diesem Fall hätte er viel lieber seinen jungen Brigadiere Lorenzini hiergehabt, einen geradlinigen und intelligenten jungen Mann. Aber Lorenzini war gestern früh mit Frau und Kind ans Meer gefahren. So mußte er wohl oder übel mit Di Nuccio, einem halben Dutzend gänzlich unerfahrener Carabinieri und, Gott steh ihm bei, Bruno, dem Künstler – oder vielmehr dem Koch –, vorliebnehmen.

Verdrossen stellte er fest, daß die Temperatur bereits gestiegen war und ihm die ersten Schweißtropfen den Rücken hinunterperlten. Warum zum Teufel mußte so etwas im August passieren?

»Sie wissen doch, wie das im August ist«, sagte die Stimme am anderen Ende der Leitung bedauernd.

»Aber sicher«, antwortete der Maresciallo, der seinen Ärger nur mit Mühe im Zaum halten konnte. »Ich bin in derselben Situation, weil die meisten meiner Leute in Urlaub sind, aber...«

»Dann haben Sie sicher Verständnis. Ich kann im Augenblick nicht sagen, wie lange sich das hinauszögert, aber da sind noch drei andere Obduktionen, die Vorrang haben...«

»Das ist mir klar, das haben Sie mir bei meinem letzten Anruf gesagt, aber ich brauche unbedingt möglichst viele Einzelheiten, bevor durchsickert, daß es kein Selbstmord war. Sonst wäre es nicht so dringend.«

»Offen gestanden, ich habe bereits mit dem Staatsanwalt über diesen Fall gesprochen, aber wie es scheint, mißt er der Sache nicht so viel Bedeutung bei wie sie.«

So also stand es. Ein Staatsanwalt, der weder eine Hilfe noch eine Zierde war, einer von denen, die einem dann gewaltig aufs Dach stiegen, wenn etwas schieflief.

»Haben Sie denn mit ihm darüber gesprochen?« fuhr der Gerichtsmediziner fort.

»Nein...«

»Tja, vielleicht wäre es das Beste, wenn Sie es wirklich für so dringend halten. Wenn es Ihnen gelingt, ihn zu überzeugen, könnte er ja bei uns Druck machen. Sie wissen selber, daß ich da nicht viel tun kann.«

»Sieht ganz so aus.«

»Falls Sie mit dem Arzt sprechen wollen, der am Tatort war...«

»Das ist nicht nötig. Ich war selbst dort. Das ist es nicht, was ich wissen will.«

Aber was wollte er eigentlich wissen? fragte er sich, als er auflegte. Das Wichtigste wußte er: daß sich Clementina nicht mit Gas umgebracht hatte.

»Ich will wissen, wer sie ist«, beantwortete er laut seine eigene Frage. Er hätte auch gern gewußt, ob sie jemals Kinder gehabt hatte. Die Sache mit den Fotos ging ihm nicht aus dem Kopf, obwohl er das heute morgen in seinem Bericht für den Staatsanwalt natürlich nicht erwähnt hatte. Hatte es überhaupt einen Sinn, sich hinter ihn zu stecken, damit er wegen der Obduktion Dampf machte? Ein Versuch konnte nichts schaden. Vielleicht hatte er den Bericht inzwischen gelesen. Der Maresciallo wischte sich die Stirn ab und griff zum Telefon. Der Staatsanwalt hatte seinen Bericht noch nicht gelesen. Nach Auskunft des Protokollführers, der den Anruf entgegennahm, lag er noch ungeöffnet auf seinem Schreibtisch. Er sei im Augenblick im Gericht, würde sich aber damit beschäftigen, sobald er Zeit habe. »Er hat ungeheuer viel zu tun, und jetzt im August...«

Bei dieser Hitze kam es vor allem darauf an, nicht die Beherrschung zu verlieren. War man erst einmal aus der Haut gefahren, fühlte man sich den Rest des Tages elend. Um sich vom Staatsanwalt und der Obduktion abzulenken, fuhr der Maresciallo mit dem Zeigefinger verbissen an der Liste mit den Punkten entlang, die er sich für heute vorgenommen hatte, schlug die Telefonnummer von Italmoda nach und wählte. Doch kaum begann es zu klingeln, packte ihn der Zorn auf das Büro des Staatsanwalts und alle seine Mitarbeiter, ganz besonders auf diesen Stellvertretenden Staatsanwalt, der die Untersuchung nicht etwa leitete, sondern darauf hockenblieb und nur gelegentlich das Gewicht verlagerte, um sie zu behindern, wenn sie ohne sein Zutun gute Fortschritte machte. Dabei war andauernd davon die Rede, daß die Staatsanwälte ihre kostbare Selbständigkeit verteidigen müßten. Doch tatsächlich hätten sie etwas anderes gebraucht: erheblich weniger Selbständigkeit und einen externen Wachhund, der sie in Schach hielt. Sie waren nichts weiter als ein Haufen Primadonnen, keineswegs erhaben über so kindische Manöver wie das, in bestimmten Fällen die Polizei zuzuziehen, um die Carabinieri zu ärgern und vice versa. »Das hält sie auf Trab«, hatte der Maresciallo doch tatsächlich einen von ihnen sagen hören. Na gut, wenn dieser Herr eine Szene haben wollte, bitte – nein, nichts da! Er würde ganz ruhig bleiben. Zum Teufel mit dem Mann – und zum Teufel mit dessen Mitarbeitern, die sich nicht mal die Mühe machten, ans Telefon zu gehen! Wirklich eine feine Art, eine Dienststelle zu leiten. Kein Wunder, daß das Land vor die Hunde ging.

Am anderen Ende der Leitung klingelte es unablässig,

und der Kopf des Maresciallo fühlte sich an, als würde er gleich platzen. Wütend knallte er den Hörer auf die Gabel, ließ sich auf seinen Stuhl zurücksinken und fuhr mit dem Finger unter seinem feuchten Hemdkragen entlang. Natürlich ging niemand ans Telefon. Hatte man je von einem Büro gehört, das im August besetzt war? Er schloß die Augen und versuchte, langsam durchzuatmen, aber sein Herz schlug zu schnell, und sein Atem wollte offenbar unbedingt damit Schritt halten. Er hatte es geschafft. Er hatte die Fassung verloren. Sofern er noch einen Funken Verstand besaß, würde er einfach mit seiner Routinearbeit weitermachen und den Fall Clementina bis September ruhen lassen, wenn man wieder anständig arbeiten konnte, weil die Welt wieder funktionierte. In dem Fall freilich würde der Staatsanwalt aus dem Nichts auftauchen und anfangen, ihn zu schikanieren. Er ging ans Fenster, machte es zu und schaltete den Ventilator ein. Dann schaltete er ihn wieder aus und holte sein Jackett, das hinter der Tür hing. Auf seiner Liste stand noch eine letzte mögliche Anlaufstelle, und wenn der Tag so verlief, wie es aussah, konnte er ebensogut blind drauflostappen. Warum sollte er die quälende Ungewißheit noch zwei oder drei Tage hinauszögern? Er steckte den Kopf in den Wachraum, bevor er ging. Bruno hielt die Stellung.

»Ein Wok, du ungebildeter Kerl, ist eine ganz spezielle Pfanne mit hohem, schrägem Rand...«

»Schon gut, schon gut, aber wir haben keinen«, sagte Di Nuccio und rammte einen Stecker ins Schaltbrett.

»Stimmt, aber sobald die Geschäfte aufmachen, besorge ich einen.«

»Ich bin unterwegs«, unterbrach sie der Maresciallo und schloß die Tür.

Unten am Eingang blinzelte er vor Schmerz, als das Licht seine empfindlichen Augen traf, und zog seine Sonnenbrille aus der Brusttasche. Im abschüssigen Hof vor dem Palazzo Pitti standen nur vereinzelte Autos, so daß die Touristen in ihrer neuen, bunten Sommergarderobe ungehindert umherschlendern konnten. Jemand hatte ein Eis fallen lassen, das um die durchweichte Waffel zu einer glitschigen braun-rosa Pfütze zerlaufen war. Er ging langsam hinunter und überquerte die Straße, um eine Abkürzung durch eine schattige Gasse zu nehmen. Die Straßen rochen nach Schweiß, und die großen ockerfarbenen Steine der hohen Gebäude glänzten vor Hitze. Er überquerte die Piazza Santo Spirito, die ohne die gewohnten Marktstände deprimierend wirkte. Nur ein einziger Bauer aus der Umgebung verkaufte auf einem kleinen Tisch welkes Gemüse. Eine alte Frau fingerte brummend daran herum.

Erfreulicherweise war Francos Bar geöffnet. Der Metzger und der Gemüsehändler machten erst morgen wieder auf. Der Maresciallo trat unter das Gerüst vor Clementinas Haus und drückte die Klingel im ersten Stock. Ein paar Schweißtropfen rannen zwischen seinen Schulterblättern langsam nach unten, bis sie den Gürtel erreichten. Auf dem Nasenrücken unter der Sonnenbrille bildeten sich Schweißperlen. Er tupfte sie mit seinem Taschentuch ab, schob die Brille wieder an ihren Platz, drückte nochmals auf die Klingel und trat ein Stück zurück.

»Die sind nicht da«, sagte eine Stimme hinter ihm. Er drehte sich um. Pippos Frau, Maria Pia, hatte sich aus dem

Fenster gebeugt und schlenkerte ein tropfnasses weißes Hemd. »Ich glaube, sie sind zu ihrer Mutter gefahren.«

»Ach ja? Und wo ist das?«

»Arezzo.«

»Arezzo…« Wenn sie so weit gefahren waren, blieben sie sicher den ganzen Tag aus. Ja natürlich, als er den beiden gesagt hatte, er würde wiederkommen, hatte der junge Mann gemeint: »Wenn es morgen ginge, wäre ich Ihnen dankbar.« Aber sicher! Da wären sie nicht da! Das hätte er sich eigentlich denken können, so wie heute alles lief.

»Sie wissen nicht zufällig, wann sie zurückkommen?« rief er hinauf.

Pippos Frau hatte das Hemd mit Wäscheklammern an der Leine unter dem Fenster befestigt und beförderte es quietschend über die Rolle weiter, damit das nächste Platz hatte.

»Nein…«, sagte sie achselzuckend. Von einem zweiten Hemd rieselte ein kühler Tröpfchenschauer auf das emporgewandte Gesicht des Maresciallo. »O je… passen Sie auf!«

»Einen schönen Tag noch«, sagte der Maresciallo und wandte sich zum Gehen.

»Wiedersehen«, sagte sie und rief ihm dann nach: »Vielleicht weiß Franco was!«

Vielleicht. Aber wenn sie nicht da waren, waren sie nicht da. Außerdem hatten die paar kühlen Tropfen den Maresciallo daran erinnert, daß er eine Dusche brauchte. Und vielleicht auch einen Kaffee. Die Hitze war ihm derart in den Kopf gestiegen, daß es ihm völlig egal war, daß das junge Paar gemeinerweise ausgeflogen war. Er wollte einzig und allein weg von der heißen Straße und unter eine kühle Dusche. Mehr nicht.

Statt dessen empfing ihn ein Warteraum voller Touristen, darunter eine ältere Dame, die leise in ein Papiertaschentuch weinte.

»Gott sei Dank, daß Sie zurück sind.« Ein zermürbt wirkender Di Nuccio streckte den Kopf aus der Tür des Wachraums; hinter ihm entdeckte der Maresciallo noch zwei Touristen. »In den Gemäldegalerien war ein Taschendieb am Werk, und da das lauter Ausländer sind, die nicht ein Wort von dem verstehen, was ich sage, wird das noch ewig dauern.«

Die ältere Frau weinte leise weiter, während der Rest der Gruppe dem Maresciallo vorwurfsvolle Blicke zuwarf, als wäre es seine Schuld, daß ihr Urlaub eine so unerwartet schlechte Wendung genommen hatte. Sein erster Gedanke war, daß er in Anbetracht seines verschwitzten Hemds das Jackett würde anbehalten müssen, bis er mit diesem Haufen fertig war. Sein zweiter Gedanke war, daß wenigstens ein Mensch bei dieser Hitze arbeitete und daß der Taschendieb, den jämmerlichen Gesichtern nach zu urteilen, einen erfolgreicheren Vormittag hinter sich hatte als er.

»Du hast nicht mal einen Blick in die Zeitung geworfen.«

»Es ist schon spät...« Er knöpfte den Hemdkragen zu und griff nach seinem Jackett.

»Schließlich bist du spät zum Mittagessen gekommen, also verstehe ich nicht, warum du dich nicht zehn Minuten ausruhen kannst. Da ist ein Artikel über Clementina...«

»Soso.«

»Sie haben ihr fast eine halbe Seite gegeben.«

»Was...? Da steht doch nicht etwa drin...«

»Nein, nein. In der Schlagzeile ist von Selbstmord die Rede. Vermutlich gibt es sonst nicht viele Neuigkeiten...«

»Ich habe keine Zeit, ihn mir anzusehen.«

»Ich dachte nur, er würde dich interessieren.« Sie war enttäuscht. Er wußte, daß sie immer weniger mit sich anzufangen wußte, je länger die Kinder fort waren, und allmählich setzte ihm das so zu wie das Wetter.

Mit diesem Gedanken im Hinterkopf sagte er: »Wir gehen nach dem Abendessen noch ein Stündchen raus«, weil ihm einfiel, daß sie am Abend zuvor wegen Clementina auf ihren Spaziergang hatten verzichten müssen. Eine durchaus logische Gedankenfolge, wie er später darlegte, und es bedurfte wahrhaftig der verschlungenen Gedankengänge einer Frau, um sie als Brüskierung zu interpretieren. Das stellte sich gegen neun Uhr abends heraus, als das Abendessen abgeräumt war und sie gerade das Haus verlassen wollten. Er hatte die Zeitung mitnehmen wollen, da sie vorhatten, sich ein erschwingliches Café zu suchen, in dem sie es sich leisten konnten, draußen zu sitzen; immerhin verdoppelte sich dadurch der Preis für jedes Getränk.

»Was soll das heißen, du hast sie weggeworfen? Du wirfst sie doch nie am selben Tag weg.«

»Heute schon«, entgegnete sie ruhig.

Das hinderte ihn nicht daran, durch die Wohnung zu stapfen, leise vor sich hinzubrummen und trotzdem danach zu suchen.

»Was soll das, zum Kuckuck? Ich habe sie weggeworfen, nachdem du gesagt hast, daß du sie nicht lesen willst.«

»Ich habe gesagt, daß ich im Augenblick keine Zeit habe, den Artikel zu lesen!«

»Gehen wir jetzt aus?«

»Ausgehen? Welchen Sinn soll das haben?«

Da sie an seine »Brummbärnummer«, wie sie sie insgeheim nannte, gewöhnt war, ging sie ins Schlafzimmer, um ihr Haar in Ordnung zu bringen und etwas Lippenstift aufzulegen. Als sie eine weiße Baumwolljacke aus dem Schrank holte, konnte sie ihn in einiger Entfernung noch immer vor sich hinbrummen hören.

»Solche Sachen würden nicht passieren, wenn jeder das täte, was man von ihm erwartet...«

Eine Bemerkung, die den jungen Burschen auf dem Carabinieri-Posten recht vertraut war. Gelegentlich vergaß er, daß seine Frau da nicht dazugehörte. Als sie fertig war, nahm sie ihre Handtasche, und sie verließen schweigend die Wohnung.

Um zwanzig nach neun überquerten sie die Brücke; die Laternen gingen an, tauchten die Uferböschungen in strahlendes Licht und brachten die Wasseroberfläche zum Glitzern. Wie gewohnt blieben sie stehen und blickten auf den Fluß hinab.

»Dieser Junge...«, begann er plötzlich.

»Ich nehme an, du sprichst von Bruno. Ich weiß nicht, warum du dir solche Sorgen um ihn machst. Ich finde, er ist ein reizender Junge und immer so fröhlich.«

»Jetzt hat er sich aufs Kochen verlegt. Ich möchte bloß wissen, was als nächstes drankommt.«

»Warum denn nicht? Er ist wirklich ein netter Kerl.«

»Niemand behauptet, daß er nicht nett ist, aber warum zum Kuckuck...«

Wie üblich blieb der Satz unvollendet in der Luft hängen.

Als sie weitergingen, hielt seine Frau es für unbedenklich zu sagen: »Das mit der Zeitung tut mir leid.«

»Hmm.«

»Und das Foto von ihr war wirklich gut.«

»Was?« Er blieb wie angewurzelt stehen und starrte sie an.

»Ich sagte, das Foto von ihr war gut. Das in der Zeitung. Hat ihr sehr ähnlich gesehen, der armen Haut.«

»Komm mit!«

»Warum hast du es denn so eilig?«

Die breite Straße zwischen Brücke und Dom war hell erleuchtet, und die Touristen, die nach dem Abendessen aus ihren Hotels kamen, um zu bummeln, erfüllten die Luft mit einer intensiven Mischung aus Parfum und After-Sun-Lotion. Der Maresciallo und seine Frau wären um ein Haar mit einem schwergewichtigen, elegant gekleideten Paar zusammengestoßen, das ihnen nachstarrte.

»Entschuldigen Sie…«, murmelte der Maresciallo, als sie längst außer Hörweite waren.

»Wohin gehen wir denn so eilig, Salva?«

»In die nächste Bar. Ich möchte die Zeitung sehen.«

Aber die Bars und Cafés in dieser Gegend waren auf Touristen eingestellt und hielten es nicht für nötig, Regionalzeitungen zu führen. Der Maresciallo blickte finster auf ein Tablett mit Getränken, die nach draußen an einen Tisch gebracht wurden, grellfarbige Drinks in überdimensionalen Gläsern, auf denen ein Stück Obst mit einem Papierfähnchen schwamm. »Lieber Himmel…«

»Versuchen wir es lieber in einer Seitenstraße«, schlug seine Frau vor.

In einer Sackstraße ganz in der Nähe entdeckten sie die Art von Bar, die sie suchten.

»Haben Sie die *Nazione* von heute?«

»Natürlich. Sie liegt hinten, glaube ich. Ich bringe sie Ihnen.«

»Gut. In diesem Fall können Sie uns erst was zu trinken geben.«

Auf dem Tresen stand ein verlockend aussehender Krug Sangria. Beide nippten an ihrem Glas, als der Barbesitzer zurückkkam und bedauernd meinte: »Ich fürchte, meine Frau hat sie mit nach Hause genommen...«

»Mach dir keine Sorgen«, sagte Teresa zwanzig Minuten später, »du brauchst doch morgen früh nur bei der Zeitung anzurufen und bekommst ein Exemplar.«

Das stimmte. Trotzdem siegte seine Neugier. Woher hatten sie das Foto, nachdem er keines gefunden hatte? Normalerweise baten die Journalisten die Carabinieri, ihnen eines von den Fotos, die man in der Wohnung vorgefunden hatte, zur Verfügung zu stellen. Sollte dieser Galli ein Foto entdeckt haben, während er in seiner Abwesenheit da oben war, und sich damit aus dem Staub gemacht haben, würde ihm das noch leid tun!

»Wie hat es denn ausgesehen«, wollte er von seiner Frau wissen. »War es ein neues Foto?«

»Muß wohl, sonst hätte ich sie nicht sofort erkannt.«

Der Spaziergang war verdorben. Er vergaß völlig, daß sie sich eigentlich irgendwo hatten hinsetzen wollen, und seine Frau mußte fast traben, um mit seinem entschlossenen Tempo Schritt zu halten.

Trotzdem absolvierten sie, aus reiner Gewohnheit, die

übliche Runde, und als sie wieder auf ihrer Flußseite waren und an dem kleinen Park vorbeikamen, in dem sie sich oft hinsetzten, um die Aussicht zu genießen, entdeckte der Maresciallo auf ›ihrer‹ Bank einen Mann in Hemdsärmeln, der beim Schein der Straßenlaterne Zeitung las. Der Maresciallo bog in den Weg ein.

»Salva«, flüsterte seine Frau, »du wirst doch nicht…«

Der Mann war etwas erstaunt, nahm es aber nicht übel.

»Bedienen Sie sich. Ist er im allgemeinen Teil oder im Lokalteil?«

»Vermutlich im Lokalteil.«

Seine Frau hielt sich in einiger Entfernung, zu peinlich berührt, um hinzusehen.

Als er zurückkam, gingen sie schweigend weiter, bis sie wütend herausplatzte: »Das sieht dir wieder ähnlich!«

»Was?«

»Erst schleifst du mich durch die halbe Stadt, um ein Zeitungsfoto zu ergattern, als ob das das einzige wäre, was im Leben zählt, und wenn du es endlich hast, sagst du kein Wort!«

Er sagte noch immer nichts. Er hatte nichts zu sagen. Das Foto war mit Sicherheit jüngeren Datums und wirkte ausgesprochen professionell im Gegensatz zu den unscharfen und verschwommenen Vergrößerungen von Schnappschüssen, auf die man in solchen Fällen meist zurückgreifen mußte. Doch in erster Linie schwieg er deshalb, weil er überzeugt war, es schon einmal gesehen zu haben.

Sie erreichten den Palazzo Pitti und gingen unter den Arkaden auf der linken Seite zur Kaserne, als Teresa noch einen Vorstoß machte.

»Was ist mit dem Artikel? Hast du einen Blick darauf geworfen?«

»Nein. Wie denn? Ich rufe morgen Galli an.«

Sie ließ einen ihrer demonstrativen Seufzer los und sagte: »Es ist genau so, wie deine Mutter immer gesagt hat...«

Während sie die Treppe hinaufgingen, kramte er die Schlüssel hervor.

»Als Kind warst du schon genau so. Sie hat mir einmal erzählt...«

Vor dem beruhigenden Hintergrund dieser vertrauten Ansprache grub er weiter in seinem Gedächtnis. Wo hatte er dieses Foto nur schon mal gesehen?

5

Das ist kein Geheimnis, es war in unserem Archiv – wenn Sie heute nachmittag noch mal anrufen wollen, müßte Galli dasein. Er ist unterwegs wegen einer Geschichte, aber gegen drei ist er bestimmt zurück.«

»Das ist nicht nötig, wenn Sie mir Auskunft geben können.«

»Ich bezweifle, daß ich Ihnen eine große Hilfe sein kann. Galli hat mir neulich abends alles erzählt – ich wohne in derselben Straße wie Clementina, ein Stück weiter unten, und an dem bewußten Abend war er gerade auf dem Weg zu mir. Unser Abendessen war beim Teufel, aber Galli bekam einen Knüller – natürlich hat er mich erst am nächsten Tag eingeweiht, der Hundling, aber so ist das eben im Journalismus.«

»Ist doch kein dicker Knüller, ein Selbstmord.«

»Im August? Soll das ein Witz sein? Ich habe mich gestern zwei Spalten lang über die mißliche Lage von ausgesetzten Tieren ausgelassen! Sie wissen schon ... die Leute legen sich ein Haustier zu, und kaum kommen die Ferien, wissen sie nicht, wohin damit. Sie setzen die armen Dinger einfach vor die Tür, und die irren dann durch die Straßen. Jedenfalls, Galli hat seinen Knüller nach Kräften ausgeschlachtet und sogar im Archiv nachgeschaut, ob wir was

113

über die Frau haben; und dabei hat er dieses Foto entdeckt und es als Füller reingeknallt. Wenn Sie es schon mal gesehen haben, liegt das daran, daß wir vor zwei Jahren im Sommer dasselbe Problem hatten – viel Platz und zuwenig Material – und eine Artikelserie gebracht haben – das war im Juli, wenn ich mich recht erinnere, nicht im August. ›Florentiner Gestalten‹ hat sie geheißen. Da ging es um stadtbekannte Typen, um die bunten Hunde in den einzelnen Stadtvierteln, lauter so Leute. Jeder von uns hat ein oder zwei kurze Berichte über jemanden aus seinem Bezirk geschrieben. Ich habe drei gemacht, denn San Frediano ist voll von solchen Gestalten. Ein Artikel handelte von dem alten Blumenverkäufer, der früher an der Ecke der Piazza Santo Spirito gestanden hat – inzwischen ist er tot, von einem Bus überfahren –, und einer von Torquato, der dort auf dem Markt ein bißchen Gemüse verkauft und die Leute mit seinem frechen Mundwerk unterhält. Den gibt es noch, wissen Sie, wen ich meine?«

»Ja. Als ich gestern vorbeigekommen bin, war er auch da.«

»Genau, und dann habe ich über Clementina berichtet, eigentlich nur aus Jux und weil ich wußte, daß es ihr Spaß machen würde, sich fotografieren zu lassen. Sie stand gern im Mittelpunkt.«

»Das habe ich gehört. Hat es ihr denn Spaß gemacht?«

»Und ob! Der ganze Platz war in hellem Aufruhr. Die anderen haben sich die Bäuche gehalten vor Lachen, als sie für uns posiert hat, und sie wollte gar nicht mehr aufhören, so daß wir am Ende doppelt so viele Fotos hatten wie nötig. Aber das, das in die Zeitung kam, ist gar nicht schlecht, oder? Sie müssen zugeben, daß sie fotogen ist – war, sollte ich lieber sagen.«

»Hat sie auch einen Abzug bekommen?«

»Ich weiß nicht, ob sie einen bestellt hat oder nicht – man muß sie eigens bestellen und bezahlen. Unsere Fotografen arbeiten in eigener Regie, obwohl sie im selben Gebäude sitzen, und wenn jemand einen Abzug von einem Foto haben will, muß er ein Formular ausfüllen und dafür bezahlen. Ich nehme eher an, daß sich unsere Clementina das Foto aus der Zeitung aufgehoben hat.«

»Das nehme ich auch an. Sonst wissen Sie nichts über sie, wo Sie doch ganz in ihrer Nähe wohnen?«

»Eigentlich nicht, außer daß jetzt, nachdem sie nicht mehr bei uns ist, die Nächte viel ruhiger sind. Sie hat bis in die Puppen herumgeplärrt und Theater gemacht. Sie sollten lieber die Leute befragen, die schon länger hier wohnen. Ich war erst ein paar Monate hier, als ich den Artikel über sie geschrieben habe.«

»Aber um den zu schreiben, mußten Sie doch mit ihr reden und ihr Fragen stellen.«

Der junge Reporter begann schallend zu lachen. »Das habe ich versucht! Aber es hat mir so wenig genützt, daß ich es mir ebensogut hätte sparen können. Sie hat allen möglichen Unsinn erfunden. Ich erinnere mich noch, daß sie zum Beispiel behauptet hat, sie würde im Sommer eine Kreuzfahrt machen. Daraufhin rief ein Nachbar: ›Aber klar doch, den Arno runter!‹ Das war draußen auf dem Platz, deshalb sind natürlich alle um uns herumgestanden, haben mitgemacht und sie auf den Arm genommen. Der, der sich den Scherz mit dem Arno erlaubt hatte, bekam einen Hieb

– mit Clementinas Handfeger, den sie nie aus der Hand gelegt hat, nicht mal für den Fotografen.

›Und wer bezahlt deine Kreuzfahrt?‹ wollte ein anderer wissen. ›Etwa der Papst? Hast du ihn deshalb angerufen?‹

›Nicht der Papst, obwohl ich vielleicht mal hinfahre und ihn besuche. Ein Mann, den ich kenne, der zahlt für mich.‹

›He, Clementina! Wenn du mit einem anderen Mann fortgehst, ist es aus zwischen uns.‹ Der Kerl hat versucht, sie zu umarmen, aber sie hat sich vehement gewehrt und ist mit ihrem Handfeger auf ihn losgegangen. Ihr Gesicht war ganz rot, aber man sah ihr an, daß sie es genossen hat, im Mittelpunkt zu stehen. Dann hat sie aufgehört, um sich zu schlagen, und zu kichern angefangen.

›Na gut, vielleicht fahre ich doch nicht.‹

›Du fährst, Clementina, und wir fahren alle mit.‹ Und dann fingen sie an zu singen. Sie können sich vorstellen, wieviel brauchbares Material ich für meinen Artikel bekommen habe. Anschließend sind wir noch in die Bar gegangen und haben was getrunken, und ich habe mich mit einem gewissen Franco unterhalten – ich weiß nicht, ob Sie den kennen.«

»Ich kenne ihn.«

»Tja, er war der einzige, von dem ich was Brauchbares erfahren habe, und er war es auch, der schließlich hinausgegangen ist und ihnen das Maul gestopft hat, weil sie alle außer Rand und Band waren. Mehr weiß ich nicht... Ich habe Ihnen ja gesagt, daß ich Ihnen nicht viel nützen werde.«

»Trotzdem vielen Dank.«

»Wenn Galli hiergewesen wäre...«

»Macht nichts. Mir ging es wirklich nur um das Foto, aus einem ganz bestimmten Grund. Aber jetzt halte ich Sie nicht mehr länger von der Arbeit ab.«

Wieder lachte der junge Mann. »Wenn Sie es genau wissen wollen, ich miste meine Schreibtischschublade aus, um die Zeit totzuschlagen. Schon erstaunlich, was man so alles findet, wenn man nicht danach sucht.«

Nachdem der Maresciallo aufgelegt hatte, starrte er auf das Foto aus der Zeitung vom Vortag, die er einem Parkwächter unten im Büro abgeschwatzt hatte. In seinem Kopf herrschte Leere. Nur wenige Wochen später, als die erste schwache Brise die Septemberluft auffrischte, mußte er sich über sich selbst wundern. War es seine angeborene Dummheit oder war es die Hitze, die die kleinste geistige oder körperliche Anstrengung gewaltig erscheinen ließ? Was hätte es ihn denn gekostet, auf den Vorschlag des jungen Reporters einzugehen und mit Galli zu reden? Rückblickend gar nichts. Und es hätte ein Menschenleben gerettet. Aber im Augenblick fühlte sich sein Hirn, das ohnehin nicht sehr leistungsstark war, wie ein weichgekochter Blumenkohl an. Es speicherte zwar die Tatsachen, aber dann lagen sie träge herum, bis es zu spät war. So saß er da, starrte auf Clementinas vor Aufregung leuchtende Augen, die ihn über den Griff ihres Handfegers hinweg ansahen, und seine Gedanken, sofern man sie als solche bezeichnen konnte, kreisten unaufhörlich um dieselbe Frage: Warum gab es in ihrer Wohnung keine Fotos? Warum hatte sie allem Anschein nach auch keine Vergangenheit? Das Problem war nicht, daß das die falschen Fragen gewesen wären. Im Gegenteil, es waren genau die richtigen, nur konnte er einfach keine

Antworten darauf finden. Er schwitzte und war erschöpft und hatte von sich selbst die Schnauze voll. Das alles war noch nachvollziehbar, aber daß er es fertigbrachte, dazusitzen und das Foto von Clementina anzustarren, ohne den Artikel darunter zu lesen, überstieg jegliches Vorstellungsvermögen, selbst das eines Mannes, der, wie seine Mutter zu sagen pflegte, »im Stehen schlafen« konnte.

Zum Glück, wenn man es so nennen durfte, ließ er den Zeitungsartikel auf seinem Schreibtisch liegen, während er unwichtigen Papierkram erledigte. So konnte er zumindest das Gesicht wahren, als eine halbe Stunde später das Telefon klingelte.

»Der Stellvertretende Staatsanwalt für Sie, Maresciallo.«

»Stell ihn durch.«

»Guarnaccia? Ich habe gerade Ihren Bericht gelesen.«

Der Maresciallo räusperte sich und rutschte auf seinem Stuhl hin und her. »Ich fürchte, bisher haben wir noch nicht viele Anhaltspunkte.«

»Das sehe ich«, herrschte ihn der Staatsanwalt an. »Wir würden allesamt eine bessere Figur machen, wenn diese Journalisten ihre Informationen von uns bekämen statt umgekehrt. Daß es sich so verhält, schließe ich daraus, daß in Ihrem Bericht San Salvi mit keinem Wort erwähnt wird. Falls Sie etwas davon gewußt haben, hätte ich es sehr begrüßt, wenn Sie zuerst mich und dann die Presse informiert hätten, egal ob Sie es für wichtig gehalten haben oder nicht! Sind Sie noch da?«

»Ja ...« Der Maresciallo zog die Zeitung zu sich heran und versuchte sie aufzuschlagen, ohne verräterisch damit zu rascheln. Noch nie war er so dankbar für eine so langatmige

Gardinenpredigt gewesen, die zum einen Ohr hinein und zum anderen hinausging, während er den Artikel überflog, bis ihm *San Salvi,* der Name der psychiatrischen Klinik von Florenz, ins Auge sprang. Er las weiter, bis dem Staatsanwalt die Luft ausging, und sagte dann: »Das hat der Journalist selbst herausgefunden. Die hatten etwas im Archiv, und da haben sie auch das Foto entdeckt. Ich habe bereits bei der Zeitung angerufen.«

»In dem Fall hätten Sie wenigstens so freundlich sein können, mich vor Erscheinen dieses Artikels anzurufen.«

»Ich habe Sie gestern angerufen, aber Sie waren nicht da«, entgegnete der Maresciallo in der Hoffnung, der Staatsanwalt würde sich nicht genauer nach der Reihenfolge der Ereignisse erkundigen.

»Verstehe. Tja, dann wenigstens gleich heute früh.«

»Ich hielt es für besser, der Sache erst nachzugehen. Eine Zeitung ist wohl kaum eine zuverlässige Informationsquelle.« Gar nicht schlecht für jemanden, der im Stehen schlief und dabei den Artikel weiterlas.

Zehn Jahre in San Salvi... entlassen infolge des neuen Gesetzes... inadäquate Betreuung... Armut... Selbstmord... ist es so um das Gesundheitswesen eines zivilisierten Landes bestellt...

»Ich nehme doch an, daß Sie sofort hinfahren?«

»Auf der Stelle.« Der Maresciallo konnte nur hoffen, daß die Anstalt im August nicht auch geschlossen war.

»Dann melden Sie sich bei mir, sobald Sie zurück sind.«

»Selbstverständlich.«

»Ich werde Druck machen, daß die Obduktion morgen über die Bühne geht. Ich sehe nicht ein, daß der August als Ausrede für diese Nachlässigkeit herhalten soll, die sich überall breitmacht.« Eine Bemerkung, die offenbar auf die Schwächen des Maresciallo abzielte. Trotzdem zeigte der Staatsanwalt unvermutet wenigstens einen Funken Interesse.

»Es ist durchaus möglich, daß ich mich entschließe, morgen bekanntzugeben, daß es sich um Mord handelt. Vielleicht bekommen wir auf diese Weise mehr Informationen.«

»Ich weiß nicht recht...« Unschlüssig hielt der Maresciallo inne.

»Was denn?«

»Ich dachte gerade, wenn wir vielleicht noch etwas warten...«

»Worauf denn? Die Presse spielt den Fall viel zu sehr hoch, und der Oberstaatsanwalt will ihn restlos aufgeklärt haben. Ich fahre am vierten September in Urlaub, wäre also froh, wenn Sie sich ein bißchen Mühe geben würden.«

Eine plausible Erklärung für sein plötzliches Interesse.

»Ich werde mein Bestes tun«, sagte der Maresciallo, »und sobald ich was aus der Klinik habe, melde ich mich.«

Nachdem er diesmal aufgelegt hatte, las er Gallis Artikel sehr aufmerksam durch.

Gegen elf Uhr machte er sich auf, um San Salvi einen Besuch abzustatten, kam aber nur bis zur Treppe, weil Di Nuccio ihn rief.

»Telefon für Sie, Maresciallo. Angeblich ist es dringend.«

Er kehrte in sein Büro zurück und nahm ab.

»Sind Sie es, Maresciallo? Ich habe Neuigkeiten für Sie.«

Er brauchte nicht zu fragen, wer es war. Francos ruhige, träge Stimme war unverwechselbar. Als wäre das dem Anrufer durchaus bewußt, sparte er sich die Mühe, seinen Namen zu nennen.

»Ist was passiert?« fragte der Maresciallo.

»Nein, aber ich habe mit meinen Gästen geplaudert, wie Sie vorgeschlagen haben, und herausgefunden, daß Clementina vor einiger Zeit Besuch von einem Fremden hatte.«

»Wann war das?«

»Genau kann ich es Ihnen nicht sagen, aber es muß etwa einen Monat her sein. Vermutlich zu lange, als daß es etwas mit dem zu tun hätte, was passiert ist. Trotzdem sollten Sie es wissen, weil sie sonst nie Besuch bekommen hat.«

»Gut gemacht. Und von wem haben Sie das erfahren?«

»Von der jungen Frau, die unter ihr wohnt, als sie heute früh eine Flasche Wein gekauft hat.«

»Verstehe. Dann sind die beiden also aus Arezzo zurück?«

»Seit gestern abend, ziemlich spät. Sie haben gewußt, daß sie bei ihrer Mutter waren, nicht wahr?«

»Ja, habe ich.« Es verschaffte dem Maresciallo eine gewisse Genugtuung, etwas zu wissen, ohne daß Franco es ihm gesagt hatte. Aber sogleich verpaßte ihm Franco einen Dämpfer: »Ja, sicher, ich erinnere mich, daß Maria Pia gesagt hat, Sie hätten gestern bei ihr geklingelt.«

»Hmm... Haben Sie eine Beschreibung des Fremden bekommen?«

»Was genau meinen Sie damit?«

»Hat diese junge Frau... Wie heißt sie eigentlich?«

»Signora Rossi.«

»Hat Ihnen diese Signora Rossi gesagt, wie der Mann ausgesehen hat?«

»Aber ja. Ganz genau. Wissen Sie, sie hat ihn auf der Treppe gesehen, als er hinaufgegangen ist, und dann hat sie gewartet, bis er wieder herunterkam, und ihn sich genau angesehen.«

»Warum hat sie sich denn so für ihn interessiert, daß sie abgewartet hat, bis er heruntergekommen ist?« So etwas machten alte Leute, die nichts Besseres zu tun hatten, als ihre Nachbarn zu beobachten, aber für eine junge Frau war es merkwürdig. Freilich hatte sie auch aus der Tür geschaut, als der Maresciallo zum ersten Mal zu Clementinas Wohnung hinaufgegangen war. »Ist sie neugierig?«

»Nein, das würde ich nicht sagen.«

»Warum hat sie dann gewartet, bis er wieder heruntergekommen ist?«

»Das weiß ich auch nicht…«

Du willst es mir nicht sagen, dachte der Maresciallo, aber ich finde es schon heraus.

»Wie hat er denn ausgesehen?«

»Also, groß war er nicht, hat sie gesagt, aber dick, eher untersetzt, mit einem feisten Stiernacken. Er war fast kahlköpfig, obwohl er noch gar nicht so alt war. Richtig brutal hat er ausgesehen, hat sie gesagt – ach ja, und beim Gehen hat er das eine Bein nachgezogen.«

»Sonst noch was? Wie war er angezogen?«

»An dem Tag hat es geregnet, und er trug einen dunklen Regenmantel. Warten Sie… er hatte einen protzigen Ring mit einem Stein am Finger, hat sie gesagt, so groß wie ein Totschläger. Er hat ihr richtig Angst eingejagt.«

»Warum? Er ist doch zu Clementina hinaufgegangen, oder?«

»Trotzdem, immerhin war er im Haus, und er muß ziemlich fies ausgesehen haben. Tja, das ist alles. Mehr weiß ich auch nicht. Anscheinend hat ihn sonst niemand gesehen.«

»Um welche Tageszeit ist er denn gekommen?«

»Mittags. Wahrscheinlich ist das der Grund, warum ihn sonst niemand gesehen hat, weil hier alle etwa um dieselbe Zeit essen.«

»Verstehe. Ich bin Ihnen sehr dankbar.«

»Glauben Sie, das könnte er gewesen sein?«

»Was meinen Sie damit?«

»Der Mann. Sie wissen schon...« Er senkte seine ohnehin leise Stimme zu einem Flüstern: »Könnte das der Mann sein... der es getan hat? Keine Sorge, ich rufe von der Wohnung aus an, nicht aus der Bar. Ich wollte nicht, daß jemand zuhört.«

»Sehr vernünftig. Ich melde mich wieder.« Damit legte der Maresciallo auf, ohne Francos Frage zu beantworten.

Ob das »der Mann« war oder nicht, ließ sich nicht sagen. Mindestens genauso interessierte den Maresciallo die Frage, was mit dem Paar in der unteren Wohnung los war. Na ja, auch das würde warten müssen. Erst mußte er sich um den mißmutigen Staatsanwalt und die Sache mit San Salvi kümmern. Wieder ging er die Treppe hinunter und holte währenddessen seine Sonnenbrille hervor; diesmal rief ihn niemand zurück. Als sein Telefon das nächste Mal zu klingeln begann, fuhr er bereits die Uferstraße entlang. Wäre er dagewesen, um abzunehmen, hätte er genau denselben Weg machen müssen und auch dann nicht gewußt, daß er in eine Sackgasse führte.

Die Tore der psychiatrischen Anstalt standen offen, und die mit Bäumen gesäumte Einfahrt war ruhig und verwaist bis auf die zwitschernden Vögel. Als der Maresciallo an einem Wohnhaus mit geschlossenen Fensterläden vorbeifuhr, begann er sich zu fragen, ob er am Ende auch hier niemanden antreffen würde, weil August war. Er hatte noch nie einen Grund gehabt, hierherzukommen, wußte aber, wie jedermann in Florenz, daß San Salvi wegen eines neuen Gesetzes zur Abschaffung psychiatrischer Anstalten eigentlich vor zehn Jahren hätte schließen müssen. Allerdings wußte er auch, was nicht jedermann wußte, daß diese Einrichtung nach wie vor im Interesse chronisch psychisch Kranker, die sonst nirgendwo unterkamen, in Betrieb war.

Er kam an einem zweiten verlassenen Gebäude vorbei. Waren die Patienten womöglich für einen Monat irgendwo anders untergebracht worden? Zu seiner Erleichterung bemerkte er vor dem nächsten Haus ein paar Autos und sah jemanden durch den Haupteingang verschwinden. Er parkte sein Auto neben den anderen, legte seine Sonnenbrille ins Handschuhfach, stieg aus und sperrte ab.

»Hallo.«

Der Maresciallo sah sich blinzelnd um, sah zunächst aber niemanden, da sich seine Augen noch nicht an die plötzliche Helligkeit gewöhnt hatten.

»Hallo.«

Rechts von ihm auf dem Rasen im Schatten einer Magnolie stand ein großer, dicker Mann. Er trug eine Baumwollhose und ein verdrecktes weißes T-Shirt, unter dem der gewaltige nackte Bauch hervorschaute, und stand so unbeweglich da, daß er auf Anhieb nur schwer auszumachen war.

»Hallo«, wiederholte er.

»Guten Morgen«, antwortete der Maresciallo.

»Hallo. Hallo.« Sichtlich zufrieden wandte sich der fette Mann ab, ließ die Hose herunter, hockte sich hin und erleichterte sich ins Gras.

Der Maresciallo steckte die Autoschlüssel in die Hosentasche und betrat das Gebäude. Er gelangte in eine kahle Eingangshalle, deren weißgetünchte Wände überall abgestoßen waren. Auf der rechten Seite befand sich eine Portiersloge. Der Portier hinter dem Fenster war in seine Zeitung vertieft. Statt an die Glasscheibe zu pochen, klopfte der Maresciallo an die Tür und trat ein.

»Guten Morgen. Ich bin Maresciallo Guarnaccia. Ich würde gern mit...«

Aber der Portier war bereits aufgesprungen, griff nach dem Telefonhörer und sagte, während er wählte: »Ich rufe sofort den Archivar.«

»Den Archivar?« Der Maresciallo runzelte die Stirn. »Eigentlich wollte ich den Direktor sprechen.«

»Den Direktor? Hier gibt es keinen Direktor... Hallo? Mannucci? Die Carabinieri haben jemanden hergeschickt. Ich schicke ihn gleich zu Ihnen, einverstanden? Ja... in Ordnung.« Er legte auf. »Mannucci kommt und holt Sie ab. Ich kann die Pforte nicht unbewacht lassen. Sie waren wirklich schnell da, das muß ich sagen.«

»Was soll das heißen?«

»Mannucci hat Sie doch rufen lassen, oder?«

»Mich hat niemand gerufen, soviel ich weiß.«

»Na, das ist vielleicht eine Überraschung. Da ist er.«

Ein geschäftiger, grauhaariger Mann erschien an der Tür der Pförtnerloge. Er hatte ein sympathisches Gesicht und sehr helle Augen, wirkte aber besorgt.

»Ah, guten Morgen, Maresciallo.« Er gab dem Maresciallo energisch die Hand. »Das ging ja wirklich sehr schnell. Bitte, kommen Sie mit.«

Ohne zu protestieren, folgte der Maresciallo dem Archivar durch mehrere Gänge bis in dessen Büro, wo dieser ihm einen Stuhl vor dem Schreibtisch anbot. Der Schreibtisch und seine Umgebung bildeten eine kleine farbenfrohe Insel inmitten eines grauen Ozeans. An den Wänden hingen Reproduktionen von Gemälden, und die vielen Fotos und persönlichen Gegenstände auf dem Schreibtisch verliehen dem Ganzen eine menschliche Note und bildeten einen wohltuenden Kontrast zu der ansonsten ungebrochenen Gleichförmigkeit der metallenen Aktenschränke, die den restlichen Raum einnahmen. Auf dem Boden lag ein verstaubter Stapel alter Akten, mit brauner Tinte krakelig von Hand beschriftet, der noch deprimierender wirkte als die eisgrauen Schränke.

»Das ist eine Art Hobby von mir«, sagte Mannucci, der den Blick des Maresciallo verfolgt hatte. »Diese Akten enthalten Berichte über Todesfälle in der Anstalt seit deren Bestehen. Inzwischen bin ich beim Jahr 1919 angelangt. Ich stelle einen Überblick über die Geschichte dieser Einrichtung zusammen, bevor sie ganz und gar verschwindet. Aber ich will lieber nicht von meinem Steckenpferd anfangen, sonst halte ich Sie noch den ganzen Tag auf. Ich habe Sie rufen lassen, ob zu Recht oder zu Unrecht...«

»Einen Augenblick«, unterbrach ihn der Maresciallo. »Bevor Sie weiterreden, ich weiß nicht, wen Sie gerufen haben und warum, aber ich bin nicht deshalb hier. Ich bin aus eigenem Antrieb hier, um Nachforschungen in einem Fall anzustellen, mit dem ich mich im Augenblick beschäftige. Wen Sie auch gerufen haben, der Betreffende wird ohne Zweifel bald aufkreuzen, aber wenn Sie nichts dagegen haben...«

Das Telefon läutete.

»Entschuldigen Sie mich... Am Apparat. Stellen Sie durch... Ja, ja, ist er. Ich gebe weiter. Es ist für Sie.«

Verblüfft nahm der Maresciallo den Hörer entgegen. Es war der Leutnant, den er in der Nacht angerufen hatte, in der sie Clementina gefunden hatten.

»Ich habe Sie auf dem Posten angerufen und erfahren, daß Sie auf dem Weg nach San Salvi sind, auch wenn ich keine Ahnung habe, wie Sie selbst darauf gekommen sind.«

Jetzt war der Maresciallo völlig verwirrt. »Ich bin hergekommen, weil... wegen des Selbstmords. Anscheinend hat die Frau einige Jahre als Patientin hier verbracht, und da dachte ich, vielleicht bekomme ich ja ein paar Auskünfte über sie.«

»Verstehe. Tja, aus genau dem Grund hat uns die Anstalt angerufen, und ich wollte, daß Sie sich darum kümmern. Wie es scheint, war bereits jemand dort, um Nachforschungen anzustellen, und da wurden die Leute mißtrauisch.«

»Wann war das?«

»Gestern nachmittag. Anscheinend kamen dem Archivar, bei dem Sie gerade sind, gewisse Zweifel, und um Zeit zu gewinnen und sich mit seinen Kollegen zu beraten, hat er dem Mann gesagt, er soll heute vormittag wiederkommen. Als der sich nicht mehr blicken ließ, kamen ihm Bedenken, und er hat uns angerufen. Ich überlasse es Ihnen, dieser Sache nachzugehen, und rufe lieber mal den Stellvertretenden Staatsanwalt an, um ihm Bescheid zu geben.«

»Der wird nicht sonderlich begeistert sein.«

»Glauben Sie nicht? Warum?«

»Er ist bereits sauer, daß die Presse besser informiert war als wir, und jetzt sieht es ganz so aus, als hätte ich vor dem geheimnisvollen Besucher hiersein können, wenn ich den Artikel wenigstens gleich nach Erscheinen gelesen hätte. Nein, da wird er gar nicht begeistert sein.«

»Hm. Falls es Ihnen weiterhilft, ich habe den Artikel auch erst gelesen, als der Anruf von der Anstalt kam. Machen Sie sich deshalb keine Sorgen. Erledigen Sie, was es dort zu erledigen gibt, ich kümmere mich inzwischen um den Staatsanwalt. Ich habe schon früher mit ihm zusammengearbeitet und weiß, daß das nicht einfach ist.«

»Vielen Dank.«

Der Maresciallo legte auf, lehnte sich zurück und betrachtete Mannucci.

»Also, dann erzählen Sie mal.«

»Es war gestern nachmittag«, begann Mannucci, »so gegen drei Uhr, glaube ich, obwohl ich es nicht auf die Minute genau sagen kann.«

»Das spielt keine Rolle. Weiter.«

»Es klopfte an die Tür – ich will Ihre Zeit nicht mit dem ganzen Hin und Her und Wenn und Aber verschwenden –, jedenfalls wollte dieser Mensch das Krankenblatt von Anna Clementina Franci.«

»Sie haben es ihm doch hoffentlich nicht gegeben?«

»Natürlich nicht. Wir geben Krankenblätter nicht einfach so heraus. In bestimmten Fällen kann der Hausarzt des Patienten Einsicht verlangen, und in ganz seltenen Fällen erlauben wir Medizinstudenten, die auf diesem Gebiet arbeiten, Einsicht in unsere Unterlagen zu nehmen. Allerdings dürfen wir eine Fotokopie des Krankenblatts herausgeben, wenn der Patient nach seiner Entlassung einen schriftlichen Antrag stellt. Dieser Mann hat sich als Verwandter von Anna Clementina Franci ausgegeben und behauptet, er besäße eine Handlungsvollmacht; er hatte auch einen von ihr unterschriebenen Antrag dabei – machen Sie sich keine Sorgen, ich habe ihm trotzdem nicht gegeben, was er wollte. Zufällig habe ich vom Tod dieser Frau erfahren, noch bevor etwas davon in der Zeitung stand, weil ich just an dem Abend beim Bummeln in der Stadt Freunde getroffen habe, die im selben Bezirk wohnen. Meine Frau und ich machen nach dem Abendessen meistens noch einen Spaziergang. Sie schaut sich gern Schaufenster an, und da es ohnehin zu heiß ist, um zu schlafen… Also, wie gesagt, wir haben Freunde getroffen, und die haben uns erzählt, sie hätten beim Weggehen eine Menschenmenge vor dem Haus gesehen und auf die Frage, was denn los sei, erfahren, daß die verrückte Clementina Selbstmord begangen hat.«

»Haben Ihre Freunde Clementina gekannt?«

»Nein. Sie wohnen zwar im selben Bezirk, aber zwei Straßen weiter. Sie haben ihre eigene verrückte Clementina, die die Wände im ganzen Haus mit Sprüchen und Beleidigungen vollkritzelt wie ein pubertärer Schmierfink, obwohl sie auf die Achtzig zugeht. Jedenfalls war ich ziemlich sicher, daß es sich bei der erwähnten ›verrückten Clementina‹ um Anna Clementina Franci handelt, und habe deshalb, sobald ich nach Hause kam, bei der Zeitung angerufen. Es war schon sehr spät, aber ich wurde mit dem Journalisten verbunden, der die Geschichte dann in aller Eile zusammengeschrieben hat, damit sie noch am selben Abend in Druck gehen konnte.«

»Verzeihen Sie, aber warum haben Sie bei der Zeitung angerufen?«

»Um Publicity zu bekommen. Das hört sich für Sie bestimmt merkwürdig an, aber ich nehme jede Gelegenheit wahr, um zu erreichen, daß diese Einrichtung in der Zeitung oder im Fernsehen erwähnt wird, denn, glauben Sie mir, lange können wir nicht mehr weitermachen – tut mir leid... noch eines meiner Steckenpferde. Ich werde mir Mühe geben, beim Thema zu bleiben. Es genügt, wenn ich sage, daß der Journalist sehr entgegenkommend war. Obwohl er seine Geschichte schon zur Hälfte fertig hatte, konnte ich ihn überreden, eine neue Version zu schreiben, in der eindringlich auf die mißliche Lage der psychisch Kranken und unsere unhaltbare Situation hingewiesen wurde. ›Kein Problem‹, meinte er. ›Um ehrlich zu sein, mir ist es scheißegal, was in dem Artikel steht, solange wir nur die Zeitung vollkriegen. Überlassen Sie das getrost mir.‹ Natürlich weiß ich aus Erfahrung, daß im Sommer, wenn nicht viel los ist, die Chancen besser stehen, und deshalb habe ich mich auch sofort ins Zeug gelegt. Und als dieser Mensch mit dem schriftlichen Antrag wegen des Krankenblatts aufgekreuzt ist, wußte ich längst, daß die Frau tot ist.«

»Glauben Sie, daß das Ding gefälscht war?«

»Nicht unbedingt. Datiert war es vor ihrem Tod. Natürlich beweist das gar nichts, aber ich habe Anna Clementina Franci gekannt, und ich kannte ihre Unterschrift – sie war hier schon Patientin, als ich herkam –, also habe ich als erstes in ihrer Akte nachgesehen und die Unterschriften verglichen. Ich bin freilich kein Graphologe, aber für mich hat sie nicht echt ausgesehen, obwohl sie so ähnlich war, daß sie mich überzeugt hätte, wenn die Frau nicht tot gewesen wäre.«

»Sie hatten ihre Unterschrift?«

»Auf den Überweisungspapieren – das erkläre ich Ihnen gleich.«

War dieser Mann immer so energiegeladen und enthusiastisch, oder lag das an der außergewöhnlichen Situation? Seinen ›Steckenpferden‹ nach zu urteilen ersteres, dachte der Maresciallo. Er wirkte ziemlich unbeeinträchtigt von dieser trostlosen Umgebung, die einen Menschen mit weniger Schwung zur Verzweiflung getrieben hätte.

»Also, das nächste, was ich gemacht habe, weil ich aus irgendeinem Grund trotz des plausiblen Datums und der Unterschrift nicht überzeugt war...«

»Warum eigentlich nicht?«

»Na ja, von Rechts wegen hätte ich ihm ja eine Fotokopie geben können, aber da die Frau tot war, konnte er wohl kaum die Absicht haben, sie ihr auszuhändigen. Und falls sie den Antrag selbst geschrieben hatte, aus welchem Grund? Ich meine, wenn sie vorhatte, sich umzubringen... Natürlich weiß man das nie, aber ich hatte den Eindruck, daß er derjenige war, der die Akte haben wollte. Ich habe mir überlegt, falls ich mich umbringen würde, nachdem ich jahrelang hier Patient war, würde meine Familie vielleicht nicht wollen, daß es bekannt wird. Aber in Clementinas Fall war das Unheil bereits geschehen. Daß jemand ihr Krankenblatt wollte, ergab keinen Sinn. Hätten Sie das nicht auch merkwürdig gefunden? Also habe ich beschlossen, der Sache auf den Grund zu gehen, denn irgendwas war da faul. Gewieft, wie ich bin, habe ich dem Mann erklärt, es sei kein Problem, den Antrag weiterzuleiten und eine Kopie des Krankenblatts zu machen, und er könne heute vormittag vorbeikommen und sie sich abholen.«

»Aber er ist nicht gekommen, stimmt's?«

»Er hat sich nicht blicken lassen. Also habe ich Sie angerufen, nur um auf Nummer Sicher zu gehen.«

»Da bin ich sehr froh.« Hatte der Staatsanwalt vielleicht doch recht, wenn er es für besser hielt, die Wahrheit publik zu machen? Immerhin hatte der Archivar schnell reagiert und war auf der Hut gewesen, doch wenn er gewußt hätte, daß es um Mord ging, hätte er den Mann vielleicht hinhalten und sofort die Carabinieri rufen können... Aber wie stellte er sich das vor? Wer immer der Bursche sein mochte, er hätte nicht die Chuzpe gehabt, sich hier blicken zu lassen, wenn er nicht überzeugt gewesen wäre, daß seine Selbstmord-Masche funktioniert hatte. Ich lasse allmählich nach, dachte der Maresciallo und ärgerte sich über sich selbst. Wenn ich keinen klaren Kopf behalte, bringen mich dieser ungeduldige Staatsanwalt und die elende Hitze noch soweit, daß ich alles vermassle.

»Ich habe ihm sogar einen Termin für neun Uhr dreißig gegeben«, sagte Mannucci, »damit die Sache glaubhafter klingt.«

»Ist das Krankenblatt noch da?«

»Natürlich. Es ist ... Sie glauben doch nicht etwa, er könnte...«

»Wenn er nicht zurückgekommen ist«, meinte der Maresciallo, »dann vielleicht, weil er Ihr Mißtrauen bemerkt hat, aber wohl eher, weil er bekommen hat, was er wollte.«

»Nein!« Mannucci stand auf und ging an einen Aktenschrank. »Nein, ich bin ganz sicher, daß ich den Schub zugemacht habe, als er gegangen ist, und daß die Unterlagen an ihrem Platz waren – ja. Da sind sie.«

»Darf ich einen Blick hineinwerfen?«

»Tja...«

»Vielleicht sollte ich Ihnen jetzt doch sagen – aber bitte behalten Sie es für sich –, daß diese Frau sich nicht selbst das Leben genommen hat, sondern umgebracht wurde. Und der Mann, mit dem Sie gestern gesprochen haben, könnte der Mörder sein.«

»Wenn das so ist...« Mannucci setzte sich mit der Akte an den Schreibtisch und schlug sie auf. Diese Eröffnung schien ihn weder zu beunruhigen noch zu überraschen. Nachdem er so viele Jahre hier gearbeitet hatte, konnte ihn wohl nichts mehr erschüttern.

»Wenn Sie erst Ihren Vorgesetzten fragen wollen...«, begann der Maresciallo.

»Hier gibt es niemanden, den man fragen könnte, Maresciallo. Diese Anstalt verwaltet sich selbst, so gut es geht. Sie wissen doch sicher, daß sie offiziell geschlossen ist?«

»Aber jemand muß sich doch um alles kümmern. Gibt es nicht wenigstens eine Art Verwalter?«

»Sicher gibt es einen Verwalter. Er führt Buch darüber,

wie viele Scheiben Fleisch wir konsumieren und was wir für die Wäscherei ausgeben.«

»Verstehe. Dann vielleicht einen leitenden Arzt?«

»Ärzte haben wir auch keine. Jedenfalls keine, die fest im Haus sind. Es gibt ein paar Ärzte, die jede Woche mehrere Stunden Dienst bei uns tun. Wir haben ein paar eigene Krankenschwestern und einige Nonnen, die wenigen, die noch übrig sind – früher hatten sie ein Haus hier, aber seit die Anstalt geschlossen wurde, ist nur noch eine Handvoll bei uns. Früher gab es hier fast dreitausend Patienten, Maresciallo, viele davon chronisch psychisch krank und unzählige, um die sich sonst keine Menschenseele gekümmert hätte, und dann kommt irgend so eine Intelligenzbestie voll toller neuer Ideen daher und macht ein Gesetz zur Schließung der Anstalten. Damit ist die Angelegenheit auf dem Papier erledigt. Sobald diese Einrichtungen nicht mehr existieren, kann man viel leichter so tun, als würden die Leute darin auch nicht mehr existieren!«

»Dreitausend – und wo sind die alle hin?«

»Angeblich nach Hause zu ihren liebevollen Familien, die sie mit offenen Armen aufgenommen haben. In Wirklichkeit haben wir für einige wenige, sehr wenige, ein Zuhause gefunden. Die meisten wurden von ihren Familien in privaten oder kirchlichen Einrichtungen untergebracht, und die Leute, die wußten, wie man es anstellen muß, haben es geschafft, daß der Staat die Kosten übernimmt. Kurzzeitpatienten, die früher nur einmal zu uns gekommen sind oder nur in Phasen, in denen es nötig war, gehen jetzt in die psychiatrischen Abteilungen normaler Krankenhäuser – und selbst die dürfte es nach dem neuen Gesetz offiziell gar nicht geben. Die Psychiatriepatienten sollen mit physisch Kranken zusammengelegt werden, aber können Sie mir sagen, wie das funktionieren soll? Die Patienten, die Sie jetzt hier sehen, sind chronisch psychisch krank und haben niemanden, der sie zu sich nehmen oder anderswo unterbringen würde. Sie werden bis an ihr Lebensende hierbleiben, ohne Direktor, ohne hauseigenen Arzt oder Psychiater und obwohl kaum Geld da ist, um den Betrieb halbwegs aufrechtzuerhalten, weil es nämlich keine Wählerstimmen bringt, wenn man Geld in eine Anstalt steckt, von der alle gern glauben möchten, daß sie nicht mehr existiert. So wursteln wir uns hier durch, Maresciallo, und falls Sie wissen wollen, wie das in der Realität aussieht, gebe ich Ihnen ein Beispiel: Letzte Woche war ein visitierender Arzt so freundlich, über Nacht dazubleiben, weil wir für eine Station keine Nachtschwester hatten. Vielleicht bekommen Sie jetzt einen Eindruck davon, wie es hier zugeht.«

»Verstehe«, sagte der Maresciallo. »Ich hätte mir nie vorstellen können…«

»Nein. Das kann sich niemand vorstellen, und Sie dürfen überzeugt sein, daß das auch niemand will. Tut mir leid. Ich sollte nicht so vom Leder ziehen, aber wenn Sie wüßten, wie es ist, sich hier Tag für Tag abzuquälen… Wenn das ein Hundeasyl wäre, könnten wir mit weit mehr Unterstützung rechnen. Deshalb habe ich bei der Zeitung angerufen, und ich werde sie und jeden, der mir zuhört, auch weiterhin anrufen, weil sich jemand um diese Menschen kümmern muß. So, und jetzt höre ich mit dem Lamentieren auf, und wir werfen einen Blick in dieses Krankenblatt. Sie war schon eine Type, diese Clementina. Haben Sie sie mal erlebt?«

»Einmal.«

»Mal sehen, was uns ihre Unterlagen verraten... Das sind die Überweisungspapiere, aus denen hervorgeht, daß sie, einem 1968 verabschiedeten Gesetz zufolge, freiwillig hier war, während man sie zuvor eingewiesen hatte – das war '67. Da ist ihre Unterschrift. Das war lange vor meiner Zeit. Ich habe sie nur während ihrer letzten Jahre hier erlebt, als sie ziemlich stabil war. Hier ist der Arztbrief aus der Zeit, kurz bevor sie uns verlassen hat. Dieser Frau hat nichts gefehlt, die war kerngesund wie ein kleines Kind. Und sie war von den Beruhigungsmitteln runter, die sie früher am Abend genommen hat. Gegen Abend wurde sie immer ein bißchen unruhig...«

»Hatte Sie denn auch diesen Putzfimmel, solange sie hier war?«

»Und ob – falls man das so nennen kann. Ich kenne sie nur mit einem kleinen Besen in der Hand, mit dem sie immer alles saubergekehrt hat, sogar das Gras draußen im Garten. Solange sie damit beschäftigt war, machte sie keinerlei Ärger. Allerdings erinnere ich mich, daß wir Probleme mit ihr hatten – das ist hier auch vermerkt...« Er blickte von der Akte auf. »Diese Dinge muß man im Zusammenhang sehen, sonst bekommt man einen falschen Eindruck. Ein ständiges Problem an einem Ort wie diesem ist, daß die Frauen schwanger werden. Sie können sich vorstellen, daß nicht viele Leute, auch wenn sie sich noch so verzweifelt ein Kind wünschen, bereit sind, eines zu nehmen, das hier geboren wurde. Trotz all unserer Bemühungen hat es hier einige Kinder gegeben.«

»Sind die Stationen denn gemischt?«

»Sie sind schon nach Geschlechtern getrennt, aber die Patienten werden nicht eingesperrt. Sie müssen draußen auf dem Gelände spazierengehen können, sie brauchen frische Luft und Bewegung. Wir geben uns alle Mühe, sie im Auge zu behalten, aber es ist müßig zu sagen ... Irgendwann haben wir die Pille eingeführt, aber das war hoffnungslos. Die Pflege und Betreuung der Patienten lag damals vorwiegend in den Händen von Nonnen – verstehen Sie mich nicht falsch, denn jetzt, wo die meisten weg sind, kommen wir nicht mehr annähernd so gut zurecht –, aber die Pille für unsere weiblichen Patienten war im Grunde witzlos, denn selbst wenn sie vom Arzt verschrieben wurde, natürlich mit Wissen und Zustimmung der Angehörigen, haben die Nonnen sie einfach nicht ausgegeben, also war gar nichts zu machen. Das erzähle ich Ihnen nur, damit Sie die Hintergründe kennen. Es ist ein Dauerproblem, ein durchaus verständliches Problem. Clementina gehörte zu den Frauen, die hinter den Männern herlaufen. Sie stand zu gern im Mittelpunkt, und wenn das nicht klappte, hat sie sich eingebildet, daß dieser oder jener Mann hinter ihr her war.«

Der Maresciallo wollte schon sagen: »Das tut sie noch immer«, als ihm einfiel, daß Clementina tot war. Trotzdem warf das neue Fragen auf.

»Hat sie hier etwa ein Kind bekommen?«

»Nein, das nicht.«

»Aber Sie sagten doch, sie sei schon lange vor Ihnen hiergewesen.«

»Stimmt, aber das stünde in ihrer Akte.«

»Verstehe.«

»Kann ich Ihnen sonst noch eine Auskunft geben?«

»Das weiß ich nicht.« Der Maresciallo schwieg einen Augenblick, dann sagte er: »Solange sie hier war, scheint nichts Besonderes vorgefallen zu sein... Sie sagten, aufgrund dieses neuen Gesetzes wurden viele Patienten entlassen. Wurde sie damals auch entlassen?«

»Ja.«

»Ich versuche mir vorzustellen, welchen Grund jemand gehabt haben mochte, sie umzubringen. Soweit wir feststellen konnten, hatte sie weder Geld noch sonst etwas, was sich zu stehlen gelohnt hätte. Sie war harmlos und verkehrte anscheinend nur mit ihren Nachbarn...«

»Sie wollen darauf hinaus, ob es ein anderer Patient oder ehemaliger Patient gewesen sein könnte, irgendein *mordlustiger Verrückter*.«

»So ungefähr.«

»Das hier ist keine Anstalt für Kriminelle, und so katastrophal das neue Gesetz auch war, wir haben keine Horde mordlustiger Verrückter auf die Stadt losgelassen.«

»Nein, natürlich nicht.«

»Das soll nicht heißen, daß man das ganz ausschließen darf. Immerhin bringen psychisch gesunde Menschen gelegentlich jemanden um, und mit demselben Recht könnte auch ein psychisch Kranker einfach jemanden umbringen. Aber einen Grund müßte es trotzdem geben.«

»Vergangene Woche hat sie Besuch bekommen. Von einem untersetzten Mann, nahezu glatzköpfig, der deutlich hinkte. Sagt Ihnen das etwas?«

»Leider nicht.«

»Die Beschreibung paßt wohl nicht auf den Mann, der gestern da war?«

»Überhaupt nicht. Er war völlig unscheinbar... etwa so alt wie ich und sehr gut gekleidet. Von Hinken keine Spur.«

»Hat Clementina Besuch bekommen, solange sie hier war?«

»Ich kann mich nicht erinnern, aber natürlich ist das möglich, ohne daß ich etwas davon weiß. Sie dürfen nicht vergessen, daß wir damals dreitausend Patienten hatten, und es ist nicht meine Aufgabe, mich persönlich um sie zu kümmern; ich verbringe die meiste Zeit hier im Büro. Was ich Ihnen über Clementina sagen kann, weiß ich vorwiegend aus ihrer Akte und aus Bemerkungen anderer über ihr sonderbares Verhalten, die ich so aufgeschnappt habe; allerdings habe ich sie regelmäßig mit ihrem Handfeger auf dem Gelände gesehen.«

»Verstehe. Aber sie hatte einen Mann. In ihrem Personalausweis steht, daß sie verwitwet ist.«

»Ich kann mich nicht an einen Ehemann erinnern – warten Sie einen Moment! Wenn ich mich nicht irre, wurde ihre Krankheit durch einen Todesfall ausgelöst; vielleicht hat sie ihren Mann verloren, bevor sie hierherkam. Das war freilich lange vor meiner Zeit, aber unter welchen Umständen sie hier eingeliefert wurde, müßte aus dem Krankenblatt hervorgehen. Was halten Sie davon, wenn wir es von Anfang an durchsehen?«

»Das ist schon so lange her«, murmelte der Maresciallo, »aber vielleicht haben Sie recht.« Mehr Hoffnung hätte er sich gemacht, wenn Clementina erst kürzlich entlassen worden wäre und jemand sie nicht auf freiem Fuß haben wollte, aber sie hatte so viele Jahre im selben Haus gewohnt, ohne daß ihr etwas zugestoßen war. Folglich mußte es einen aktuellen Grund geben, weshalb es ihm sinnlos erschien, so weit zurückzugehen. »Gut«, sagte er, »alles, was dazu beiträgt, daß ich sie und, wenn möglich, ihre Familie besser kennenlerne – es kann doch nicht sein, daß sie grundlos eingeliefert worden ist?«

»Schwer vorstellbar«, sagte der Archivar, »weil es zu viele Kontrollinstanzen gibt. Kein Patient kommt auf direktem Weg hierher – oder kam auf direktem Weg hierher, sollte ich lieber sagen, da wir ja niemanden mehr aufnehmen. Ich will Ihnen kurz erklären, wie das Verfahren damals aussah, als Clementina zu uns kam. Zunächst war eine Bestätigung erforderlich, aus der hervorging, daß die betreffende Person eine Gefahr für sich selbst oder andere darstellt – in diesem Fall für sich selbst. Diese Bestätigung mußte von der Polizei ausgestellt werden, in manchen Fällen machte das auch der Bürgermeister. So oder so haben wir keine Kopie bekommen, und das Original blieb bei der Polizei beziehungsweise im Bürgermeisteramt. Mit dieser Bestätigung konnte der Patient zur Beobachtung in eine Klinik aufgenommen werden, in ein ganz normales Krankenhaus wie Santa Maria Nuova. Anschließend wurde er entweder entlassen oder zur Begutachtung hierher überstellt – aber eine Einweisung war das noch nicht. Der Patient kam zunächst in unsere klinische Abteilung, die damals zur Universitätsklinik gehörte – vielleicht haben Sie beim Hereinfahren das große Gebäude linkerhand bemerkt. Von dem Tag an trat eine Frist von bis zu dreißig Tagen in Kraft, denn länger durfte kein Patient hierbehalten werden. Nach Ablauf der dreißig Tage mußte er entweder entlassen oder ordnungsgemäß in die Anstalt eingewiesen werden. Ich denke, Sie werden mir zustimmen, daß Clementina unmöglich zu Unrecht eingewiesen worden sein konnte. Dazu mußte sie zu viele Etappen durchlaufen.«

»Da haben Sie recht. Ist in irgendeiner dieser Bestätigungen der genaue Grund angegeben... ich meine, die Ursache für ihre Krankheit?«

»Nicht in den Bestätigungen, da nicht. Ich zeige sie Ihnen. Die von der Polizei haben wir, wie gesagt, nicht hier. Aber wir haben den Begutachtungsantrag, aufgrund dessen sie an die Klinik überstellt wurde, und dann den Unterbringungsbeschluß... irgendwo... das ist aber seltsam, der sollte ganz am Anfang sein... aber vielleicht habe ich was durcheinandergebracht.«

Der Maresciallo sah zu, wie Mannucci die Akte von Anfang bis Ende durchforstete, und war überzeugt, daß er nicht finden würde, wonach er suchte. Dann sagte er: »Ich nehme doch an, daß sich nur wenige Leute selbst bei der Polizei melden und behaupten, gefährlich zu sein?«

»Das kommt schon vor«, sagte Mannucci, der noch immer Seite für Seite umblätterte, diesmal rückwärts. »Seitdem wir keine Leute mehr aufnehmen, passiert es sogar relativ häufig. Viele ehemalige Patienten, die feststellen, daß sie draußen nicht zurechtkommen, versuchen, wieder zu uns zu kommen.« Er hielt inne und blickte auf. »Vergangene Woche hatten wir einen, der sein Haus angezündet hat; dann ist er zu den Carabinieri gegangen und hat gemeint, er müßte wieder stationär aufgenommen werden, weil er noch immer verrückt sei. Als sie ihn heimgeschickt haben, ist er ins nächste Dorf gegangen, hat ein Auto, das auf dem Hauptplatz geparkt war, zertrümmert und sein Glück bei den dortigen Carabinieri versucht. Als das nicht funktionierte, hat er sich eine Flinte besorgt und den erstbesten Passanten erschossen, der an seinem Haus vorbeikam. Als sie ihn abholten, sagte er: ›Glauben Sie mir jetzt, daß ich verrückt bin?‹ Und er ist beileibe nicht der einzige. Da gab es noch einen anderen Fall...«

»Aber«, unterbrach ihn der Maresciallo entschlossen, »wenn sich Clementina nicht selbst bei der Polizei gemeldet hat, muß es jemand anderer getan haben.«

»Ja«, sagte Mannucci, »und Name und Adresse stehen auf... Sie glauben doch nicht noch immer, daß sie zu Unrecht eingewiesen wurde?«

»Nein. Ich versuche nur dahinterzukommen, warum jemand hier hereinspaziert und seinen Namen und seine Adresse aus dieser Akte entfernt.«

Mannucci gab die Suche auf. »Sie haben recht. Die Unterlagen sind weg – und nicht nur die, da müßten auch noch die Unterlagen von der Wachstation sein...«

»Wie lange haben Sie den Mann allein gelassen?«

»Gar nicht! Doch... Sie haben recht, ich habe ihn allein gelassen. Kurz nachdem er gekommen war und mir sein Anliegen vorgetragen hatte. Wie gesagt, kam mir die Sache gleich merkwürdig vor, da Clementina ja tot war.«

»Versuchen Sie, sich genau an die Einzelheiten zu erinnern.«

»Also, erst habe ich mir natürlich das Datum angesehen.«

»Und dann?«

»Dann die Unterschrift. Dabei fiel mir ein, daß ich mir in Clementinas Krankenblatt ihre Unterschrift ansehen könnte. Das hatte keinen bestimmten Grund, denn die Sache hätte ebensogut in Ordnung sein können. Ich hatte nur so ein Gefühl.«

»Also haben Sie Clementinas Krankenblatt hervorgeholt und sind dann aus irgendeinem Grund...«

»Nein. So war es nicht. Ich wollte die Unterschrift überprüfen, aber bevor ich die Unterlagen herausholen konnte, hat mich meine Assistentin gerufen. Sie sitzt in dem Zimmer auf der anderen Gangseite und hat mich kurz gebraucht... es können nicht mehr als fünf Minuten gewesen sein.«

»Wenn Sie vorhatten, das Krankenblatt herauszuholen, sind Sie wahrscheinlich auf den entsprechenden Aktenschrank zugegangen.«

»Kann schon sein.«

»Tja, dann hat er vermutlich nur ein paar Sekunden gebraucht, um es zu finden. Sie sind doch sicher alphabetisch geordnet.«

»Ja. Die Schränke sind alle beschriftet.«

»Fehlt sonst noch was?«

»Ich glaube nicht.«

»Was also fehlt, hat nichts mit Clementinas Zeit hier in der Anstalt zu tun, sondern mit ihrem früheren Leben und mit der Person, die sie hat einweisen lassen, und deren Beweggründen. Ein Jammer, aber es hilft uns trotzdem weiter.«

»Wie das? Das kapiere ich nicht. Offenbar war ich nicht mißtrauisch genug... Warten Sie! Vielleicht weiß der Betreffende nichts von der ersten Bestätigung, also von der, die wir nicht haben, und selbst wenn, dürfte es ihm schwerfallen dranzukommen. Aber Sie müßten sie bei irgendeiner

Polizeiwache im Archiv finden. Viel geht daraus nicht hervor, aber zumindest, wo Clementina gewohnt hat, als sie zum ersten Mal in die Klinik gebracht wurde.«

»Wenn das so ist«, sagte der Maresciallo, »werde ich mich sofort darum kümmern.«

6

Mannucci begleitete den Maresciallo zu seinem Auto. Der fette Mann war verschwunden, aber in der Tür des benachbarten Gebäudes tauchte eine nackte Frau mittleren Alters auf, die ein Kleid hinter sich herschleifte. Eine winzige Nonne mit einer riesigen Plastikschürze über ihrer Tracht kam heraus und redete ihr gut zu, wieder ins Haus zurückzukehren. Willig ließ sich die Frau von ihr hineinführen. Sie lachte mit heiserer, unkontrollierter Stimme, die durch die trostlose Stille ringsum noch verstärkt wurde.

»Ich nehme an«, sagte der Maresciallo, »daß keine Patienten mehr da sind, die Clementina gekannt haben...«

Mannucci schüttelte den Kopf. »Früher mal, als wir noch Kurzzeitpatienten hatten... bei den armen Geschöpfen, die jetzt noch hier sind... Aber warten Sie – Angelo ist noch da. Ich glaube, Clementina ist oft zu ihm in den Garten gegangen und hat sich zu ihm gesetzt.«

»Wieso das? Ist er verkrüppelt?«

»Nein, das nicht. Sie werden es gleich selbst sehen. Er ist recht einsichtig, wenn er gerade keine Krise hat – aber erwarten Sie nicht zuviel, er ist ein sehr kindliches Geschöpf. Ich bezweifle, daß er Ihnen viel sagen kann.«

»Ehrlich gesagt«, meinte der Maresciallo, »weiß ich nicht einmal, was ich von ihm erfahren möchte.«

Gemeinsam gingen sie den geteerten Weg zwischen mehreren Reihen sorgfältig beschnittener Bäume entlang; der Maresciallo wollte seine Sonnenbrille aus der Brusttasche holen, aber da war sie nicht.

»Ich weiß viel zu wenig über diese Frau. Anscheinend verkehrte sie nur mit ihren Nachbarn, und doch muß es jemanden... es muß noch andere Menschen in ihrem Leben gegeben haben, bevor sie hierherkam. Familie, Freunde – glauben Sie, daß sie so lange hier war, könnte eine Erklärung dafür sein, daß es in ihrer Wohnung kein einziges Foto von früher gibt? Diese Frage läßt mich einfach nicht mehr los.«

»Das kann ich vielleicht erklären«, sagte Mannucci. »So etwas kommt vor, aber normalerweise nur in sehr schweren Fällen, bei Leuten, die überhaupt keinen Bezug mehr zur Realität haben, zum Beispiel wenn sie von Geburt an geistig extrem zurückgeblieben sind. Aber ich hätte gedacht, daß jemand wie Clementina eine kleine Schachtel mit persönlichen Schätzen besitzt. Selbst Angelo hat so eine, und sein Zustand ist ungleich schlechter als der von Clementina, sonst wäre er nicht mehr hier. Da sitzt er auf seiner Bank. Wie aus dem Ei gepellt und mit einem goldenen Herzen... Angelo!«

Er war wirklich wie aus dem Ei gepellt, saß mit geschlossenen Beinen und fest verschränkten Armen da und beobachtete die beiden Männer, die auf ihn zukamen, aus schwarzglänzenden Augen. Sein Gesicht hätte man als hübsch empfunden, wenn nicht die Stirn viel zu groß und der Hinterkopf ganz abgeflacht gewesen wäre. Aus der Nähe schätzte ihn der Maresciallo auf höchstens Anfang Vierzig.

»Ich habe doch nichts Böses getan, oder?« wandte sich Angelo sogleich an Mannucci. »Ich glaube nämlich nicht, daß ich was getan habe, ich glaube nicht.«

»Nein«, sagte Mannucci sehr liebevoll, »der Maresciallo hat mich besucht, weil er etwas über Clementina erfahren wollte. Erinnerst du dich an Clementina?«

»Ja, o ja. Sie hat sich immer zu mir gesetzt, sie hat immer…«

»Der Maresciallo würde sich gern mit dir über sie unterhalten.«

»Setzt er sich zu mir, tut er das?«

»Ja, aber sicher. Setzen Sie sich doch, Maresciallo. Ich laufe kurz rein und sage der diensthabenden Schwester Bescheid.«

Den Maresciallo beunruhigte es etwas, daß man ihn mit Angelo allein gelassen hatte. Da er keine Ahnung hatte, wie man bei einem psychisch Kranken am besten vorging, begann er das Gespräch wie üblich.

»Entschuldigen Sie, daß ich Sie störe«, begann er.

»Ist schon in Ordnung. Ist schon in Ordnung. Ich bin sehr krank, wissen Sie, sehr krank, deshalb muß ich hierbleiben, aber im Augenblick geht es mir gut. Es geht mir schon den ganzen Vormittag gut. Es geht mir…«

»Können Sie sich an Clementina erinnern?«

»O ja. Ja. Sie hat sich immer zu mir gesetzt. Ich mochte Clementina gern. Sie war immer sauber und reinlich, wissen Sie. Sie war…« Er schaute dem Maresciallo fest in die Augen; sein Blick war voller Qual. »Es ist schrecklich hier, schrecklich. Die Leute sind so schmutzig, so dreckig… Die denken sich nichts dabei… hier draußen auf dem Gras, überall. Und einige von ihnen sind gefährlich. Ich weiß das. Ich weiß es! Ich bin auch gefährlich, wenn es mich überkommt, das weiß ich. Aber die restliche Zeit habe ich Angst, die restliche Zeit... verstehen Sie...«

»Ich verstehe«, sagte der Maresciallo, »aber vor Clementina hatten Sie keine Angst, oder?«

»Vor Clementina nicht. Clementina ... kommt sie zurück?«

»Nein, sie kommt nicht zurück.«

»Sie ist heimgegangen.«

»Ja.«

»Ich... ich hätte auch heimgehen können, aber ich bin sehr krank. Sehr, sehr krank... wenn es mich überkommt ... Meine Mutter ist zu Hause und wartet. Einmal haben sie mich heimgehen lassen, aber dann überkam es mich. Dann bekomme ich Angst... ich bekomme Angst, und die steigt dann hoch in meinen Kopf, und dann überkommt es mich, und deshalb ist es passiert. Ich wollte ihr nicht wehtun, ich wollte nicht...«

»Haben Sie Ihrer Mutter wehgetan?«

»Ja. Und sie hat mich geschlagen. Sie hat mich geschlagen ... alles steigt dann in meinen Kopf, und ich kann nicht... ich muß hierbleiben, das weiß ich. Ich muß... ich bin sehr krank. Niemand zwingt mich dazu, aber ich habe eingesehen, daß ich sehr krank bin. Niemand...«

»War Clementina auch sehr krank?«

»Clementina hatte nicht solche Angst wie ich. Sie hat sich oft zu mir gesetzt, aber sie hatte immer sehr viel zu tun. Sie hatte... Clementina mußte putzen. Sie mußte immer so viel putzen, und dann konnte sie sich nicht zu mir setzen.«

»Hat sie mit Ihnen gesprochen?«

»Ja. Ja.« Angelo hatte die Arme so krampfhaft verschränkt, daß es ihm wehtun mußte. Eine Amsel hüpfte vorbei, und er beugte sich ruckartig nach vorn, um sie zu beobachten; seine Augen strahlten. Dann lehnte er sich ebenso abrupt zurück und lächelte den Maresciallo mit strahlendem Gesicht an.

»Ein Vogel...«, flüsterte er.

»Wie lange sind Sie schon hier?« fragte der Maresciallo.

»Sehr lange. Sehr lange... vielleicht schon, seit ich zwanzig bin. Zuvor war ich woanders, aber ich erinnere mich nicht mehr. Ich muß unbedingt hierbleiben.«

»Das verstehe ich. Sie waren vor Clementina hier, stimmt das? Sie waren schon hier, als sie kam.«

»Ja. Ich muß unbedingt...«

»Ich verstehe. Worüber hat Clementina denn mit Ihnen gesprochen?«

»Sie hat nicht gesprochen. Ganz lange nicht. Sie hat viele, viele Jahre nicht gesprochen... Dann hat sie... vielleicht hatte sie damals Angst. Aber als sie zu schreien anfing, hat sie böse Worte geschrien. Schmutzige Worte... hat sie geschrien.«

»Aber nicht, wenn sie sich zu Ihnen gesetzt hat, oder? Das mochten Sie doch gern, wenn sie sich zu Ihnen setzte?«

»O ja, aber sie wollte mich heiraten, das wollte sie. Sie hatte ihre Rente, hat sie gesagt. Sie hatte... ich habe auch eine, und meine Mutter... nein, das stimmt nicht. Nicht böse sein.«

»Ich bin nicht böse.«

»Sind Sie mir nicht böse... Ich weiß, daß ich nicht lügen

darf. Vielleicht habe ich eine Rente, aber ich kann mich nicht erinnern. Manchmal, wenn ich Angst habe, kann ich mich nicht an Sachen erinnern. Aber Clementina, die hatte eine Rente, und die haben sie ihr immer geschickt, und sie hatte immer ein bißchen Geld in ihrer Schürze.«

»Und wer hat sie ihr geschickt?«

»Wenn man nicht selbst hingehen kann, holt sie jemand anders für einen ab. Das hat sie mir gesagt.«

»Und wer hat die Rente für Clementina abgeholt? Hat jemand sie besucht?«

»Ihre Schwester. Manchmal ist ihre Schwester gekommen.«

»Clementina hatte eine Schwester? Wie hieß sie denn?«

»Ich weiß es nicht.«

»Versuchen Sie sich zu erinnern.«

»Ich weiß es nicht. Werden Sie nicht böse mit mir. Werden Sie nicht... Manchmal kann ich mich nicht an Sachen erinnern, weil ich krank bin.«

»Ist schon gut. Das macht nichts.«

»Wirklich?«

»Aber sicher. Machen Sie sich keine Sorgen.«

»Ich kann nichts dafür.«

»Nein, nein... Es macht gar nichts. Ich bin Ihnen sehr dankbar, daß Sie mir gesagt haben, daß Clementina eine Schwester hatte. Das wußte ich nämlich nicht.«

»Sie hatte auch ein Haus. Deshalb konnte sie heimgehen. Aber ich kann nicht heimgehen, weil es mir nicht gut genug geht.«

»Sie war früher einmal verheiratet, hat sie Ihnen das erzählt?«

»Nein. Aber sie hatte einen Ring, und den habe ich gesehen. Alle haben gesagt, ihr Mann ist tot und ihr Kind auch, aber sie hat es nicht gesagt. Vielleicht konnte sie sich auch nicht an Sachen erinnern, wie ich, weil sie krank war.«

»Vermutlich ist das der Grund.«

»Wenn sie doch nur zurückkommen würde...« Er sah den Maresciallo mit flehendem Blick an. »Ich bin so einsam.«

Sein Atem ging flach und stockend. »Ich bin so einsam, daß ich... Ich habe solche Angst, ganz allein zu sein, das wissen alle hier. Wenn jemand bei mir ist, geht es mir gut. Jetzt geht es mir gut, weil Sie da sind, oder wenn ein Vogel da ist... Heute morgen ist es mir gutgegangen, heute morgen...« Er lockerte einen Arm, während er den anderen fest an den Körper preßte. »Ich habe ganz allein hier gesessen und mich in der Brust einsam gefühlt, aber ich habe still dagesessen, ganz still dagesessen und es in meiner Brust festgehalten, denn wenn es hochsteigt in den Kopf...« Mit der freien Hand umklammerte er seine gewaltige Stirn, blickte dann auf, hatte früher als der Maresciallo die Schritte gehört.

»Signor Mannucci kommt zurück.« Er betrachtete den Archivar mit ernstem Blick. »Heute vormittag geht es mir gut.«

»Das hat mir die Schwester gesagt. Sie hat dich vom Fenster aus beobachtet und bemerkt, wie ruhig du heute bist.«

»Kommt sie denn heraus und setzt sich zu mir?«

»Das geht nicht, Angelo. Du weißt doch, daß sie sich um

so viele Leute kümmern muß. Hast du nicht Lust, ein bißchen ins Haus zu gehen?«

»Ich kann nicht. Der Gestank... der Lärm ist fürchterlich, so fürchterlich. Ich brauche Ruhe.«

»Schon gut, alter Freund. Bleib schön hier sitzen und sei ruhig. Wir wollen jetzt wieder – wenn Sie fertig sind, Maresciallo.«

Der Maresciallo stand auf. Er hatte bereits mehr erfahren, als er sich erhofft hatte, befürchtete aber, den armen Angelo aufzuregen.

»Wir müssen jetzt gehen.«

»Aber wir haben uns über Clementina unterhalten. Der Name ihrer Schwester fällt mir wieder ein, er fällt mir bestimmt wieder ein. Warten Sie... lassen Sie mich nachdenken, ich muß nachdenken. Warten Sie...« Er riß den Kopf nach unten bis auf die Knie, preßte die Fäuste an die Schläfen, verstummte plötzlich und begann, sich leicht hin und her zu wiegen.

Mannucci berührte den Maresciallo an der Schulter. »Wir können jetzt ruhig gehen«, sagte er leise, »in diesem Zustand verharrt er jetzt zwei bis drei Stunden.«

Der Maresciallo ließ sich wegführen. Als sie sich schon ziemlich weit entfernt hatten, schaute er zurück. Angelo saß zusammengekauert auf der Bank, genau so, wie sie ihn verlassen hatten.

»Ich fürchte, das hat Sie ziemlich mitgenommen, Maresciallo«, sagte Mannucci mit einem neugierigen Unterton in der Stimme. »Vermutlich geht das jedem so, der nicht daran gewöhnt ist...«

»Nein, nein«, sagte der Maresciallo etwas verlegen, als er

merkte, daß Mannucci seine tränenden Augen betrachtete. Er zog sein Taschentuch hervor. »Ich bin allergisch gegen grelles Licht. Und wie es scheint, habe ich meine Sonnenbrille im Auto vergessen.«

Aber er war überzeugt, daß Mannucci ihm kein Wort glaubte.

»Armer Angelo. Es ging ihm viel besser, als noch ein paar weniger schwere Fälle und einige Kurzzeitpatienten hier waren. Da hatte er mehr Gesellschaft. Eine Zeitlang war ein alter Mann da, der ihm stundenlang Gesellschaft geleistet hat. Mehr braucht Angelo nicht. Wenn ihm die Angst über den Kopf wächst, wird er gewalttätig. Tagein, tagaus kämpft er gegen diese Angst an, und wenn er bis zum Zubettgehen und seiner Schlaftablette durchhält, ohne daß sie ihn überwältigt, ist er glücklich. Solange die Nonnen hier waren, haben sie dafür gesorgt, daß er nie allein gelassen wurde, aber jetzt haben wir nicht genügend Personal, und die wenigen Patienten, die noch da sind, haben Angst vor ihm. Tja, Maresciallo, und ich setze den Zeitungen und der Stadtverwaltung nach Kräften zu, aber ein Angelo ist weder für Sensationsmeldungen gut noch als Wähler. Hat er Ihnen denn weitergeholfen?«

»Ich glaube schon, doch. Er meinte, Clementina habe nicht nur ihren Mann verloren, sondern auch ein Kind, aber von sich aus hat sie offenbar nie etwas erzählt. Außerdem hat er was von einer Schwester gesagt. Könnte es sein, daß diese Schwester Clementinas Rente abgeholt und sie ihr gebracht oder geschickt hat?«

»Das halte ich für sehr wahrscheinlich. So läuft das bei den meisten Langzeitpatienten. Ich wünschte, es wäre noch jemand aus Clementinas Zeit hier, der Ihnen mehr erzählen könnte. Aber ich fürchte, Angelo und ich sind die einzigen, die aus dieser Zeit übriggeblieben sind.«

Als sie das Auto des Maresciallo erreichten, sperrte dieser sofort die Tür auf, holte als erstes seine Sonnenbrille hervor und setzte sie demonstrativ auf. Erst dann sagte er: »Vielen Dank für Ihre Hilfe.«

»Tut mir leid, daß es nicht mehr war. Ich wünschte, ich hätte Sie sofort angerufen, als dieser Mensch hier aufgekreuzt ist. Ich muß sagen, es ist schon lange her, daß wir die Polizei rufen mußten.«

»Ist das früher oft vorgekommen?«

»Ab und zu, wenn ein Patient völlig durchgedreht ist. Heutzutage werden sie mit Tabletten ruhiggestellt, aber ich erinnere mich an einen Burschen – der wog so um die hundertsechzig Kilo –, und wenn der ausgerastet ist, konnten ihn selbst fünf oder sechs Männer nicht bändigen. Es endete meist damit, daß er dort eingesperrt wurde, wo er gerade war, und dann wurde die Polizei gerufen, die Tränengas durchs Fenster hineinwarf. Das war die einzige Möglichkeit, obwohl es damals einen Arzt hier gab, der mit ihm fertig wurde, indem er ihm ein nasses Laken über den Kopf warf. Ein alter Trick, aber er hat funktioniert. Tja, dann lasse ich Sie mal mit Ihrer Arbeit weitermachen. Falls dieser Mensch noch einmal aufkreuzt...«

»Wohl kaum«, meinte der Maresciallo und stieg ein, »aber sollte er sich zufällig doch blicken lassen, versuchen Sie, ihn hinzuhalten, und rufen Sie mich direkt an. Hier ist meine Nummer.«

»Im Palazzo Pitti? Ich wußte gar nicht, daß es da einen

Carabinieri-Posten gibt. Sicher. Ich werde tun, was ich kann, aber ich neige dazu, Ihnen recht zu geben. Er hat, was er wollte, und wird nicht zurückkommen.«

Der Maresciallo fuhr auf den Ausgang zu. Der Autositz brannte durch die Hose, und das Lenkrad war glühendheiß. Obwohl das weitläufige Areal voller Bäume stand, hatte er dummerweise in der Sonne geparkt. In der Hoffnung auf eine schwache Brise kurbelte er das Fenster herunter, während er am Fluß entlangfuhr. Zu Hause wären die Fensterläden geschlossen und die Zimmer einigermaßen kühl. Sein Mittagessen wäre fertig, und im Kühlschrank stünde eine beschlagene Flasche Weißwein. Mit einem Seufzer fuhr er am Palazzo Pitti vorbei, ließ all diese Verlockungen hinter sich und bog nach rechts zu Clementinas Haus ab. Einen Augenblick lang war er nicht sicher, ob er die Schlüssel dabeihatte, stellte dann aber fest, daß sie sich in seiner zugeknöpften Brusttasche befanden. Trotzdem überlegte er es sich anders und klingelte unten an der Tür. Er wollte das junge Paar auf keinen Fall erschrecken, indem er unangekündigt hereinplatzte. Aus irgendeinem Grund, hinter den er noch nicht gekommen war, hatten sie ohnehin schon Angst. Freilich war es beunruhigend, wenn sich jemand im Haus das Leben genommen hatte, aber das allein genügte ihm nicht als Grund. Er klingelte noch einmal, wartete und hoffte, daß sie ihm nicht zum zweiten Mal entwischt waren. Über seinem Kopf ging ein Fenster auf, und jemand schaute durch die Gerüststangen herunter. Wenig später sprang die Haustür mit einem Klicken auf.

Der Maresciallo trat ein und stieg, Hut und Sonnenbrille in der Hand, die steinernen Stufen hinauf. Nachdem zuvor die junge Frau hinuntergeschaut hatte, ließ ihn jetzt der Mann in die Wohnung. Da der Maresciallo wegen der steilen Treppe ins Schnaufen geraten war, sagte er nicht gleich etwas, sondern sah sich erst um. Die Wohnung war sehr sauber und ordentlich, und die jungen Leute, die ihm schon beim ersten Mal gefallen hatten, erschienen ihm noch sympathischer. Die Frau trug eine frischgebügelte Schürze und hatte wahrscheinlich gerade das Essen auf den Tisch bringen wollen. Am Oberteil ihres Baumwollkleids bemerkte der Maresciallo rechts und links von den Schürzenträgern zwei kleine, feuchte Flecken. Offenbar hatte der Mann den Tisch gedeckt, weil er noch Besteck in der Hand hielt. Als der Maresciallo nicht gleich zu sprechen begann, schloß er daraus wohl, daß dieser verstimmt war, weil er rasch sagte: »Es tut mir leid, daß wir gestern... Wir haben nicht vergessen, daß Sie vorbeikommen wollten, aber wir mußten dringend zu meiner Schwiegermutter.«

»Ich störe Sie beim Essen«, sagte der Maresciallo, sobald er wieder zu Atem kam, ohne auf die Entschuldigung einzugehen, »aber ich werde Sie nicht lange aufhalten.«

»Das macht nichts«, sagte die junge Frau, »das kann warten.«

Die beiden sahen einander unsicher an, dann sagte Rossi: »Vielleicht möchten Sie sich setzen.«

»Danke. Ihre Treppe ist ein bißchen steil.«

»Da haben Sie recht. Wir haben uns daran gewöhnt.«

»Wie lange wohnen Sie schon hier?«

»Etwas über drei Jahre.« Die Fragen beantwortete immer nur der Mann. Aber man sah beiden an, daß sie ungeheuer angespannt waren.

»Dann können Sie mir bestimmt etwas über Clementina sagen, da Sie drei Jahre im selben Haus gewohnt haben.«

Kaum hatte er das gesagt, spürte er, daß die Spannung etwas nachließ. Rossi setzte sich sogar dem Maresciallo gegenüber hin; seine Frau blieb stehen.

»Sie muß wirklich eine Nervensäge gewesen sein, bei all dem Lärm, den sie gemacht hat.«

»Clementina? Na ja, tagsüber war es nicht so schlimm, aber nachts hat sie sich oft ziemlich wüst aufgeführt. Wir haben nie etwas zu ihr gesagt, weil das die Sache nur noch schlimmer gemacht hätte. Wenn sie so aufgekratzt war, wurde sie sehr streitsüchtig.« Rossi warf seiner Frau einen kurzen, bedeutungsvollen Blick zu, worauf sie sich auf die Armlehne seines Sessels setzte und zu lächeln versuchte.

»Ich wüßte zu gern«, begann der Maresciallo behutsam, »ob sie in letzter Zeit irgendwelche Besuche bekommen hat. Alles in allem war sie ja doch eine fröhliche Person, auch wenn sie nicht ganz richtig im Kopf war. Da stellt sich natürlich die Frage, ob jemand oder etwas sie so aus der Fassung gebracht oder ihr solche Angst eingejagt hat, daß sie sich das Leben genommen hat. Verstehen Sie, worauf ich hinauswill?«

»Ja…«, sagte Rossi, »vermutlich haben Sie recht. Sie war wirklich immer fröhlich.«

»Sie wissen nicht zufällig, ob ihr in letzter Zeit jemand zu schaffen gemacht hat?«

»Nein.« Die Antwort kam zu rasch, und Rossi wurde rot. Seine Frau ebenfalls. Sie waren schlechte Lügner, was sie dem Maresciallo nur sympathisch machte, da sie es offenbar nicht gewohnt waren zu lügen. Eigentlich bereitete ihm dieser Gedanke kein Vergnügen, weil ihm die beiden jedes Wort abnahmen und er ihnen faustdicke Lügen auftischte, wenn er von Selbstmord sprach und so tat, als wüßte er nichts von Clementinas Besucher. Er war ein besserer Lügner als sie. Wohl eine Berufskrankheit.

»Denken Sie genau nach«, beharrte er, »vielleicht fällt Ihnen doch etwas ein, was Ihrem Gedächtnis entschlüpft ist. Ich wäre Ihnen wirklich sehr dankbar. Wissen Sie, im Verlauf meiner Ermittlungen, allerdings nicht hier im Bezirk« – er würde doch seinen wertvollsten Spion nicht auffliegen lassen –, »bin ich auf einen Mann gestoßen, der Clementina kennt und behauptet, er sei vor ein paar Wochen hergekommen. Seinen Namen möchte ich lieber nicht nennen, und natürlich haben wir auch keinen Beweis, daß er irgend etwas getan oder gesagt hat, was Clementina beunruhigt hätte, aber sicher haben Sie Verständnis dafür, daß wir alles überprüfen müssen.«

Beide nickten, die Augen auf ihn geheftet, als hätte er sie hypnotisiert.

»Dieser Mann«, fuhr er fort, »ist ziemlich dick, nicht groß, aber korpulent, und er hinkt… Die Sache ist die, er hat gesagt, er hätte die Signora gesehen« – dabei fixierte er Signora Rossi mit seinen großen, vorstehenden Augen. »Und das hat mich auf die Idee gebracht, daß ich vielleicht doch Glück haben könnte und Sie sich an ihn erinnern.«

Schweigen trat ein. Sie wußten, daß sie in der Falle saßen, und er war überzeugt, daß sie als erste reden würde, weil sie viel aufgewühlter war als ihr Mann.

Was als nächstes geschah, kam so unerwartet, daß der Maresciallo erschrocken und bestürzt aufsprang.

Statt etwas zu sagen, brach die junge Frau in Tränen aus, ließ den Kopf auf die Knie sinken und umfaßte ihn mit beiden Händen, während sie von heftigen Schluchzern geschüttelt wurde. Beide Männer beugten sich über sie. Als ihr Mann ihr die Hand aufs Haar legte, riß sie den Kopf hoch und schrie: »Sag es ihm! Um Himmels willen, sag es ihm! Es ist mir egal, ich habe es endgültig satt. Dann wohnen wir eben bei meiner Mutter oder was weiß ich! Sag es ihm…« Schluchzend sank sie wieder in sich zusammen.

Rossi nahm sie an den Schultern und zog sie hoch. Sie hielt den Kopf gesenkt und bedeckte jetzt mit den Händen ihre Brust.

»Ruh dich ein bißchen aus«, sagte ihr Mann leise, »und versuch dich zu beruhigen. Überlaß alles weitere mir.« Sie schüttelte ihn ab und verließ, noch immer weinend, das Zimmer.

Die beiden Männer setzten sich wieder.

»Wo ist das Baby?« fragte der Maresciallo.

»Bei meiner Schwiegermutter – den wahren Grund haben wir ihr nicht gesagt, weil sie ein schwaches Herz hat und sich nicht aufregen darf…«

»Wo um Himmels willen war das Baby, als ich das letzte Mal hier war? Es war weder hier noch in dem Zimmer, in dem ich telefoniert habe.«

»Ich habe es in der Tragetasche ins Bad gestellt, bevor wir Sie hereingelassen haben.«

»Deshalb hat es so lange gedauert.«

»Wir mußten auch noch andere Kleinigkeiten wegräumen. Aber wie sind Sie darauf gekommen?«

»Bin ich nicht, beim letzten Mal. Aber gerade eben, das

Kleid Ihrer Frau... Ich habe selber zwei Kinder... Das ist nicht gut für sie, wissen Sie. Sie könnte Fieber bekommen, wenn Sie das Baby bisher gestillt hat. Und für das Baby ist es auch nicht gut.«

»Wir wußten uns keinen anderen Rat. Im Mietvertrag steht, daß wir keine...«

»Verstehe. Aber das alles hat nichts mit mir zu tun. Sie dachten doch hoffentlich nicht, daß ich Sie ausspioniere?«

»Natürlich nicht, aber was ändert das schon? Falls wir bei einer gerichtlichen Untersuchung als Zeugen auftreten müssen oder ein Journalist auch nur unseren Namen in der Zeitung erwähnt... Es geht nicht nur um das Baby. Den Mietvertrag für diese Wohnung hat meine Frau unterschrieben, bevor wir geheiratet haben, und eigentlich dürfte hier nur eine Person wohnen. Wir bemühen uns seit über acht Monaten, etwas anderes zu finden, aber immer wenn wir uns eine Wohnung ansehen, stellt sich heraus, daß die Vermieter nur Leute wollen, die nicht von hier sind und bald wieder ausziehen, so daß sie die Miete ohne Schwierigkeiten erhöhen können. Oder sie erwarten horrende Bestechungsgelder. Die schlimmsten Wohnungen sind die, deren Mieten angeblich vom Staat kontrolliert werden. Da erwarten die Vermieter nicht nur ein fettes Schmiergeld, sondern verlangen die doppelte Miete und quittieren nur die halbe. Der reinste Dschungel. Wenn wir nicht in dieser Wohnung bleiben können, stehen wir auf der Straße.«

»Was ist mit Ihrer Schwiegermutter?«

»Die wohnt in Arezzo. Ich möchte nach wie vor meinen Abschluß an der Universität hier in Florenz machen, und außerdem habe ich einen Job. Ich kann nicht jeden

Tag von Arezzo hierherfahren, und dort gibt es keine Arbeit.«

»Was für einen Job haben Sie denn?«

»Ich arbeite als Zeichner und studiere Architektur.«

Der Maresciallo seufzte. Er wußte nicht, was er hätte tun können.

»Waren Sie schon beim Mieterschutzbund, um sich dort Rat zu holen?«

»Wir sind sofort hingegangen, als die Kündigung kam.«

»Und was haben die vorgeschlagen?«

»Die meinen, wir hätten bessere Chancen, wenn wir zugeben, daß wir ein Baby haben, auch wenn das gegen den Vertrag verstößt, weil man eine Familie nicht so schnell aus einer Wohnung hinauswerfen kann wie eine Einzelperson. Aber das ist riskant, und außerdem hängt viel von der persönlichen Einstellung des Richters ab. Es gibt demnächst eine Anhörung, und wir haben uns noch immer nicht entschlossen, wie wir vorgehen sollen. Und dann kam noch dieser Verbrecher vorbei.«

»Der Mann, der hinkt?«

»Ja.«

»Dann war er gar nicht bei Clementina?«

»Doch, zu ihr ist er auch hinaufgegangen. Meine Frau hat ihn gesehen. Sie ist immer auf der Hut, weil die Hausverwaltung, über die wir die Wohnung gemietet haben, jederzeit unangemeldet jemanden vorbeischicken kann. Das ist bei denen durchaus üblich.«

»Sie wissen schon, daß sie sich hätte weigern können, ihn hereinzulassen.«

»Er hat sich unter einem Vorwand Zutritt verschafft. Das

Problem war, daß Linda, meine Frau, in Panik geraten ist, weil sie glaubte, er käme wegen der Wohnung. Und als er behauptet hat, er wolle nur die Fernsehlizenz überprüfen, war sie so erleichtert, daß sie ihn einfach hereingelassen hat und in die Küche gegangen ist, um die Lizenz zu holen. Als sie zurückkam, hat er sich auf eine Art in der Wohnung umgesehen, die sie ziemlich beunruhigend fand. Sie zeigte ihm die Lizenz, aber er hat nur gegrinst und gemeint:

›Haben Sie was, wo Sie hingehen können, wenn Sie hier rausgeworfen werden?‹

›Wer sind Sie? Sie sind gar nicht wegen der Lizenz gekommen.‹

›Nur ein kleiner Scherz. Eine hübsche Wohnung ist das, aber für eine Person, nicht für ein Paar mit einem Baby.‹

Was konnte Linda schon machen? Wenn ich nur dagewesen wäre, aber ich habe gearbeitet. Vermutlich hat er das genau gewußt, dieser Mistkerl!«

»Er muß doch gesagt haben, wer er ist.«

»Ja, er hat schon einen Namen genannt – Bianchi –, aber der war bestimmt falsch. Und dann hat er noch gesagt, die Sache würde wohl schlecht für uns ausgehen, wenn jemand das mit dem Baby erfahren würde, aber er könne uns helfen. Er käme zwar von der Hausverwaltung, um nach dem Rechten zu sehen, aber natürlich könnte er auch den Mund halten. Außerdem wüßte er von einer oder zwei anderen Wohnungen.«

»Wieviel hat er verlangt?«

»Drei Millionen.«

»Haben Sie gezahlt?«

»Vom Gehalt eines Zeichners? Wir haben keine einzige

Lira übrig. Wir dachten an meine Schwiegermutter, aber wegen ihres schwachen Herzens hatten wir Angst, ihr den wahren Grund zu sagen, und hätten uns irgendeine Ausrede einfallen lassen müssen – vorausgesetzt, daß sie uns überhaupt hätte helfen können. Am Ende blieb uns keine andere Wahl, als der Frau vom Mieterschutzbund alles zu erzählen.«

»Und was hat sie gesagt?«

»Zuerst hat sie gesagt, es sei schade, daß wir keinen Beweis hätten für das, was vorgefallen sei, da sich der Wohnungsinhaber damit ins Unrecht gesetzt hätte und sie uns hätte helfen können. Natürlich gab es keinen Beweis, sondern nur unser Wort. Dann hat sie vorgeschlagen, in unserem Namen bei der Hausverwaltung anzurufen, ohne sich zu erkennen zu geben. Vielleicht würde sich da ja jemand verplappern, und dann hätte sie das bezeugen können.«

»Aber dort war man zu schlau dafür?«

»Ganz und gar nicht. Sie hat einfach Signor Bianchi verlangt, angeblich weil sie Geld für ihn habe und einen Termin vereinbaren wolle, um es ihm ins Büro zu bringen. Ihren Namen nannte sie nicht, erwähnte aber beiläufig die Adresse, also unsere, so daß man daraus schließen konnte, daß Linda anrief. Die Frau am Telefon sagte nur: ›Hier gibt es keinen Signor Bianchi. Sie müssen die falsche Nummer haben.‹

Aber sie ließ sich nicht abwimmeln, sondern meinte, vielleicht hätte sie den Namen falsch verstanden, doch die Frau sagte, außer ihr und einer anderen Frau arbeite hier nur noch der Inhaber der Hausverwaltung, und das sei eine Frau.

›Und er hat behauptet, daß er von uns kommt?‹ fragte sie. ›Würden sie einen Augenblick warten? Ich glaube, das sollte ich meiner Chefin sagen.‹

Am Ende kam die Chefin ans Telefon, und nachdem sie die ganze Geschichte gehört hatte, war sie so wütend, daß sie die Polizei anrufen wollte, was sie dann doch nicht getan hat.«

»Hm«, sagte der Maresciallo, »das hört sich an, als sei unser Freund Bianchi auf eigene Faust hiergewesen. Schon möglich, daß man gut davon leben kann, Leuten in Ihrer Situation Geld aus der Nase zu ziehen. Dazu braucht man nur die entsprechenden Informationen.«

»Aber woher sollte er die haben? Woher hat er gewußt, daß uns die Zwangsräumung droht?«

»Das weiß ich nicht. Vielleicht arbeitet er irgendwo, wo er von bevorstehenden Anhörungen erfährt. So schwierig ist das bestimmt nicht. Sie wissen nicht zufällig, was er zu Clementina gesagt hat?«

»Nein. Linda hat versucht... Warten Sie, ich frage sie.«

Er ging kurz hinaus und holte seine Frau aus dem Schlafzimmer, in das sie sich zurückgezogen hatte. Jetzt hatte sie ein anderes Kleid an. »Ist schon gut«, sagte er zu ihr, »ich habe dem Maresciallo alles erzählt. Mach dir keine Sorgen. Es geht ihm nur um Clementina.«

Sie saßen dicht nebeneinander, und er hielt ihre Hand.

»Viel kann ich Ihnen wirklich nicht sagen«, meinte Linda Rossi, »aber ich weiß, daß er oben war, weil ich gesehen habe, wie er anschließend die Treppe hinaufgegangen ist. Ich habe hinter der Tür gewartet, bis ich ihn hinuntergehen gehört habe – ich glaube, erst da ist mir aufgefallen, daß er hinkt. Er hat einen Fuß nachgezogen. Als er fort war, bin ich hinaufgegangen und habe an Clementinas Tür geklopft. Als sie aufmachte, war sie so gut wie splitternackt. Es war kurz nach dem Mittagessen, und sie hat ihre Siesta oft in einer alten Kittelschürze gehalten, die vorn keine Knöpfe mehr hatte. An warmen, trockenen Tagen hat sie sogar ihr Kleid kurz durchgewaschen, damit es für den Abend sauber war. Und spätabends hat sie es dann noch einmal gewaschen. Sie galt allgemein als völlig übergeschnappt, aber das stimmt nicht – ja, freilich hatte sie diesen Fimmel, den ganzen Platz zu kehren und sauberzumachen, und bei Einbruch der Dunkelheit wurde es noch schlimmer, und es stimmt auch, daß sie gern mit den Männern geflirtet hat. Aber die meisten Leute haben sie nur von ihrer schlechtesten Seite erlebt, also wenn sie draußen war und herumgeplärrt und Theater gemacht hat. Aber wissen Sie, die übrige Zeit benahm sie sich zum Teil ganz normal und hat ein ganz geregeltes Leben geführt. Sie war bettelarm.«

»Ich weiß«, sagte der Maresciallo, »ich war in ihrer Wohnung.«

»Dann ist Ihnen wahrscheinlich aufgefallen, daß sie keine Heizung hatte, nicht mal ein kleines Öfchen.«

Es war ihm nicht aufgefallen. Es war so heiß gewesen...

»Im Winter saß sie den ganzen Tag in Francos Bar vor dem Fernseher, weil es da warm war. Ich dachte immer – natürlich bin ich kein Fachmann, das ist nur mein Eindruck –, aber mir kam es immer so vor, als sei sie viel normaler, als sie sich gab, abgesehen von ihrem Putzfimmel, den sie wirklich nicht unter Kontrolle hatte.«

»Weshalb dachten Sie das?«

»Ich weiß nicht recht, aber... also manchmal, wenn ich sie tagsüber in ihrer ruhigen Phase angetroffen habe, schaute sie mich an – sie hatte stechende blaue Augen –, als wollte sie sagen: ›Weißt du, ich bin nicht so verrückt, wie alle glauben, aber ich muß den Schein wahren.‹ Dann wirkte sie sehr klar, und das brachte mich darauf, daß ihre Methode zu überleben darin bestand, ihre Rolle als Verrückte weiterzuspielen. Ich weiß nicht, ob ich mich verständlich ausgedrückt habe.«

»Ich glaube schon. Allmählich begreife ich. Zumal man sie auch nicht aus San Salvi entlassen und ihr erlaubt hätte, allein zu leben, wenn sie in einer so schlechten Verfassung gewesen wäre.«

»Das mit San Salvi habe ich erst aus der Zeitung erfahren. Sie hat nie über ihre Vergangenheit gesprochen. Aber überlegen Sie doch mal, wie viele alte Frauen ihr Dasein fristen, ohne genug Geld zu haben, um anständig essen und heizen zu können. Wenn sie keine Angehörigen haben, müssen sie sich oft allein durchschlagen, weil sie niemandem zur Last fallen wollen; und weil sie zu stolz sind, nimmt man sie gar nicht wahr. Immer war davon die Rede, daß Clementina gern im Mittelpunkt des Interesses stand, vor allem wenn sie bei den Männern herumhing – aber hätte sie sich nicht so verhalten, hätte sie nicht halb soviel Unterstützung bekommen, wenn überhaupt. Eben weil sie verrückt war, war sie so etwas wie eine Institution.«

»Und Sie glauben, daß sie sich diese Strategie selbst ausgedacht hat?« Noch während der Maresciallo Zweifel anmeldete, spürte er, daß Linda Rossi recht hatte, weil er an Angelo denken mußte, der Stunde um Stunde allein mit seiner Panik dasaß und brav zu sein versuchte, während den Patienten, die laut waren, die gesamte Aufmerksamkeit des Personals zuteil wurde. Clementina war in eine gute Schule gegangen, hatte schweigend beobachtet, bevor sie in eine Rolle geschlüpft war, die ihr Überleben sicherte. Zehn Jahre hatte es gedauert…

»Wie gesagt, war das nur mein Eindruck«, meinte Linda Rossi, die sein Schweigen negativ deutete. »Und ganz so simpel war es natürlich nicht, denn manchmal hat sie wirklich gesponnen. Ich glaube nur, daß sie die restliche Zeit diese Fassade aufrechterhalten hat, weil sie ihren Zweck erfüllt hat, mehr nicht. Abgesehen davon, woher will man wissen, daß sie nicht clever war? Auch intelligente Leute werden verrückt, sogar häufiger als dumme. Wie dem auch sei, Sie wollten was über den Tag erfahren, an dem ich zu ihr hinaufgegangen bin. Natürlich hat mich dieser schreckliche Mensch ganz durcheinandergebracht, aber ich war auch neugierig, weil ich immer davon ausgegangen war, daß Clementina ihre Wohnung nicht gemietet hatte.«

»Hat sie das gesagt?«

»Nicht ausdrücklich. Sie hat mal eine Andeutung gemacht, aber das ist schon lange her, etwa eineinhalb Jahre. Damals wurde unsere Miete erhöht, und ich weiß noch, daß ich dachte: Arme Clementina, bestimmt hat sie heute früh mit der Post dieselbe Hiobsbotschaft bekommen. Ich bringe ihr was hinauf. Sie war nicht da, und als ich sie dann unten an der Haustür entdeckte, wo sie wie üblich mit einem schmutzigen alten Lumpen die Schwelle gewischt hat, war ich erstaunt, daß sie vergnügt war wie eh und je.

›Ich habe eine Suppe für dich‹, habe ich zu ihr gesagt.

›Gibt's auch ein Stück Brot dazu? Ich hab nämlich keines.‹

Sie war nie unterwürfig oder dankbar und hat es sogar fertiggebracht, sich zu beschweren, wenn ihr was nicht geschmeckt hat. Ich habe erwähnt, daß wir eine Mieterhöhung bekommen haben, und sie vorgewarnt, daß noch ein Brief kommen würde, falls sie noch keinen bekommen hat.

Aber sie hat gesagt: ›Mich betrifft das nicht, ich zahle keine Miete.‹

Vielleicht hat sie das nur erfunden, aber ich könnte schwören, daß sie die Wahrheit gesagt hat.«

»Tja«, sagte der Maresciallo, »ich habe in ihrer Wohnung kein Mietbuch und keinerlei Quittungen gefunden. Hat sie Ihnen den Grund genannt?«

»Nein. Aber ich wollte nicht neugierig erscheinen, obwohl ich es natürlich war. Und da ist noch etwas: Ich hatte oft den Eindruck, daß sie im Grunde extrem verschlossen war und sich damit, daß sie verrückter tat, als sie war, die Leute vom Leib gehalten hat. Alle wußten, daß sie verrückt ist, aber niemand hat sie wirklich gekannt. Ich glaube, bis gestern hat kein Mensch gewußt, daß sie früher in San Salvi war.« Sie sah ihren Mann an, der die ganze Zeit ihre Hand gestreichelt hatte. »Du hast gesagt, du hättest auch den Eindruck, daß sie nicht sehr mitteilsam ist.«

»Was ihre Wohnung betrifft?«

»In jeder Beziehung! Wir haben doch darüber geredet!«

»Ich weiß, aber wir sind keine Psychologen. Wenn sie so viele Jahre in San Salvi war…« Er warf dem Maresciallo einen verständnisheischenden Blick zu, als wollte er ihn bitten, die Gemütsverfassung seiner Frau zu berücksichtigen. Der Maresciallo wünschte insgeheim, Rossi würde die Wohnung verlassen und irgendwo einen Kaffee trinken. Bisher war der einzige Mensch, von dem er etwas Brauchbares über Clementina erfahren hatte, der arme Angelo gewesen. Und jetzt genierte sich diese junge Frau und würde gleich gar nichts mehr sagen.

Rossis Blick ausweichend, sagte er: »Ich bin auch kein Psychologe, aber ich neige zu der Ansicht, daß Sie mit Ihren Vermutungen ziemlich richtig liegen. Zum Beispiel irritiert mich an Clementina, daß sie anscheinend keine Vergangenheit hatte. In ihrer Wohnung war nicht ein einziges altes Foto, und das kommt mir merkwürdig vor.«

»Nein? Das ist wirklich merkwürdig…« Linda runzelte die Stirn. »Aber sie hatte das Foto, das sie aus der Zeitung ausgeschnitten hatte. Kein altes, sondern aus einem Artikel, der vor ein oder zwei Jahren über sie erschienen war, wann genau, weiß ich nicht mehr. Aber das beweist, daß sie Fotos von sich aufhob, auch wenn sie nur aus der Zeitung ausgeschnitten waren. Sie hat es mir mal gezeigt.«

»Wo hat sie es aufbewahrt?«

»In der Schublade im Küchentisch, zusammen mit allerlei Krimskrams. Haben Sie es nicht bemerkt, als Sie sich dort oben umgesehen haben?«

»Nein, habe ich nicht… es sei denn…« Er mußte an die zerknitterte Zeitungsseite in der Schublade denken, aber die war uralt und vergilbt gewesen und hatte ausgesehen, als wäre die Schublade damit ausgelegt worden. »War es eine ganze Seite oder gar eine Doppelseite?«

»Nein, es war nur ein kleines Foto mit ein bißchen Text darunter. Sie hat es sehr sorgfältig ausgeschnitten.«

»Dann war es nicht da. Sie muß es weggeworfen haben.«

»Als ich an dem Tag, an dem der hinkende Mann da war, zu ihr hinaufgegangen bin, war es noch da.«

»Woher wissen Sie das so genau?«

»Die Schublade stand offen. Wie gesagt, Clementina war nicht angezogen. Sie hat in der Schublade nach einem Knopf gesucht, den sie an ihr Kleid nähen wollte, das sie gerade gewaschen hatte – sie hatte kaum was zum Anziehen –, und da lag das ausgeschnittene Foto ganz obenauf. Aufgefallen ist es mir deshalb, weil sie darauf dasselbe Kleid trug. Weiß der Himmel, wie lange sie es schon hatte. Ich weiß noch, daß ich dachte: Wenn ich ihr doch nur was zum Anziehen geben könnte, aber sie war viel kleiner und dicker als ich.«

»Wenn Sie sagen, sie war mit ihrem Kleid beschäftigt, als sie hinaufkamen, schließe ich daraus, daß der Besuch dieses Mannes sie nicht mehr beunruhigt hat als Ihre Vorwarnung wegen der Mieterhöhung.«

»O doch. Diesmal war sie beunruhigt – sie wurde immer besonders geschäftig, wenn sie durcheinander war. Sie stand da, halbnackt, und hat in der Schublade herumgewühlt, und ihr Kleid, das im Ausguß in einer kleinen Schüssel mit Seifenlauge lag, hing halb heraus, so daß es auf den Boden tropfte. Sie hatte einen ganz roten Kopf und schimpfte und fluchte so laut vor sich hin, daß sie mich gar nicht klopfen gehört hat; aber da die Tür offenstand, bin ich hineingegangen.

›Clementina, ich bin es.‹

Sie hat nicht geantwortet, sondern weiter vor sich hingeredet.«

»Was hat sie gesagt? Versuchen Sie sich zu erinnern, es könnte uns weiterhelfen.«

»Sie hat nur zusammenhangloses Zeug geredet. Es ergab keinen Sinn, tut mir leid. Ach ja… sie sagte wiederholt: ›Ich denk nicht dran zu gehen… was auch passiert, ich gehe nicht, und zwingen können sie mich nicht!‹ Das ist das einzige, woran ich mich genau erinnere. Ich habe daraus geschlossen, daß Bianchi, wie er sich nannte, ihr ähnlich gedroht hatte wie uns. Ich wußte, daß sie kein Geld hatte und ihn nicht geschmiert haben konnte. Allerdings habe ich nicht verstanden, womit er ihr gedroht haben könnte. Sie wohnte allein und hatte nicht das Problem, das wir haben. Natürlich war da diese Sache, daß sie keine Miete zahlte, und ich habe mich gefragt, ob sie nur einfach nicht gezahlt hat – Sie wissen schon, daß sie die verrückte Alte gespielt und gedacht hat, sie kommt damit durch, daß sie einfach nicht zahlt.«

»Aber was Genaueres hat sie Ihnen nicht gesagt?«

»Nein. Sie hat sich in einen hysterischen Zustand hineingesteigert. Das ist ab und zu vorgekommen. Sie hat angefangen, wüst herumzufluchen und unflätige Schimpftiraden loszulassen, einfach so. Und am Ende hat sie geweint. Ich habe versucht, ihr klarzumachen, daß der Mann mir auch gedroht hat, aber sie hörte gar nicht hin. Das war nicht etwa einer ihrer verrückten Augenblicke, Maresciallo, sondern sie hatte wirklich Angst, und ich bin überzeugt, daß sie sich deshalb umgebracht hat. Selbst ich – auch wenn es stimmt, daß wir keine Lira übrig haben und ziemlich verzweifelt sind, weil uns die Zwangsräumung droht –, aber ich bin wenigstens nicht allein auf der Welt und nicht so arm wie sie. Ich war nicht überrascht, als ich gehört habe, was passiert ist.«

»Sind Sie sicher«, fragte der Maresciallo, »daß sie auch einen Zwangsräumungsbefehl erhalten hat? So etwas wirft man doch nicht weg, und ich habe nichts gesehen...«

»Sicher bin ich nicht, weil sie nie was davon gesagt hat. Sie hat lediglich einmal gesagt, daß sie keine Miete zahlt – und nachdem Bianchi auch zu ihr hinaufgegangen ist...«

»Schon, aber wenn er auf eigene Faust abkassiert hat, war es vielleicht nur ein Versuch.«

»Aber warum hatte sie dann solche Angst? Und warum hat sie sich umgebracht?«

Der Maresciallo erwog kurz, ihr die Wahrheit zu sagen, überlegte es sich aber anders. Was konnte das zu diesem Zeitpunkt nützen? Es würde ihr lediglich Angst einjagen, weil sie den ganzen Tag allein zu Hause war. Schließlich sagte er: »Holen Sie Ihr Baby nach Hause. Ist es eigentlich ein Junge oder ein Mädchen?«

»Ein kleines Mädchen. Zweieinhalb Monate. Haben Sie auch Kinder?«

»Zwei. Zwei Jungen.« Dann sagte er zu Rossi: »Sollte dieser Kerl noch einmal kommen, geben Sie ihm auf keinen Fall Geld.«

»Bestimmt nicht.«

»Hat er Ihnen eine Frist gesetzt?«

Rossi schaute seine Frau an.

»Nein, hat er nicht... Ich dachte, er kommt bestimmt irgendwann wieder, aber das ist jetzt vier Wochen her, und er hat sich nicht mehr blicken lassen... Jetzt, wo Sie es sagen... irgendwas war merkwürdig an der Sache. Ich war zu aufgeregt, um das damals zu registrieren, aber jetzt ist mir einiges klargeworden. Irgendwie war das Ganze... improvisiert. Wenn ich daran zurückdenke, glaube ich, daß er an Ort und Stelle möglichst viel aus mir rausholen wollte.«

»Komm schon, Linda«, sagte ihr Mann und drückte ihre Hand. »Er wird wohl kaum erwartet haben, daß du drei Millionen aus dem Geldbeutel holst.«

»Glauben Sie mir, Maresciallo!« Sie zog ihre Hand weg. »Ich bin überzeugt, daß er improvisiert hat und auf der Stelle Geld wollte oder brauchte. Schließlich hätte ich ihm einen Scheck geben können, wenn er gedeckt gewesen wäre – und ich habe Ihnen ja gesagt, daß er sich auf eine Art umgesehen hat, die mich beunruhigt hat. Ich wette, er hat versucht abzuschätzen, wieviel er rausholen kann.«

»Dann hat er sich vertan«, sagte Rossi, »denn wir besitzen keine Lira.«

»Aber trotzdem habe ich recht. Sehen Sie sich um, Maresciallo. Diese Wohnung ist winzig, aber alle unsere Sachen sind gut. Das liegt daran, daß wir ein paar schöne Möbelstücke geerbt haben, als meine Schwiegermutter starb. Mein Mann hat einen Bruder und eine Schwester, so daß nicht viel übriggeblieben ist, nachdem alles geteilt war, aber sehen Sie das Kaffeeservice da drüben? Echtes Silber, und die zwei Teppiche sind echte Perser. Die paar Sachen, die wir selbst gekauft haben, stammen aus dem billigsten Kaufhaus, aber alles in allem sieht es hier nach mehr Geld aus, als wir haben.«

»Das stimmt...« Der Maresciallo war kein Fachmann. Als er die Wohnung zum ersten Mal betreten hatte, war ihm nur aufgefallen, wie freundlich und hübsch sie aussah, zumal im Vergleich zu Clementinas Wohnung, aber dieser Bianchi hatte sie natürlich mit anderen Augen betrachtet.

»Ich könnte schwören«, sagte Linda Rossi, »daß er zufrieden abgezogen wäre, wenn ich ihm das Kaffeeservice gegeben hätte, und nur weil ich das vor lauter Panik wegen dem Mietvertrag und dem Baby nicht gemerkt habe, hat er nicht bekommen, was er wollte.«

»Machte er denn einen verzweifelten Eindruck?«

»Nein, das nicht... Dafür war er zu fröhlich, zu hämisch und sarkastisch. Nein, verzweifelt war er nicht, aber er hat improvisiert und hatte es offenbar eilig. Es stimmt, daß ich damals dachte, er würde zurückkommen, sonst wären wir bestimmt nicht zum Mieterschutzbund gegangen, aber ich konnte nicht klar denken, weil ich Angst hatte – nicht nur vor ihm, sondern weil die Anhörung bevorstand und all das.«

»Und Sie wissen nicht, ob er von Clementina Geld verlangt hat?«

»Sie hat nichts davon erwähnt, aber wie gesagt, sie hat nur wirres Zeug geredet. Am nächsten Tag habe ich ihr gesagt, daß wir zum Mieterschutzbund gehen, und gefragt, ob sie mitkommen will. Inzwischen hatte sie sich beruhigt und war, wie üblich, damit beschäftigt, unten vor der Haustür zu putzen.

›Wenn ich da hingehen will, gehe ich auch! Ich finde den Weg schon allein!‹

Sie hat auf Knien geschrubbt und mich von unten mit diesem durchdringenden, blauäugigen Blick angesehen, der besagte, daß sie klar bei Verstand war und nur so laut sprach, um den Schein zu wahren. Es würde mich interessieren, ob sie hingegangen ist...«

»Das werde ich überprüfen«, sagte der Maresciallo. Er stand auf und zog eine Visitenkarte aus der Brusttasche. »Da ist meine Telefonnummer. Falls Ihnen sonst noch was einfällt oder falls Bianchi noch einmal auftaucht...«

»Aber wenn Sie schon mit ihm gesprochen haben«, sagte Linda Rossi, »und er zugibt, daß er mich gesehen hat... Können Sie ihn denn nicht festnehmen?«

Da dem Maresciallo sein Täuschungsmanöver, das er, um ehrlich zu sein, ganz vergessen hatte, sehr peinlich war, sagte er nur: »Ich möchte ihn vorerst lieber nur im Auge behalten, bis ich mehr gegen ihn in der Hand habe. Noch kann ich ihn nicht verhaften, sonst würde ich es tun.«

Das zumindest entspricht der Wahrheit, dachte er, als er die Treppe hinunterstapfte. Die Rossis hatten versprochen, ihn anzurufen, falls sich irgend etwas tat, aber welchen Sinn es haben sollte, überall seine Visitenkarten zu hinterlassen für den Fall, daß zwei Männer, über die er nichts wußte, die Güte haben sollten, ihm zuliebe ein zweites Mal vorzusprechen, wußte er auch nicht. Eines allerdings wußte er genau, als er sich schwungvoll auf den heißen Fahrersitz niederließ, nämlich daß er eine kalte Dusche und etwas zu essen brauchte und sich, wenn irgend möglich, ausruhen wollte.

Er kam nur in den Genuß einer kalten Dusche, denn kaum war er in eine frische Uniform geschlüpft, wurde er auch schon in das Büro des Oberstaatsanwalts gerufen.

7

Bis nachmittags um vier war es so schwül geworden, daß einem das Atmen Mühe bereitete. Fast alle Leute auf der Straße trugen Sonnenbrillen, weil das grellweiße Licht der dunstverhangenen Sonne in den Augen wehtat. Der Maresciallo hatte Kopfweh, und es wurde immer stärker. Vielleicht kam es vom Hunger oder von der schlechten Laune, in die ihn der Stellvertretende Staatsanwalt versetzt hatte, doch sehr wahrscheinlich lag es am Wetter, da alle anderen Leute ringsum ebenso erschlagen wirkten. Langsam überquerte er den Ponte Santa Trinit An solchen Tagen hatte es keinen Sinn, sich zu beeilen, weil ohnehin alles, was man in Angriff nahm, schiefging; je weniger man sich anstrengte, desto besser. Man kann gegen so manches ankämpfen, nicht aber gegen den August. Im August blieb einem nichts anderes übrig als abzuwarten, bis er vorbei war. Zu dieser Erkenntnis war der Maresciallo um halb drei gelangt, nachdem er wieder in sein Auto gestiegen war, um mit leerem Magen zu der Unterredung mit dem Staatsanwalt zu fahren, und feststellen mußte, daß es nicht ansprang. Es war sein eigenes Auto, kein Streifenwagen, aber normalerweise hätte er einen Mechaniker von der Kommandantur gebeten, einen Blick unter die Haube zu werfen. Doch jetzt hatte es gar keinen Sinn anzurufen, weil es garantiert heißen würde, daß in Anbetracht der Tatsache, daß August war...

Der ganze Zorn und der Frust, der in ihm aufgestiegen war, als das Auto nicht anspringen wollte, verebbte und hinterließ eine Art teilnahmsloser Lethargie. Obwohl er den Mannschaftswagen hätte nehmen können, der neben seinem Fiat 500 stand, stieg er einfach aus und ging zu Fuß, vielleicht um sich selbst eins auszuwischen, vielleicht auch dem Staatsanwalt, der sich bestimmt ärgerte, wenn er sich verspätete. Der Staatsanwalt war tatsächlich verärgert. Nicht weil sich der Maresciallo verspätet hatte – er ließ ihn sogar eine Viertelstunde warten. Er war hauptsächlich wegen dieser San-Salvi-Geschichte wütend, und der Bericht des Maresciallo machte ihn zwangsläufig noch wütender, weil daraus hervorging, daß dieser, wenn er gestern hingefahren wäre, den mysteriösen Besucher vielleicht angetroffen hätte. Außerdem ärgerte er sich über die mißmutige Art des Maresciallo, der auf seine Kritik gar nicht richtig ansprang. Konnte er denn nicht begreifen, daß es einfach zu heiß war, um sich aufzuregen? Der Maresciallo sah ein, daß das Wetter dem Staatsanwalt ebenso zusetzte wie allen anderen. Sein Gesicht war bleich und schweißnaß, und unter den Augen hatte er dunkle Ringe. Er war am Ende seiner Geduld, nicht nur wegen der Hitze, sondern weil die Gefahr bestand, daß er seinen heißersehnten Urlaub verschieben mußte. Der Maresciallo konnte dem Staatsanwalt keinen Vorwurf machen, brachte aber auch nicht die Energie auf, auf seine Anschuldigungen zu reagieren. Es war keine erfreuliche Unterredung. Der Staatsanwalt beendete sie mit den Worten:

»Falls Sie die Wohnungsschlüssel dabeihaben, lassen Sie sie hier.«

»Selbstverständlich.« Der Maresciallo fischte sie aus seiner Brusttasche und legte sie auf den Schreibtisch.

»Die Hausverwaltung hat sich mit mir in Verbindung gesetzt, und ich sehe zum gegenwärtigen Zeitpunkt keinen plausiblen Grund, sie länger hinzuhalten. Ich werde die Siegel heute entfernen lassen und den Leuten morgen die Schlüssel zurückgeben.«

»Und Sie glauben nicht…«

»Was soll ich glauben?«

»Dieser Mann, von dem ich Ihnen erzählt habe…«

»Was soll mit dem sein? Ich habe keinen Grund zu der Annahme, daß er etwas mit dem Fall zu tun hat.«

»Haben die Leute von der Hausverwaltung vielleicht erwähnt, daß es mit Clementina Schwierigkeiten gegeben hätte, weil sie die Miete nicht bezahlt hat? Oder daß man ihr die Zwangsräumung angedroht hat?«

»Nichts dergleichen. Ich habe den Eindruck, daß die Leute in der Wohnung unter ihr… wie war gleich wieder der Name?«

»Rossi.«

»Rossi. Daß diese Leute nur versuchen, Sie auf ihr kleines Problem aufmerksam zu machen, indem sie behaupten, die Franci über ihnen hätte was damit zu tun gehabt. Wenn Sie sich auf diesen Fall und auf die Dinge konzentrieren würden, die wirklich relevant sind, könnten wir vielleicht vorankommen.«

Der Maresciallo dachte an das junge Paar, dessen »kleines Problem« womöglich darauf hinauslief, daß sie mit ihrem zwei Monate alten Baby und ihren Möbeln auf der Straße standen. Nachdenklich blickte er auf seine riesigen Hände, die auf seinen Knien lagen, und betrachtete dann über den Schreibtisch hinweg den Staatsanwalt, dessen dünne Finger mit einem Stift herumspielten, der rote Flekken an den Fingerspitzen hinterließ. Worüber regte er sich nur so auf?

»Ich sage den Leuten heute abend Bescheid. Ich wüßte nicht, was wir zu gewinnen hätten...«

Dem Maresciallo fiel auf, daß er ständig solche Formulierungen gebrauchte. »Ich wüßte nicht, was wir zu gewinnen hätten... Ich sehe keinen plausiblen Grund... Ich sehe nicht ein, welchen Sinn es haben sollte...«

Zweifellos hatte er recht. Wahrscheinlich war nichts damit gewonnen, wenn man Clementinas Mörder fand. Es hatte keinen Sinn... Es gab keinen vernünftigen Grund... Die Angelegenheit wurde einfach mechanisch abgewickelt, und das Leben ging weiter wie zuvor. Irgend jemand war einmal der Meinung gewesen, es gebe einen guten Grund, die psychiatrischen Anstalten zu schließen, und jetzt befanden sich dieselben Patienten auf Staatskosten in privaten Einrichtungen, und alles ging weiter wie zuvor. Welchen Sinn hatte es, welchen vernünftigen Grund gab es, sich um ein menschliches Wrack wie Angelo zu kümmern? Oder ihn zu vernachlässigen?

»Können Sie mir folgen?«

Der Maresciallo zuckte leicht zusammen, und seine großen, sorgenvollen Augen blickten in die des Staatsanwalts. Genau wie in der Schule, wenn ihn der Lehrer plötzlich angefahren hatte:

Guarnaccia! Hast du aufgepaßt?

Si, Signore.

Was habe ich gerade gesagt?

Daß... daß...

Du hast keine Ahnung, stimmt's, Guarnaccia?

No, Signore.

Der Staatsanwalt konnte ihn schlecht fragen: Was habe ich gerade gesagt? Ein paar Vorteile hatte es schon, erwachsen zu sein. Er redete einfach weiter, und der Maresciallo machte ein aufmerksames Gesicht und gab sich Mühe mitzubekommen, worum es ging. Offenbar wollte der Staatsanwalt die Presse informieren, daß es sich bei dem Fall um einen Mord handelte und nicht um Selbstmord. Na gut, sei's drum. Die würden sich freuen. Das war besser als streunende Hunde. Er erhob sich, als der Staatsanwalt aufstand. Offenbar war die Unterredung beendet.

Als er den Gang hinunterging, hörte er den Staatsanwalt in der offenen Tür zu seinem Protokollführer sagen: »Daß dieser Mann aber auch nichts kapiert...!«

Vielleicht sollte der Maresciallo das mitbekommen.

Als er diesmal die Brücke überquerte, begegnete er einem Paar mittleren Alters, das sich erschöpft und gereizt über einem Stadtplan zankte. Der Maresciallo konnte die Sprache nicht verstehen, aber das war auch nicht nötig. Als die beiden weitergingen, marschierte die Frau schmallippig voraus, der Mann zehn Schritte hinter ihr, während er resigniert versuchte, den bunten, sperrigen Stadtplan zusammenzufalten. Das eine Wort, das er ausstieß, als der Plan einriß, verstand der Maresciallo. Letzten Endes war es immer noch besser zu arbeiten, als sich als ortsunkundiger Tourist durch

Florenz zu schleppen. An der Ecke der Uferstraße hatte eine Bar geöffnet; gerade wollte er hineingehen, um sich ein Sandwich zu holen, da fiel sein Blick auf ein Messingschild an der Tür nebenan. *Italmoda, Export, 1. Stock.* Ob es einen Sinn hatte, hinaufzugehen und zu klingeln? War er nicht zu der Einsicht gelangt, je weniger er heute zu erreichen versuchte, desto besser? Am Ende entschied er sich für einen Kompromiß: Erst wollte er in Ruhe sein Sandwich essen, und danach konnte es nichts schaden, einfach zu läuten, da er ohnehin keine Hoffnung hatte, jemanden anzutreffen, und folglich nicht enttäuscht sein würde.

Er entschied sich für eine große Scheibe Brot mit frischen Tomaten und Basilikumblättern, beträufelt mit etwas Olivenöl, und bestellte dann noch einen Espresso.

»Schlimmer kann es nicht werden«, brummte der Mann hinter der Bar. Überflüssig zu sagen, was er damit meinte.

»Stimmt«, bestätigte der Maresciallo mit vollem Mund. Er hatte solchen Hunger, daß er beschloß, noch ein Sandwich zu essen.

»Mit Tomaten? Noch einmal dasselbe?«

»Ja.«

»So geht das jetzt schon seit einer Woche jeden Nachmittag, und jeden Tag bin ich überzeugt, daß es ein Gewitter gibt, aber es kommt einfach nicht. Ich persönlich mag ja die Hitze, aber wenn es so feucht ist wie jetzt... Ich habe schon drei Aspirin genommen, aber ich habe das Gefühl, gleich platzt mir der Kopf.«

»Mir geht es genauso«, sagte der Maresciallo, »und wahrscheinlich hat im Umkreis von Kilometern keine Apotheke offen.«

»Hier, bitte«, sagte der Barmann und reichte ihm eine Schachtel Tabletten über den Tresen, »obwohl Sie die lieber nicht nehmen sollten, wenn Sie einen Kaffee trinken wollen. Wie wäre es mit einem Eistee?«

»Wahrscheinlich haben Sie recht.«

»Ich schenke Ihnen einen ein – machen Sie sich keine Gedanken wegen dem Kaffee. So wie ich das sehe, gilt für den August dasselbe wie für Kriegszeiten: Wir müssen uns gegenseitig helfen. Erinnern Sie sich an die Überschwemmung?«

»Damals war ich nicht in der Stadt…«

»Da war es genauso. Die Leute haben einander geholfen. Ich weiß noch, daß ich mit einem Boot herumgepaddelt bin und das ganze Mineralwasser verteilt habe, das ich auf Lager hatte. Überall Wasser, und nicht ein Tropfen zu trinken. Macht dreitausend Lire. Den Kaffee vergessen wir.«

»Vielen Dank.«

»Gern geschehen.«

Italmoda, Export, 1. Stock.

Ein imponierendes Gebäude mit einem Teppichläufer auf der Marmortreppe und glänzenden Messingschildern an jeder Tür. Der Maresciallo läutete im ersten Stock links und wartete nur wenige Sekunden, bevor er kehrtmachte, um wieder hinunterzugehen. Als er den Türsummer hörte, blieb er wie angewurzelt stehen.

»Na, das ist ja ein Ding!« murmelte er, kehrte um und drückte die Tür auf. Jemand hatte ihn hereingelassen, aber drinnen war alles still und wirkte verlassen. Er ging einen kurzen, breiten Flur entlang, in dem sich auf einer Seite bis zur Decke Versandkartons stapelten.

»Ist jemand da?«

»Wer ist da?« rief eine überraschte Frauenstimme. Links hinter dem Maresciallo ging eine Tür auf. Er drehte sich um.

»Oh!«

»Habe ich Sie erschreckt?« fragte der Maresciallo. »Aber Sie haben mich doch hereingelassen.«

»Ich habe jemand anderen erwartet. Jemand sollte dieses Zeug da abholen.« Sie deutete auf die aufgetürmten Kartons. Sie war klein und hübsch und hatte einen leichten ausländischen Akzent. Außerdem weinte sie und gab sich gar keine Mühe, es zu verbergen; immerhin schneuzte sie sich, bevor sie fragte: »Was wünschen Sie?«

»Sind Sie ganz allein hier?«

»Wie Sie sehen.«

»Dann würde ich mich gern mit Ihnen unterhalten, wenn Sie eine Minute Zeit haben.«

»Kommen Sie lieber hier herein.«

Unmittelbar hinter der Bürotür befanden sich noch mehr Pappkartons. Aus einem, der aufgeklappt am Boden stand, hing ein Baumwollrock heraus. Die junge Frau setzte sich an einen Schreibtisch und zupfte aus einer Schachtel neben der Schreibmaschine ein frisches Papiertaschentuch.

»Nehmen Sie Platz, wenn Sie wollen.«

Der Maresciallo ließ sich damit Zeit; erst schaute er sich um. Ein großer, mit Spannteppich ausgelegter Raum, zwei große Fenster mit Blick über den Fluß. Es gab noch zwei Schreibtische mit Schreibmaschinen, über die Staubhüllen gestülpt waren.

»Sind Ihre Kollegen alle in Urlaub?«

»Alle sind weg, nur ich nicht, weil ich für Deutschland

zuständig bin und die Leute dort nicht begeistert sind, wenn hier im August überhaupt nichts läuft. Ich hatte im Juli zehn Tage frei und soll im September noch mal Urlaub bekommen, falls ich nicht vorher rausgeworfen werde.«

Es war schon merkwürdig. Sie redete ganz normal, ohne daß ihre Stimme kippte, und gleichzeitig rollten ihr Tränen über die Wangen. Ohne davon Notiz zu nehmen, sprach sie weiter.

»Was wollten Sie denn?«

»Ich bin nur ... Verzeihen Sie meine Frage, aber stimmt was mit Ihren Augen nicht? Ich frage nur, weil ich ...«

»Nein. Ich bin nur völlig durcheinander.«

»Verstehe. Bitte entschuldigen Sie. Ich bin hier, um Nachforschungen anzustellen. Reine Routine, kein Grund, sich Sorgen zu machen.«

»Falls das stimmt, passiert in diesem Büro zum ersten Mal etwas, worüber man sich keine Sorgen zu machen braucht. Was wollen Sie denn wissen?« Endlich schien sie die herabrinnenden Tränen zu bemerken – kein Wunder, da sie unter den Kragen ihrer Baumwollbluse liefen – und trocknete sie mit dem Taschentuch ab.

»Sind Sie schon lange hier?«

»Nein. Hier hält es niemand lange aus.«

»Wie lang genau?«

»Noch keine zwei Monate.«

»Erinnern Sie sich an eine Putzfrau, die etwa bis vor einem Monat hier gearbeitet hat?«

»Wir haben keine Putzfrau, und wenn sich dieses Weibsbild einbildet, daß ich hier auch noch staubsauge, hat sie sich geschnitten. Sie erwartet ohnehin schon, daß ich jedesmal

Kaffee koche, wenn sie hier aufkreuzt – nicht daß es mir etwas ausmacht, jemandem eine Tasse Kaffee zu machen, aber erstens ist das nicht meine Aufgabe, und zweitens kann ich ordinäre Frauen nicht ausstehen, die sich was auf ihre Lebensart einbilden, obwohl sie nur Geld und schlechte Manieren haben. Oder wie würden Sie sich da fühlen?«

»Ich... können Sie sich an die Putzfrau erinnern, die bis vor etwa einem Monat hier gearbeitet hat?«

»Ich nehme an, daß Sie diese Verrückte meinen.«

»Genau die.«

»Was ist mit ihr?«

»Haben Sie sie gekannt?«

»Leute, die Büros putzen, verschwinden, bevor die Belegschaft kommt. Aber ich habe sie einmal gesehen, und das hat genügt – um festzustellen, daß sie verrückt ist, meine ich. Wohlgemerkt, man muß verrückt sein, um überhaupt hier arbeiten zu können. Jedenfalls habe ich sie an dem Tag gesehen, an dem sie gefeuert wurde. Es war das erste Mal, daß ich miterlebt habe, wie jemand gefeuert wird, weil ich gerade erst hier angefangen hatte, aber letzten Monat haben sie noch zwei Leute rausgeworfen. Und ich bin die nächste.«

»Und wer wirft alle diese Leute raus? Der Inhaber der Firma? Oder gibt es einen Manager?«

»Alle beide. Da der Manager der Ehemann der Inhaberin ist, spielt das keine Rolle. Sie ist das eigentliche Ekel, doch Gott sei Dank bekommen wir sie nicht oft zu Gesicht. Aber mit ihm wird es auch immer schlimmer, er dreht wegen jeder Lappalie gleich durch.«

»Und die Putzfrau? Wer hat die gefeuert?«

»Das war er, aber ich möchte wetten, sie hat dahinterge-steckt.«

»Warum wurde sie gefeuert?«

»Vielleicht hat sie ihre Arbeit nicht ordentlich gemacht – nicht daß es hier sonderlich ins Gewicht fällt, ob man ordentlich arbeitet, da man es sowieso niemandem recht machen kann.« Sie hatte das Taschentuch zusammengeknüllt und zerpflückte es mit einer Hand in kleine Fetzen.

»Wenn Sie hier so unglücklich sind, warum bleiben Sie dann?« wollte der Maresciallo wissen.

Sofort schlug sie einen anderen Ton an. »Alles in allem ist es vermutlich nicht schlimmer als anderswo. Aber wieso wollen Sie was über diese Putzfrau wissen?«

»Sie ist tot.«

»Ach…«

»Man geht davon aus, daß sie Selbstmord begangen hat…« Welchen Sinn hatte das? Es würde ohnehin morgen in der Zeitung stehen. »Aber in Wirklichkeit wurde sie er-mordet.«

Sie sah ihn unverwandt an und zog ein frisches Papier-taschentuch aus der Schachtel. Ob gute oder schlechte Nach-richten, ihr war es einerlei, sie weinte einfach weiter.

»Haben Sie denn irgendwelche Schwierigkeiten?« fragte er mitfühlend. Er hatte noch nie einen solchen Tränenstrom gesehen.

»Nein! Ja… mit ihm schon. Erst schreit er mich an, weil ich keine Initiative ergreife, und wenn ich das tue, sagt er, ich hätte kein Recht, Entscheidungen zu treffen, ohne sie vorher mit ihm zu besprechen!«

»Verstehe. Aber wenn Sie ein bißchen mehr Erfahrung

haben, kommen Sie vielleicht besser zurecht. Sie sind noch sehr jung.«

»Ich bin sechsundzwanzig. Und wie kann ich Erfahrungen sammeln, wenn ich meinen Job verliere? Sie können sich nicht vorstellen, wie schwierig es ist, hier Arbeit zu finden.«

»Woher kommen Sie?«

»Aus Deutschland. Habe ich einen argen Akzent?«

»Nein, nein... man merkt ihn kaum. Aber wäre es nicht einfacher für Sie, sich in Deutschland Arbeit zu suchen?«

»Ich kann nicht zurück – wegen meiner Eltern... Ach, ich will Sie nicht damit langweilen. Und über Ihre Putzfrau kann ich Ihnen auch nicht viel sagen, außer daß sie verrückt war.«

»Das weiß ich, aber weshalb hatten Sie diesen Eindruck?«

»Weil sie so geschrien und geflucht hat – gut gemacht, dachte ich damals, zahl es ihm mit gleicher Münze heim. So, wie er herumgetönt hat, daß ihr niemand anderer Arbeit geben würde und daß es ihr noch leid tun würde, hätte man meinen sollen, sie sei eine überbezahlte leitende Angestellte. Nach dem Lärm und dem Hin-und-Hergerenne zu schließen, das nicht zu überhören war, halte ich es für möglich, daß sie auf ihn losgegangen ist, und dann ist sie kreischend durch den Flur gerannt und hat geschrien: ›Ich gehe nicht! Ich denk nicht dran zu gehen!‹ Aber natürlich ist sie gegangen, und seitdem haben wir sie nicht mehr gesehen. Es würde mich nicht überraschen, wenn er sie gefeuert hätte, weil er zu knickrig war, um sie zu bezahlen. Wir haben unsere Juli-Gehälter auch erst letzte Woche bekommen.«

Der Maresciallo sah sich noch einmal um, bevor er

meinte: »Daß ein so feiner Laden eine Verrückte als Putzfrau anstellt, wundert mich.«

»Wahrscheinlich ist es nicht so leicht, eine Putzfrau zu finden. Vielleicht kann ich ja als Putzfrau arbeiten…«

»Wenn Ihr Chef so wenig von Ihnen hält, wie kommt es dann, daß Sie hier allein die Stellung halten?«

»Weil *sie* in Urlaub fahren muß, egal, was ansteht, und weil er sie, im Gegensatz zu anderen Geschäftsleuten, nicht guten Gewissens allein ans Meer fahren lassen kann. Sie ist viel jünger als er und nützt das auch aus. Er muß nach ihrer Pfeife tanzen und vierundzwanzig Stunden am Tag Gewehr bei Fuß stehen, und wehe ihm, wenn sie nicht alles bekommt, was sie will.«

»Und wo machen die beiden Urlaub?«

»Sie haben ein Haus am Meer, in der Maremma. Er wird jeden Augenblick anrufen, und wenn dieses ganze Zeug noch da ist, dann ist das meine Schuld, wie üblich. Wir sind schon im Verzug, und wenn bestellte Ware zu spät geliefert wird, kann der Kunde die Annahme verweigern. Falls das passiert, fliege ich raus, garantiert. Aber ist es meine Schuld, daß hier im August nichts vorwärtsgeht? Ist das vielleicht meine Schuld?«

»Nein, nein, das geht allen so.«

»Eben nicht! Versuchen Sie mal, Leuten nördlich der Alpen begreiflich zu machen, was August in Italien bedeutet! Das interessiert die nicht, und man kann es ihnen nicht verübeln. Deshalb habe ich getan, was ich getan habe – sehen Sie sich mal diesen Rock an! Würden Sie sagen, daß es daran was auszusetzen gibt?« Sie stand auf und schnappte sich den halb aus dem Karton hängenden Rock.

Der Maresciallo starrte ihn an, als sie ihn ihm unter die Nase hielt. »Na ja ... mit solchen Sachen kenne ich mich nicht so gut aus ...«

»Sehen Sie ihn sich einfach mal an!«

Der Maresciallo seufzte. Wo er hinkam, schien er in anderer Leute »kleine Probleme« hineingezogen zu werden, wie der Staatsanwalt es formuliert hatte. Die heruntergekommene Anstalt, der Zwangsräumungsbefehl der Rossis und jetzt das. Das Tränenreservoir der jungen Frau war unerschöpflich. Er wußte nicht, was er sagen sollte. Achtlos warf sie den Rock wieder in den Pappkarton.

»Wissen Sie, was ich hätte tun sollen? Dafür sorgen, daß der blaue Knopf am Bund durch einen etwas dunkleren ersetzt wird. Und? Ich konnte niemanden auftreiben, der das vor September gemacht hätte, und die Ware sollte bis zwanzigsten August geliefert werden – außerdem mußten noch unsere Etiketten eingenäht werden. Er hat mir so oft gesagt, ich soll mich ranhalten und Initiative zeigen, daß ich die Etiketten habe annähen lassen und die Sachen einfach losgeschickt habe. Auf der Bestellung war nicht ausdrücklich vermerkt, daß die Knöpfe einen bestimmten Blauton haben müssen, und die, die dran sind, sind völlig in Ordnung. Finden Sie nicht?«

»Ich glaube ...«

»Eigentlich sollten die Röcke ohne Knöpfe an uns geliefert werden, aber da das nicht geklappt hat, wäre es unsinnig gewesen, sie deshalb verspätet zu liefern. Er hat getobt und mich am Telefon angebrüllt: ›Sie hatten nicht das Recht, so eigenmächtig zu handeln! Sie wissen gar nicht, was Sie angerichtet haben! Rufen Sie die bestellte Ware sofort zurück, bevor sie den Zoll passiert, und wenn so was noch einmal vorkommt, sind Sie gefeuert, haben Sie mich verstanden? Gefeuert!‹«

Sie setzte sich wieder auf ihren Stuhl und knüllte ein frisches Taschentuch zusammen, ohne sich die Tränen abzutrocknen.

»Jetzt müssen die Dinger abgeholt und alle Knöpfe ausgetauscht werden, aber der Fahrer hat sich noch nicht blicken lassen. Das bedeutet, daß sie in jedem Fall zu spät in Deutschland ankommen, und wenn der Kunde dort die Annahme verweigert, gibt der Chef mir die Schuld.«

»Das tut mir leid«, sagte der Maresciallo, während er überlegte, wie er sich höflich von der unglücklichen jungen Frau verabschieden konnte. »Ich neige noch immer zu der Ansicht, daß Sie sich einen anderen Job suchen sollten.« Er hatte halbwegs begriffen, was da lief, die junge Frau hingegen eindeutig nicht. Es wäre nur gut, wenn sie das Feld räumte, bevor er die Sache meldete, denn das mußte er, auch wenn es nicht eilte. Es geschah Schlimmeres auf der Welt als das krumme Ding, das ihr Chef da drehte.

»Hätten Sie was dagegen, mir eine Firmenkarte zu geben?«

»Ich habe welche in der Schublade. Da, nehmen Sie ein paar.«

»Eine genügt, wenn der Name Ihres Chefs draufsteht.«

»Der steht drauf. Antonella Masolini. Er managt alles, wenn man das so nennen kann, aber das Geschäft gehört ihr.«

»Vielen Dank. Können Sie mir noch irgendwas über Clementina erzählen?«

»Clementina?«

»Die Putzfrau.«

»Ach, diese Verrückte. Ich wußte gar nicht, daß sie so hieß. Nein. Ich habe sie nur einmal gesehen, aber ohne mit ihr zu sprechen. Ich erinnere mich nur noch, daß sie fürchterlich geflucht hat.«

Gut möglich, daß sie schon wieder vergessen hatte, daß Clementina ermordet worden war, so beschäftigt war sie mit ihren eigenen Problemen.

»Ich lasse Ihnen meine Visitenkarte da, falls Ihnen noch was einfällt. Wann kommt Ihr Chef zurück?«

»Am ersten September. Soll ich ihm sagen, daß Sie hier waren?«

»Wie Sie wollen. Ich komme ohnehin wieder.«

Als er unten auf der Straße stand, schaute er hinauf und sah sie am Fenster stehen, sich die Nase putzen und nach dem Fahrer Ausschau halten, der vorbeikommen und die Kartons abholen sollte.

Die Luftfeuchtigkeit war so hoch, daß die steinernen Fassaden der Häuser aussahen, als schwitzten sie, und die wenigen Autos, die die Piazza Pitti überquerten, jenes leise schwirrende Geräusch machten wie Reifen auf nasser Straße. Vielleicht lag es an der Feuchtigkeit, daß der Staub auf der geteerten Fahrbahn klebte, vielleicht bildete sich der Maresciallo das auch nur ein, aber alles – die Geräusche, die Gerüche, das Licht – war so wie an einem Regentag. Nur der Regen fehlte. Er überquerte die Straße und ging durch den ansteigenden Vorhof zum Palazzo hinauf. Oben angekommen, wandte er sich nach links, nahm die Sonnenbrille ab, drehte sich um und blickte zum Himmel hinauf.

Der erste Donnerschlag zerriß die Luft und verhallte in kleinen, vibrierenden Wellen. Die Hügel, die man hinter den Dächern hätte sehen müssen, waren verschwunden. Der Maresciallo fühlte sich so erleichtert, als hätte jener erste Knall in seinem Kopf stattgefunden. Ein dicker, fetter Regentropfen klatschte auf seine Hand, aber er ließ sich Zeit. Sein Kopfweh, so lange durch das Aspirin gedämpft, verflog schlagartig, und als er unter der großen, schmiedeeisernen Laterne durchging, die von dem steinernen Torbogen herabhing, sah er voller Freude, daß noch mehr fette Regentropfen auf den Kies vor ihm klatschten und die Blätter der Lorbeerbüsche nach unten bogen. Er stieg die Treppe so rasch hinauf wie seit Monaten nicht mehr.

»Gerade noch rechtzeitig, Maresciallo«, sagte Di Nuccio, der den Kopf aus dem Wachraum streckte.

»Rechtzeitig wofür? Ist was passiert?«

»Es fängt an zu regnen!«

»Ja.« Der Maresciallo zog sein khakifarbenes Jackett aus und ging in sein Büro, um es aufzuhängen. Ein zweiter Donnerschlag ließ die Fenster erbeben, und nun begann es richtig zu schütten. Er setzte sich an seinen Schreibtisch und schaute zufrieden hinaus. Grundsätzlich mochte er Regenwetter so wenig wie eine Katze, aber heute freute er sich darüber. Je heftiger es regnete, um so mehr freute er sich. Zwar hätte ihn nichts dazu bewegen können, hinauszugehen und sich durchnässen zu lassen, aber er genoß die Vorstellung, daß die ganze heiße, schmuddelige Stadt saubergewaschen wurde von dem Regenguß, der die roten Ziegeldächer aufweichte, durch die Rinnsteine gurgelte und an den Marmorstatuen herablief. Er konnte den Regen auf das Dach des

Mannschaftswagens trommeln hören, der unter seinem Fenster stand, und auf seinen eigenen kleinen Fiat, der nicht anspringen wollte. Alle paar Sekunden erhellte ein grünlicher Blitz den Raum.

»Gut…«, murmelte er, »sehr gut…«, ohne daß er damit etwas Bestimmtes meinte. Das Telefon klingelte, und er nahm ab.

»Guarnaccia.«

»Salva.«

»Ach, du bist es.«

»Da du zum Mittagessen nicht heimgekommen bist…«

»Tut mir leid, ich hatte keine Gelegenheit, dich anzurufen. Ich war beim Stellvertretenden Staatsanwalt.«

»Solange nur alles in Ordnung ist. Du bist doch nicht etwa vom Regen überrascht worden?«

»Nein.«

»Na, Gott sei Dank. Was für ein Gewitter! Ich werde mich heute nachmittag nicht vom Fleck rühren. Ich wollte die Wintersachen von den Kindern herausholen und durchsehen.«

»Jetzt schon?«

»Bei dem Wetter hat man das Gefühl, man muß was tun. Und wenn sie erst zurück sind und die Schule wieder anfängt, bleibt mir keine Minute Zeit mehr.«

Er spürte, daß es ihr genauso erging wie ihm und daß sie ebenso erleichtert war, weil das Wetter endlich umgeschlagen hatte, auch wenn sie sich darüber beklagte.

»Dann bis später.«

»Du mußt doch nicht noch mal weg?«

»Nein, nein.«

Er legte nicht auf, sondern drückte nur kurz auf die Gabel und suchte auf seinem Block die Nummer des Polizeipräsidiums, der *questura*. Kaum hatte er sie gefunden, klopfte es, und Di Nuccio schaute zur Tür herein.

»Ich habe mit Mario gesprochen... Störe ich Sie?«

»Nein. Dann erzähl mal.«

»Da gibt es nicht viel zu erzählen. Es ist mehr oder weniger so, wie Sie vermutet haben. Die Bar macht um elf zu, manchmal sogar früher, und danach fangen die Stammgäste zu zocken an. Am Freitag- und Samstagabend spielen sie auch Bingo, dann sind die Frauen dabei. Vor Jahren wurde dem mal ein Riegel vorgeschoben, aber natürlich ist es bald wieder losgegangen; und inzwischen funkt niemand mehr dazwischen, weil es nicht um viel Geld geht, nur die Leute aus der Umgebung mit von der Partie sind und der Besitzer der Bar nichts daran verdient.«

»Und wie lange wird gespielt?«

»Je nachdem. Unter der Woche kaum länger als bis eins, aber am Freitag und Samstag bleiben die Männer manchmal bis halb vier oder vier.«

»Ist von draußen was zu sehen?«

»Gar nichts, nur dann, wenn alle gehen.«

»Bestimmt steht jemand Schmiere. Gut. Vielen Dank. Ach, bevor ich es vergesse, Clementina Franci hatte eine Schwester, zumindest sieht es so aus. Geh morgen zum Einwohnermeldeamt und sieh nach, ob du ihre Adresse ausfindig machen kannst.«

Vom Regen bekam er endlich einen klaren Kopf! Als Di Nuccio die Tür hinter sich geschlossen hatte, wählte er die Nummer der *questura*. Das war eine heikle Angelegenheit, weil sich die Leute von der Polizei wohl kaum für ihre Rivalen anstrengen würden.

»Polizeipräsidium. Guten Tag.«

Also, auf in den Kampf, dachte der Maresciallo und begann sein Anliegen zu erläutern. Er wurde mit zwei verschiedenen Stellen verbunden, bevor man ihm erklärte, am ehesten könne ihm die Polizeidirektion San Giovanni weiterhelfen, direkt in der Stadtmitte.

»Wenn Sie nicht genau wissen, welche Direktion damals zuständig war, ist das die beste Anlaufstelle, weil sie ganz in der Nähe der Klinik Santa Maria Nuova liegt, wo solche Leute normalerweise hingebracht werden.«

»Danke.«

Der Beamte, der in San Giovanni ans Telefon ging, war Sizilianer, dem Tonfall nach zu schließen aus derselben Provinz wie der Maresciallo, also hätten die Voraussetzungen nicht besser sein können.

»Sagten Sie Guarnaccia?«

»Ja, genau.«

»Drüben vom Palazzo Pitti? Na, das ist aber eine Überraschung! Der Sohn meines Vetters ist mit Ihren beiden zur Schule gegangen – warten Sie, sagen Sie nichts... Giovanni und... Tot ! Habe ich recht?«

»Absolut.«

»Sie sind letztes Jahr von der Schule weg – sind sie jetzt hier bei Ihnen in Florenz?«

»Ja, endlich, aber im Augenblick sind sie unten bei meiner Schwester, in Ferien.«

»Meine kleine Tochter auch, und meine Frau ebenfalls. Macht wirklich keinen Spaß, im August zu arbeiten. Hören

Sie sich bloß diesen Donner an! Da versteht man kaum sein eigenes Wort. Aber der Regen ist eine Wohltat.«

»Und ob.«

»Na dann, was kann ich für Sie tun?«

»Ich bin auf der Suche nach einem Unterbringungsbeschluß. Freilich kann ich nur vermuten, daß er bei Ihnen ausgestellt wurde, weil Ihre Dienststelle in der Nähe von Santa Maria Nuova liegt.« Er erläuterte die Situation so knapp wie möglich.

»In welchem Jahr war das, sagten Sie?«

»1967 – wenigstens wurde die Frau in dem Jahr nach San Salvi gebracht.«

»Also gut, ich muß ins Archiv gehen, wo man mir sagen wird, daß zu wenig Personal da ist, aber überlassen Sie das nur mir. Wenn die Bescheinigung da ist, finde ich sie.«

»Vielen Dank.«

»Ich rufe Sie an, sobald ich sie habe – und sollte sich herausstellen, daß sie nicht hier ist, überlassen Sie mir die Sache trotzdem. Mit ein paar Anrufen müßte das zu schaffen sein, und es ist besser, wenn ich die mache. Sie wissen schon, was ich meine...«

»Aber sicher. Ich weiß gar nicht, wie ich Ihnen danken soll.«

»Keine Ursache.«

Bestens, sagte der Maresciallo zu sich, als er auflegte, und diesmal mit gutem Grund. Ob es daran lag, daß beide aus demselben Ort stammten, oder daran, daß der Wetterumschwung auch seinem Gesprächspartner Auftrieb gegeben hatte, vielleicht kam auch beides zusammen – jedenfalls hätte es nicht reibungsloser laufen können.

Di Nuccio klopfte wieder an und kam mit einem großen Umschlag herein.

»Das ist gerade aus dem Büro des Oberstaatsanwalts gekommen.«

»Danke.«

Der Umschlag enthielt eine Kopie des Obduktionsberichts. Es war ein Wunder, daß der Staatsanwalt die Freundlichkeit besaß, sie ihm zu schicken, statt sie von ihm abholen zu lassen. Zweifellos hatte er für einige Zeit genug vom Maresciallo – oder sollte auch ihn der kühlende Regen etwas milder gestimmt haben?

Der Maresciallo machte den Umschlag auf und begann zu lesen.

Nach einer halben Stunde war er nur um eine Information klüger: Clementina hatte einen Schlag auf den Hinterkopf erhalten, einen äußerst effektiven Schlag, bei dem kein Blut geflossen war und der sie wahrscheinlich hatte betäuben sollen, bevor ihr Kopf in den Gasherd geschoben wurde, der sie aber getötet hatte. In ihren Lungen befand sich kein Kohlenmonoxyd. Aber schließlich war die Gasflasche fast leer gewesen. Der Kerl hatte zuviel Muskeln und zuwenig Hirn für diese Aufgabe, dachte der Maresciallo. Daß Clementina ein Kind geboren hatte, wußte er bereits, wenn auch nur von Angelo. Sonst gab es nichts, was ihn interessiert hätte. Ihr Gesundheitszustand war ziemlich gut gewesen, und sie war in den frühen Morgenstunden gestorben, nach Schätzung des Pathologen zwischen drei und fünf Uhr. Das war alles. Selbst wenn ihm der Pathologe eine Analyse sämtlicher Körperzellen der Toten geliefert hätte, hätte der Maresciallo daraus nicht erfahren, was er wissen wollte. Er stand auf und trat ans Fenster. Auf dem Weg, der vom Garten zu dem Kiesplatz weiter unten führte, hatte sich ein strudelndes Bächlein gebildet, von dem der heftige Regen aufspritzte. Irgendwann einmal war Clementina eine junge Ehefrau gewesen und hatte ein Kind aufgezogen. Was mochte ihrem Mann und diesem Kind zugestoßen sein, daß sie zehn Jahre in einer Anstalt verbringen mußte und dann wieder in die Welt hinausgeschickt wurde, um die Rolle des Dorftrottels zu spielen? Konnte es sich um eine Gewalttat handeln? War sie Zeugin des gewaltsamen Todes der beiden geworden? Eine Zeugin, die nicht ganz bei Verstand und zudem in einer Anstalt eingesperrt war, stellte für niemanden eine Bedrohung dar – zumal sie jahrelang kein Wort sprach –, aber sobald sie herauskam...

»Nein, nein.« Der Maresciallo runzelte die Stirn. Sie war seit Jahren draußen, warum also jetzt? Warum jetzt? Und was zum Teufel war ihrem Mann und dem Kind zugestoßen? Sofern es sich um ein Verbrechen handelte, ließ sich das feststellen. Er kehrte an seinen Schreibtisch zurück, rief, ohne sich hinzusetzen, in der Kommandantur an und ließ sich mit dem Archiv verbinden. Zuerst bat er um die Überprüfung des Jahres 1967, aber nach kurzer Überlegung fügte er hinzu:

»Sehen Sie auch unter sechsundsechzig nach.« Soviel er wußte, konnte ihre Krankheit Ende '66 oder gleich Anfang '67 ausgebrochen sein – zum Teufel mit dem Kerl, der mit den Unterlagen verschwunden war. Hätte er daran nicht auch denken müssen, als er wegen des Unterbringungsbeschlusses nachfragte?

Er rief noch einmal in der Polizeidirektion San Giovanni

an und merkte beschämt, daß er völlig vergessen hatte, sich den Namen des hilfreichen Polizisten geben zu lassen. Zum Glück fragte der junge Bursche in der Telefonzentrale gar nicht nach. Sobald er hörte, wer anrief, fragte er: »Wollen Sie wieder Apparat zwölf?«

»Ja. Danke.« Und schon hörte er am anderen Ende der Leitung den vertrauten Tonfall, der allerdings Überraschung verriet.

»Ich fürchte, ich habe noch nichts für Sie.«

»Nein, nein, mir ist nur gerade eingefallen, daß Sie auch das Jahr 1966 überprüfen sollten, weil ich nicht weiß, in welchem Monat die Frau nach San Salvi gekommen ist, und wenn es zum Beispiel im Januar war...«

»Ich verstehe schon. Dann überprüfe ich auch das zweite Halbjahr sechsundsechzig.«

»Und da ist noch etwas. Ich sollte Sie nicht um so viele Gefälligkeiten bitten...« Zwar gab es keinen Grund, warum er das nicht hätte tun sollen, aber es konnte nicht schaden, so etwas zu sagen.

»Bitten Sie mich, worum Sie wollen«, entgegnete der Polizist, durch diese Bemerkung veranlaßt, sich noch großzügiger zu zeigen als bisher. »Worum geht es?«

»Ich möchte herausfinden, ob es im selben Zeitraum irgendein Verbrechen gegeben hat, bei dem ein Mann und ein Kind ums Leben gekommen sind. Leider weiß ich nur den Nachnamen, Chiari, so hießen der Mann und das Kind von Clementina Franci.«

»Sie wissen nicht genauer, um was für ein Verbrechen es sich gehandelt haben könnte? Das würde den Leuten im Archiv die Sache erleichtern.«

»Ich weiß nicht einmal, ob es wirklich ein Verbrechen gegeben hat, geschweige denn, was für eines. Ich weiß nur, daß der Mann und das Kind ums Leben gekommen sind. Daß sie gleichzeitig gestorben sind, ist auch nur eine Vermutung, und daß die Umstände derart ungewöhnlich oder gewaltsam waren, daß die Frau den Verstand verloren hat, ebenfalls. Sie können nichts anderes tun, als den entsprechenden Zeitraum und den Nachnamen zu überprüfen.«

»Hm. Könnte aber doch auch ein Verkehrsunfall oder eine Gasexplosion gewesen sein. Irgend so was.«

»Normalerweise verlieren Leute in solchen Fällen nicht den Verstand. Ja, natürlich haben Sie recht, es könnte alles mögliche gewesen sein, aber ich glaube trotzdem, es würde sich lohnen nachzusehen, wenn es Ihnen nichts ausmacht.«

»Es macht mir nichts aus. Wenn ich Ihnen damit einen Gefallen tun kann, gern. Sie machen mich allmählich neugierig… ich meine, das mit der Frau habe ich in der Zeitung gelesen. Sie hat doch Selbstmord begangen, oder?«

»Und Sie glauben, für einen Selbstmord lege ich mich zu sehr ins Zeug? Tut mir leid, ich hätte es Ihnen auch gleich sagen können, denn inzwischen hat der Staatsanwalt, der die Untersuchung leitet, es sicher schon an die Presse weitergegeben. Die Frau wurde ermordet.«

»Verstehe. Und das haben Sie bisher geheimgehalten, stimmt's?«

»Es sollte nach Selbstmord aussehen, deshalb erschien es uns sinnvoll, den Täter vorläufig in dem Glauben zu lassen, daß er uns an der Nase herumgeführt hat.«

»Er könnte unvorsichtig werden und sich verraten, meinen Sie? Scheint mir nicht ganz abwegig. Warum lassen Sie dann die Katze aus dem Sack?«

»Ich nicht. Der Staatsanwalt.«

»Dann ist alles klar. Wer ist es denn?«

Der Maresciallo nannte den Namen.

»Verdammt.«

»Genau.«

»Ganz und gar nicht nach seinem Geschmack, dieser Fall. Nichts für die überregionale Presse, und der Mann ist ehrgeizig. Vermutlich hat man ihm den nur aufgebrummt, weil wir August haben und sonst niemand da ist.«

»Uns geht es doch genauso.«

»Und ich bin da keine Ausnahme, was? Also, ich werde tun, was ich kann.«

»Vielen Dank.«

Der Maresciallo legte auf; er hatte wieder vergessen, den Polizisten nach seinem Namen zu fragen. Aber wenigstens hatte er die Nummer der Nebenstelle, die er sich auf seinem Block notierte, und wenn er Glück hatte, wußte seine Frau vielleicht, wer der Mann war.

»Das wird der junge Spicuzza gewesen sein.«

»Du kennst ihn?«

»Ich bin ihm nie begegnet – möchtest du noch eine Scheibe Schinken?«

»Ich hätte nichts dagegen.«

»Du kannst ihn ebensogut aufessen. Er ist ein Vetter von Annamaria Rizza, Annamaria La Rosa hat sie geheißen, bevor sie geheiratet hat. Du erinnerst dich bestimmt an die Familie La Rosa. Der älteste Sohn hat ihnen früher große

Sorgen gemacht. Iß die Melone doch auch auf, die hält sich nicht.«

»Was für Sorgen?«

»Der Vater war Bäcker – an der Ecke der Via Gramsci, neben dem Laden mit Fischereibedarf, du weißt schon –, und der Sohn... wie hieß er gleich wieder... Corrado, ja, genau... wollte nicht in das Geschäft einsteigen, sondern Automechaniker werden. Er war ganz versessen auf Autos und konnte schon als kleiner Junge alles reparieren. Seine Mutter wurde ganz krank vor Kummer. Die Bäckerei in fremde Hände zu geben hätte für sie das Ende der Welt bedeutet – schließlich hatten sie sie von ihrem Vater übernommen. Jedenfalls hat er irgendwann ein nettes Mädchen kennengelernt, und das hat ihn zur Vernunft gebracht. Als sich sein Vater zur Ruhe setzte, hat er die Bäckerei übernommen, aber ich glaube, an den Wochenenden repariert er nach wie vor Autos. Die Schwester hat einen Sohn, der mit Giovanni in die Klasse gegangen ist. Als die beiden noch kleiner waren, haben wir uns ab und zu vor der Schule unterhalten. Ich weiß noch, daß sie mal erwähnt hat, daß ihr Vetter in Florenz bei der Polizei ist. Wahrscheinlich sind wir darauf zu sprechen gekommen, weil du auch da warst. Was wolltest du von ihm wissen?«

»Nur den Namen.« Aber unwillkürlich dachte er, daß es in seiner kleinen Heimatstadt keine Clementina geben könnte, deren Vergangenheit niemandem bekannt ist. Die Florentiner hatten ein gutes Gedächtnis, aber jeder Stadtbezirk war wie ein Dorf für sich, und das komplizierte die Sache, weil Clementina nicht aus San Frediano stammte.

»Ich habe einen Kuchen gebacken«, sagte Teresa und unterbrach damit den Gedankenstrom ihres Mannes. »Zum ersten Mal seit Wochen habe ich es gewagt, den Herd anzumachen, ohne daß es unbedingt nötig war. Und für deine Jungs habe ich auch einen gebacken.«

»Dazu besteht kein Grund«, brummte der Maresciallo zufrieden. »Die sind alt genug, um sich um sich selbst zu kümmern.«

»Ab und zu was Besonderes wird ihnen schon nicht schaden. Es sind brave Burschen.«

»Man darf sie nicht verhätscheln. Zu Hause werden sie schon genug verwöhnt, und ich muß dann meine ganze Zeit darauf verschwenden, sie abzuhärten.«

»Ich glaube nicht, daß ein Stück Kuchen ihren Charakter verdirbt«, entgegnete seine Frau sanft, die genau wußte, daß er sich freute, ihn aber so tun ließ, als sei das Gegenteil der Fall. »Und der junge Bruno hat die Kocherei an den Nagel gehängt, also gibt es wieder jeden Abend Spaghetti mit Tomatensauce.«

»Wieso hat er die Kocherei aufgegeben?«

»Ich habe ihn heute morgen beim Einkaufen getroffen. Er sagte, seine geniale Schöpferkraft würde dadurch zunichte gemacht, daß alle Geschäfte zu sind – oder zumindest die anspruchsvolleren, in denen es die sonderbaren Zutaten gibt, die er braucht. Ich wünschte, er würde wieder malen.« Eines seiner Geschenke hatte sie im Flur aufgehängt.

»Ich wünschte, er würde sich auf seine Arbeit konzentrieren.«

»Du hast doch immer gesagt, daß du dich in dieser Hinsicht nicht beklagen kannst.«

»Ich beklage mich ja nicht. Aber er ist…«

»Was?«

»Ich weiß nicht recht. Unberechenbar. Ja, das ist er, unberechenbar. Ich weiß nie, was ich von ihm halten soll.«

»Das liegt daran, daß er künstlerisch veranlagt ist und du nicht.«

»Hmm.«

»Du kannst sagen, was du willst, ich mag den Jungen. Er ist immer so fröhlich und steckt so voller Lebensfreude.«

»Ich habe ja nicht gesagt, daß ich ihn nicht mag«, brummte der Maresciallo, »er geht mir nur auf die Nerven, das ist alles.«

»In ein paar Monaten ist er wieder weg. Ich hole den Kuchen.«

Das Gewitter war seit einiger Zeit vorüber, hatte den Himmel freigefegt und einem strahlenden Sonnenuntergang Platz gemacht, der die ganze Wohnung mit leuchtender Röte erfüllte wie mit künstlichem Licht.

»Heute nacht schlafen wir bestimmt besser«, meinte Teresa, als sie das Abendessen abräumte. »Dieses Gewitter hat die Luft wunderbar gereinigt.«

Sie konnten zwar leichter einschlafen als seit langem, aber der Maresciallo war trotzdem unruhig und fand sich irgendwann in einer recht unangenehmen Situation wieder, ohne recht zu wissen, warum. Mit Bestimmtheit wußte er nur, daß er nicht ans Telefon gehen wollte, weil er wußte, daß am anderen Ende der Staatsanwalt war und vor Wut kochte. Das Schlimmste war, daß er die volle Wucht seines Zorns mitbekam, auch ohne den Hörer abzunehmen.

»Haben Sie sich ihre Kleider angesehen? Schauen Sie sie an. Mann, schauen Sie sie an!«

Und der Maresciallo ging Clementinas armseligen Kleiderschrank noch einmal durch und stellte zu seinem Entsetzen fest, daß sämtliche Knöpfe hellblau waren. Zudem fehlte noch immer ein Knopf an ihrem einzigen Baumwollkleid, und als er es aufhob, flüsterte ihm Linda Rossi ins Ohr: »Sehen Sie? Ich hab's Ihnen gesagt.«

Wie konnte er die hellblauen Knöpfe zuvor nur übersehen haben? Dabei war er der Meinung gewesen, er hätte alles sehr genau unter die Lupe genommen. Vor lauter Scham über seine Dummheit begann er zu schwitzen, und der Arzt schaute ihn betrübt an und sagte: »Wir dürfen die Leiche nicht wegbringen.«

Der Maresciallo geriet noch mehr ins Schwitzen. Daß die Leiche die ganze Zeit in der Wohnung hatte bleiben müssen, nur weil er die Knöpfe nicht bemerkt hatte... noch dazu bei dieser Hitze, auch wenn es ein Gewitter gegeben hatte...

»So schläft sie besser«, sagte seine Frau.

Clementina lag in ihrem Bett. Er war erleichtert, daß sie nur schlief und nicht tot war. Jetzt kam es darauf an, sie am Leben zu erhalten, wenn er nicht riskieren wollte, seinen Job zu verlieren.

Das Telefon klingelte weiter, also hatte Clementina doch ein Telefon in ihrer Wohnung, aber er wollte erst rangehen, nachdem sämtliche Kleiderkartons weggebracht worden waren.

»Würden Sie die anderen Knöpfe an ihr Kleid nähen? Ich muß hier bei ihr bleiben, sonst stirbt sie. Sie hat furchtbare Angst.« Flehentlich wandte er sich an Linda Rossi und die junge Deutsche, aber sie verstanden ihn nicht. Die junge

Frau weinte weiter, und Linda Rossi starrte ihn nur an und sagte: »Warum gehen Sie nicht ans Telefon?«

»Ich kann nicht.«

»Das Telefon«, wiederholte sie hartnäckig und packte ihn am Arm.

»Ich kann nicht!«

»Salva!«

Er schlug die Augen auf und war schlagartig hellwach.

»Das Telefon, Salva. Soll ich rangehen?« Seine Frau hatte bereits die Nachttischlampe angeknipst.

»Nein, nein.« Er griff nach dem Hörer, hob ab und warf einen Blick auf den Wecker. Es war Viertel vor drei.

8

G uarnaccia.« Er war noch so in seinem Traum gefangen, daß er ebenso überrascht wie erleichtert war, als er am anderen Ende der Leitung Brunos Stimme hörte und nicht die des Staatsanwalts.

»Da ist ein Anruf für Sie, Maresciallo. Von einem gewissen Franco, und er behauptet, es sei dringend – er sagt, Sie hätten ihm diese Nummer gegeben und gesagt, er soll...«

»Stell ihn durch.«

»Maresciallo? Ich bin es. Es wäre gut, wenn Sie sofort herkommen könnten.« Die Stimme des dicken Barmanns war trotz aller Dringlichkeit sanft und ruhig wie immer.

»Was ist passiert?«

»Ein Mann versucht in Clementinas Wohnung einzusteigen – wahrscheinlich ist er inzwischen drin. Ich habe gesehen, wie er am Gerüst hinaufgeklettert ist, und nachdem jemand dagewesen ist und die Siegel entfernt hat...«

»Ich komme sofort.«

»Was soll ich tun?«

»Lassen Sie sich nicht blicken und halten Sie die Augen offen.«

»Gut. Und wenn er verschwinden will, hindere ich ihn daran.«

Welchen Zweck hätte es gehabt zu sagen, daß der Mann

womöglich gefährlich war? Franco hatte sich seit Jahren auf seine Weise um alles hier gekümmert, und jetzt war nicht der richtige Zeitpunkt, um sich mit ihm anzulegen. Der Maresciallo legte auf und zog sich hastig an.

»Wohin gehst du?« Seine Frau war beunruhigt.

»Ich muß raus. Mach dir keine Sorgen.«

Als er in sein Büro eilte, um das Pistolenhalfter zu holen, stand Bruno vollständig angezogen da; er hatte Di Nuccio geweckt, der, verschlafen vor sich hin fluchend, aus dem Schlafsaal herunterkam.

»Sie können nicht allein gehen, Maresciallo«, sagte Bruno ernst, als wäre nicht er der Achtzehnjährige, sondern der Maresciallo. »Ich hielt es für richtig, auch Di Nuccio aufzuwecken.«

»Hmm. Gehen wir.«

Unberechenbar wie immer, aber der Junge hatte recht. Sie nahmen den Mannschaftswagen.

»Bieg in eine Seitenstraße ein, bevor wir zu dem Platz kommen«, ordnete der Maresciallo an.

Das letzte kurze Stück legten sie zu Fuß zurück, und da es sich kaum vermeiden ließ, daß ihre Schritte auf dem Pflaster hallten, mußten sie langsamer gehen, je näher sie zu Clementinas Haus kamen.

Wer immer am Gerüst hinaufgeklettert war, hielt sich noch in der Wohnung auf. Man sah den schwachen Schein einer Taschenlampe über das Fenster streichen und verschwinden. Aus dem Schatten tauchte Francos massige Gestalt auf.

»Er ist noch oben«, flüsterte er.

»Gehen Sie wieder ins Haus.«

»Aber, Maresciallo…«

»Gehen Sie ins Haus, und seien Sie leise.« Der Zusatz war unnötig, da sich Franco so lautlos zurückzog wie eine Raubkatze im Dschungel.

»Soll ich hinaufklettern?« flüsterte Bruno.

»Nein.« Der Maresciallo wollte auf gar keinen Fall, daß einem Rekruten etwas zustieß. Aber was sollte er tun? Dem Staatsanwalt verdankte er es, daß er keinen Wohnungsschlüssel mehr hatte, und obwohl sie den Mann problemlos fassen konnten, wenn sie hier unten im Dunkeln abwarteten, wollte er um jeden Preis wissen, was er da oben machte, wo es nichts zu stehlen gab und die wenigen Beweisstücke bereits sichergestellt waren. Er selbst war wohl kaum die ideale Person, um sich auf das Gerüst zu schwingen. Bevor er einen Entschluß fassen konnte, ging die Haustür auf. Er fuhr herum und packte den Arm, der zum Vorschein kam.

»Ich bin es.« Das Gesicht des jungen Rossi erschien, kreidebleich. »Da oben ist jemand. Ich habe gerade Ihre Nummer angerufen, aber da hieß es…«

»Seien Sie still. Gehen Sie wieder in Ihre Wohnung hinauf und bleiben Sie dort – und machen Sie keinen Lärm auf der Treppe.«

Rossi hatte Filzpantoffeln an und verschwand ebenso lautlos wie Franco; die Haustür ließ er offen. Der Maresciallo befürchtete allmählich, daß früher oder später ein leises Geräusch alle Nachbarn auf den Plan rufen könnte, die sich wieder alle unter Clementinas Fenster versammeln und es dem Mann erleichtern würden, im Gewühl zu verschwinden. Als sollten sich seine Befürchtungen bestätigen, ging in Pippos Wohnung im Haus gegenüber ein Licht an.

Er bedeutete den beiden jungen Männern, leise zu sein und sich nicht zu bewegen, und konnte nur hoffen, daß sie im Schatten des Gerüsts nicht zu sehen waren. Sie beobachteten das erleuchtete Fenster, an dem jedoch kein Kopf auftauchte. Jemand hustete heftig, dann lief Wasser, und das Licht ging wieder aus.

Der Maresciallo berührte Di Nuccio am Arm und zeigte nach oben.

»Versuch ihn zu überraschen«, flüsterte er. »Ich möchte wissen, was er macht.«

Sobald Di Nuccio hinaufzuklettern begann, rieselte ein Tröpfchenschauer von dem zerrissenen Sicherheitsnetz herab. Der Maresciallo sah ihm besorgt nach, da er wußte, daß es überall naß und glitschig war, aber Di Nuccio bewegte sich vorsichtig und mied die durchweichten Planken, die ihm das Hinaufklettern erleichtert hätten. Er machte nicht das leiseste Geräusch.

Der Maresciallo konnte Brunos Enttäuschung spüren, obwohl dessen Gesicht kaum zu erkennen war. Er schickte ihn um die Ecke zur Hinterseite des Hauses, wo er für den Fall, daß ihnen der Eindringling entschlüpfte, außer Sichtweite warten sollte. Dann postierte er sich im Haus unmittelbar hinter der Eingangstür und wartete; er hoffte, daß Di Nuccio nicht in die Lage kommen würde, einen Schuß abfeuern zu müssen und die ganze Nachbarschaft zu wecken.

Die Wartezeit erschien ihm übermäßig lang. Auf den Straßen war es so ruhig, daß er hörte, wie ein Zug pfeifend und quietschend in den Hauptbahnhof auf der anderen Seite des Flusses einfuhr. Dann nichts mehr bis auf das Geräusch seines eigenen Atems. Nach drei oder vier Minuten, die ihm wie eine halbe Stunde vorkamen, gingen oben die Lichter an, und er hörte zwei Stockwerke über sich Di Nuccios Stimme. Dann hatte es also keinen Kampf gegeben, kein Drama. Di Nuccio hatte es geschafft, den Eindringling zu überrumpeln – genau die Sorte Einsatz, die ihm Spaß machte. Sobald der Maresciallo die beiden herunterkommen hörte, fiel ihm das Atmen leichter, und er begann die Treppe hinaufzusteigen. Die Stufen waren so steil, daß er nur langsam vorankam – aber warum kamen die beiden noch langsamer herunter? Viel zu langsam. Er hörte Di Nuccio ärgerlich murmeln, dann einen entrüsteten Laut des anderen. Er blieb stehen, um zu horchen, und sofort war ihm klar, daß das langsame Vorwärtskommen und das schleifende Geräusch des einen Paar Füße bedeuteten, daß sie den hinkenden Erpresser geschnappt hatten. Doch die zweite Erkenntnis, nämlich daß dieser seinen schleppenden Gang absichtlich übertrieb, folgte nicht schnell genug. Bevor die beiden in Sicht kamen, schaltete sich die automatische Treppenhausbeleuchtung ab, und als der Maresciallo auf dem abbröckelnden Verputz nach dem Schalter tastete, hörte er einen dumpfen Schlag, gefolgt von einem ohrenbetäubenden Schuß.

»Maresciallo!«

Er polterte bereits die Treppe hinauf, nachdem er einen Lichtschalter gefunden hatte.

Di Nuccio, der sich langsam aufrappelte, hielt sich mit einer Hand die blutende Schulter.

»Das Fenster...« Sein Gesicht war aschgrau.

Der Maresciallo eilte an ihm vorbei und zog, sobald er Clementinas Wohnung erreichte, seine Beretta aus dem

Halfter. Aber der Mann war schon draußen auf dem Gerüst. In allen Häusern in der Straße gingen Lichter an, die Leute stießen die Fensterläden auf, beugten sich aus den Fenstern und riefen einander zu: »Was ist passiert?«

»Verdammt!« Wenn er in der Dunkelheit zu schießen begann, ging er das Risiko ein, einen Schaulustigen zu treffen. Der Mann ließ sich auf den Laufboden rechts unter dem Maresciallo hinuntergleiten.

»Bruno!« Nun hing alles von ihm ab. Er hatte eine ausgezeichnete Kondition und konnte sich gut verteidigen, aber der Mann, der sich am Gerüst hinunterschwang, erinnerte eher an einen Gorilla als an ein menschliches Wesen. Wegen der Laufböden und des Netzes konnte der Maresciallo Bruno nicht sehen, hörte aber seine raschen Schritte; der andere hörte sie ebenfalls. Humpelnd lief er auf den Laufböden entlang, bis ihn nicht etwa sein hinkendes Bein, sondern der vom Gewitterregen nasse Untergrund stoppte. Er rutschte aus und fiel mit seinem ganzen Gewicht auf die Hüfte. Dabei prallte sein Kopf mit solcher Wucht auf ein Verbindungsstück am Metallgestänge, daß es einen normalen Schädel zertrümmert hätte, aber er war nicht einmal benommen. Als ihn der Schwung über den Rand des Laufbodens katapultierte, schrie er auf und versuchte sich mit letzter Kraft festzuklammern, doch seine Hand rutschte an der glitschigen Holzkante ab, er stürzte zwischen Gerüst und dem lose hängenden Netz hinunter und knallte auf das emporgewandte Gesicht von Bruno, der soeben unten vor dem Haus angekommen war.

Der Maresciallo saß da, die Hände unbeweglich auf die Knie gestützt, und starrte mit großen, sorgenvollen Augen auf die weiße Wand gegenüber. Sein Hut lag neben ihm auf einem Resopaltisch. Die Stühle im Flur waren bis auf einen am anderen Ende leer; dort saß eine grauhaarige Frau, die lautlos vor sich hin weinte und sich ab und zu mit einem zusammengeknüllten Taschentuch die Wangen abtupfte. Im Gang brannte ein schwaches Licht, und die sporadischen lauten Bemerkungen einer unsichtbaren Krankenschwester wirkten in dieser gedämpften Atmosphäre fehl am Platz. Am Ende des Flurs befand sich eine Flügeltür mit zwei runden Fenstern, auf der »OP-Bereich. Für Unbefugte kein Zutritt« stand.

War Bruno da drin? Der Maresciallo hatte keine Ahnung. Er war am Leben gewesen, als der Krankenwagen eintraf, hatte aber so reglos auf dem Straßenpflaster unter der Decke gelegen, die Pippos Frau heruntergebracht hatte, daß es nicht so aussah, als würde er sich je wieder bewegen.

Franco hatte dagestanden, auf die zusammengekauerte Gestalt hinuntergeblickt und gemeint: »Armer Junge. Sieht übel aus.« Und dann hatte er mit der für ihn typischen Unbekümmertheit hinzugefügt: »Sollten Sie nicht lieber Verstärkung rufen, um Ihren Kunden abtransportieren zu lassen? Sie wollen doch sicher mit ins Krankenhaus fahren.«

»Er ist entwischt«, hatte der Maresciallo geknurrt.

»Den Teufel ist er«, sagte Franco ruhig. »Ich habe ihn in der Toilette hinter der Bar eingesperrt, und zwei meiner Leute bewachen ihn. Nein, keine Sorge, er ist nicht bewaffnet, davon habe ich mich schon überzeugt. Aber ich dachte,

Sie möchten ihn vielleicht loswerden, bevor der Krankenwagen eintrifft.«

Eine Krankenschwester kam herbeigeeilt, und der Maresciallo erhob sich. Aber sie ging achtlos an ihm vorbei und sprach mit der still vor sich hin weinenden Frau, die aufstand und ihr folgte. Trotz ihres Kummers war es ihr sichtlich peinlich, daß ihr keine Zeit geblieben war, sich ordentlich anzuziehen. Der Maresciallo bemerkte, daß sie keine Strümpfe trug und ihre Strickjacke über der Brust zusammenhielt, vielleicht um eine nicht allzu saubere alte Kittelschürze zu verdecken, die sie bei der Hausarbeit trug. Hatte ihr Mann einen Herzinfarkt gehabt? Wahrscheinlich. Und jetzt war er womöglich tot. Die Schwester hatte sie in einen kleinen, hell erleuchteten Raum geführt und die Tür geschlossen, aber trotzdem hörte er leises, erklärendes Gemurmel, unterbrochen von dem kummervollen und angsterfüllten Jammern der Frau. Dann wurde es still, und im Flur herrschte wieder Ruhe. Einmal meinte er das Quietschen einer fahrbaren Krankentrage zu hören und machte Anstalten aufzustehen, aber niemand kam.

Bruno hatte im Krankenwagen Sauerstoff bekommen. Was hatte das zu bedeuten? Jemand hatte gesagt: »Machen Sie sich keine Sorgen. Ich habe schon Leute erlebt, die Schlimmeres überstanden haben.« Schon komisch, daß Sanitäter, die immer so vernünftig und verläßlich wirkten, stets Fröhlichkeit verbreiteten. Warum eigentlich? Recht unwahrscheinlich, daß das ein Auswahlkriterium war. Vielleicht brachte es auch die Arbeit mit sich, aber merkwürdig war es trotzdem. Postboten waren ganz ähnlich, dabei war das eine völlig andere Art von Arbeit…

Plötzlich fuhr der Kopf des Maresciallo hoch. War er eingenickt? Di Nuccio kam auf ihn zu, den Arm in der Schlinge. Er war noch ziemlich bleich, schien aber abgesehen davon ganz auf der Höhe zu sein.

»Wie fühlst du dich?«

»Prima. Es war nur eine Fleischwunde. Hätte schlimmer sein können, so wie der Gorilla zugeschlagen hat, als das Licht ausging. Trotzdem macht es keinen Spaß, zugeben zu müssen, daß ich mich selbst in die Schulter geschossen habe, egal unter welchen Umständen. Wie geht es Bruno?«

»Keine Ahnung.«

Di Nuccio setzte sich neben den Maresciallo.

»Was soll das heißen? Ruf dir ein Taxi, und sieh zu, daß du ins Bett kommst.«

»Ich kann nicht weg, bevor wir nicht wissen, was mit Bruno los ist.«

»Du gehörst ins Bett. Das kann die ganze Nacht dauern.« Aber er ließ zu, daß Di Nuccio dablieb, weil er sonst allein hier gesessen und auf die Schwester gewartet hätte, die auf ihn zukommen würde wie auf die weinende Frau und sagen würde... Nein! Bruno war jung, gesund und voller Vitalität. Er würde es schaffen.

»Bruno wird es schaffen«, sagte Di Nuccio, als hätte er die Gedanken des Maresciallo erraten. »Er ist kerngesund. In seiner Bodybuilding-Phase hat er mir mal seine Hanteln geliehen, aber ich habe nicht ein Zehntel von dem geschafft, was er geschafft hat.«

Doch der Maresciallo dachte im stillen: Was nützen einem Muskeln, wenn das Gehirn geschädigt ist? Er sagte nichts, sondern starrte weiter die Wand an. Vieles ging ihm durch den Kopf, aber er fühlte sich wie betäubt. Die Mühe, die ihn das Sprechen kostete, zerrte an seinen Nerven. Er wünschte, Di Nuccio würde weiterreden, um die Stille zu füllen, allerdings nicht über Bruno. Und er wünschte sich, nicht zum ersten Mal bei diesem Fall, Lorenzini wäre hier. Der junge Brigadiere Lorenzini war nicht älter als Di Nuccio, aber irgendwie handfester.

»Glauben Sie, daß man hier irgendwo einen Kaffee bekommt?« fragte Di Nuccio.

»Was...?«

»Einen Kaffee. Oder wenigstens ein Glas Wasser. Mir ist ein bißchen elend.«

Der Maresciallo wandte sich ihm zu und dachte reumütig: Der Junge ist am Ende seiner Kräfte. Auch wenn es nur eine Fleischwunde ist, hat er ziemlich viel Blut verloren und sollte im Bett liegen und sich ausruhen; statt dessen sitzt er hier bei mir, wartet auf eine Auskunft über Brunos Zustand und leistet mir Gesellschaft. Und ich wünsche mir, daß statt seiner Lorenzini da wäre.

»Bleib sitzen«, sagte der Maresciallo. »Da hinten im Wartezimmer gibt es einen Getränkeautomaten. Ich hol dir was zu trinken.«

»Ich gehe schon.«

»Du bleibst sitzen.«

Nach dem künstlichen Halbdunkel des fensterlosen Korridors erschrak er beinahe, als er feststellte, daß es bereits Tag zu werden begann. Der Warteraum mit seiner verglasten Front war von blaßrosa Licht erfüllt, in dem die leeren Stühle vergleichsweise armselig aussahen. Nach dem gestrigen Gewitter wirkte der Himmel viel höher und klarer.

Der Maresciallo angelte ein paar Münzen aus seiner Hosentasche. Am Automaten hatte man die Wahl zwischen Kaffee und heißer Schokolade, und er war ziemlich sicher, daß Di Nuccio in seinem Zustand besser mit heißer Schokolade mit viel Zucker bedient gewesen wäre. Aber er war ebenso sicher, daß der Junge ihm dafür nicht dankbar sein würde, also drückte er den Knopf für Kaffee.

Als er zurückkam, sah er, daß Di Nuccio zusammengesackt auf seinem Stuhl saß, als schliefe er, stellte dann aber fest, daß er die Augen offen hatte.

»Da, trink das.« Er gab ihm einen kleinen Pappbecher und trank einen Schluck aus seinem eigenen. Erst jetzt kam er auf die Idee zu fragen: »Was hat er eigentlich gemacht, als du in die Wohnung geklettert bist? Ist es dir gelungen, ihn zu überraschen?«

»Unseren Freund, den Gorilla? Das schon, aber ich hätte zwei Minuten eher dasein müssen, schon eine Minute hätte genügt.«

»Und was hat er gemacht?«

»Er hat was verbrannt.«

»Was denn?«

»Papier. Und es ist zwecklos, mich zu fragen, was für Papier, weil wir das nie erfahren werden. Er war in der Küche, als ich durchs Schlafzimmerfenster hineingeklettert bin, das er aufgebrochen hatte, und ich habe sofort gerochen, daß da was brennt. Aber was es auch war, er hatte es bereits im Ausguß verbrannt und die Asche hinuntergespült. Wahrscheinlich hat er mich nur nicht gehört, weil der Wasserhahn aufgedreht war. Ich habe in den Ausguß geschaut, aber außer schmutzigem Wasser war nichts mehr übrig.«

»Woher willst du wissen, daß es Papier war?«

»Weil es genau so gerochen hat, wie wenn man ein Feuer mit einer Zeitung anzündet. Der Rauch hing noch in der Luft – außerdem weiß ich nicht, was er sonst so einfach und ohne Rückstände hätte verbrennen können.«

»Wahrscheinlich hast du recht. Aber was für Papier könnte das gewesen sein? Ich habe nirgends welches gefunden.«

»Muß wohl ziemlich gut versteckt gewesen sein, weil er ziemlich lang in der Wohnung war. Wir hatten genügend Zeit, herzukommen und ihn zu überraschen, also muß er vorher gesucht haben.«

»Und gesagt hat er nichts?«

»Kein Wort. Nach dem ersten Schreck, als er meine Beretta zwischen den Rippen spürte, hat er sich hastig umgesehen, wie ein Tier, das in der Falle sitzt, und mich dann angegrinst, als wollte er sagen: Na wenn schon. Jetzt kannst du nicht mehr viel ausrichten.«

»Das werden wir sehen.«

»Wegen Einbruch ist er garantiert dran, aber glauben Sie, daß man ihm auch die Erpressung nachweisen kann?«

»Das weiß ich nicht. Es existiert weder ein Brief noch sonst ein handfester Beweis. Nur die Aussage der Rossis gegen ihn. Aber so, wie du seine Reaktion beschreibst, als er erwischt wurde, möchte ich wetten, daß er nicht zum ersten Mal verhaftet worden ist.«

Durch einen Seitengang näherten sich eilige Schritte. Eine Krankenschwester tauchte auf und steuerte auf den Maresciallo und Di Nuccio zu. Sie erkannte sie an ihren Uniformen.

Ohne jede Vorrede herrschte sie sie an: »Sind die Eltern des jungen Mannes informiert worden?« Sie warf einen bösen Blick auf die Kaffeebecher, als hätte sie die beiden Männer bei einer Sauferei überrascht.

»Ich... die Kommandatur wollte sich darum kümmern...«

»Wenn das so ist, warum sind sie dann nicht da?«

Di Nuccio ergriff das Wort: »Man wird sie wohl kaum erreichen können. Bruno hat mir gesagt, daß sie im Ausland Urlaub machen, und deshalb...«

Ohne ihm zu antworten, blitzte die Krankenschwester den Maresciallo wütend an. »Dieser Patient gehört nach Hause ins Bett!« Zweifellos hielt sie den Maresciallo für den Zustand der beiden jungen Männer verantwortlich, und da er das ebenso empfand, fragte er kleinlaut:

»Wie sieht es aus... wie geht es ihm?«

»Unverändert. Er ist nach wie vor bewußtlos. Sie können hier gar nichts ausrichten. Es wäre besser, wenn Sie gehen, alle beide.«

Damit drehte sie sich um und marschierte davon, wobei ihre weißen Schuhe laut auf den Fliesenboden klatschten. Der Maresciallo stand wie angewurzelt da und schaute ihr verunsichert nach, so daß Di Nuccio eine Entscheidung treffen mußte.

»Gehen wir. Wir können morgen früh wiederkommen.«

»Es ist schon morgen früh.«

Seite an Seite gingen sie den Flur entlang. Als sie durch die Tür des Warteraums traten, wurden ihre übermüdeten Augen von den Sonnenstrahlen geblendet, und der Maresciallo blieb stehen, um seine Sonnenbrille aufzusetzen.

»Ich rufe uns ein Taxi.«

Auf dem Rückweg zum Palazzo Pitti waren sie zu erschöpft und deprimiert, um zu reden. Beide hatten die Köpfe zurückgelegt und die Augen geschlossen, so daß der Fahrer, als er anhielt, rief: »Wir sind da!«, weil er dachte, sie schliefen.

»Leg dich sofort ins Bett«, sagte der Maresciallo, als sie oben auf dem Treppenabsatz angelangt waren und er die Tür aufschloß. »Und bleib den ganzen Tag liegen.«

»Aber sonst ist kaum jemand...«

»Leg dich ins Bett.«

Er selbst hatte nicht vor, noch ins Bett zu gehen. Für die kurze Zeit lohnte es sich nicht. Vorerst hatte er nur einen Wunsch, nämlich in die Küche zu gehen und sich eine ordentliche Tasse Kaffee zu machen, um den Geschmack des schwachen, bitteren Krankenhausgebräus hinunterzuspülen, vielleicht auch den Nachgeschmack des Krankenhauses. Er öffnete das Küchenfenster und die Fensterläden und setzte so leise wie möglich den Espresso auf. Trotzdem erschien wenig später seine Frau im Nachthemd unter der Tür, mit zerzausten Haaren und verschlafenem, blassem Gesicht.

»Ich wollte dich nicht aufwecken.«

»Ich habe nicht richtig geschlafen. Seit du wegmußtest, bin ich jede Stunde aufgewacht. Was ist passiert?« Sie holte zwei Tassen aus dem Schrank. »Du siehst fürchterlich aus.«

»Bruno ist verletzt.«

»Bruno... o nein!«

»Ich erzähl dir gleich alles, aber laß mich erst meinen Kaffee trinken.«

»Sag mir wenigstens, ob es ernst ist.«

»Ja. Ich glaube schon.«

»Und seine Eltern?«

»Di Nuccio sagt, sie sind irgendwo im Ausland in Urlaub.«

Der Espresso begann zu blubbern und erfüllte die Luft mit seinem Duft, und draußen auf dem Gras zwitscherten die Vögel, so daß es einfach undenkbar schien, daß etwas Tragisches geschehen war.

»Erzähl mir, was passiert ist, Salva.«

Er erzählte. Sie saßen nicht am Tisch, sondern standen neben der Spüle, schauten durchs offene Fenster hinaus und tranken ihren Espresso. Die helle, heiße Sonne schien wohltuend auf das müde Gesicht des Maresciallo, auch wenn seine Augen zu tränen begannen.

Als er seinen Bericht beendet hatte, sagte seine Frau: »Du solltest versuchen, noch ein bißchen zu schlafen.«

»Nein, nein. Inzwischen ... ich denke, in einer Stunde rufe ich im Krankenhaus an.«

»Gibt es keine Möglichkeit, seine Eltern ausfindig zu machen?«

»Sie sind außer Landes. Ich habe keine Ahnung, wo, und bevor Bruno nicht wieder zu sich kommt...«

»Hat er noch andere Verletzungen außer am Kopf?«

»Keine Ahnung.« Warum hatte er nicht gefragt? Er hätte darauf bestehen sollen, mit dem diensthabenden Arzt zu reden, statt sich von einer übelgelaunten Schwester einschüchtern zu lassen. Wenn er anrief, würde er darauf bestehen, Genaueres zu erfahren.

Doch als er anrief, war der Arzt, der Nachtdienst gehabt

hatte, nicht mehr im Haus. Man teilte ihm mit, Bruno liege auf der Intensivstation, und sein Zustand sei unverändert. Er sei nach wie vor bewußtlos.

Irgendwie mußte der Maresciallo den Tag hinter sich bringen.

Wenigstens nahm sein benommener, tranceähnlicher Zustand, der auf Schlafmangel zurückzuführen war, der Aussicht, sich mit dem Staatsanwalt auseinandersetzen zu müssen, etwas von ihrem Schrecken. Natürlich war dieser von der Kommandantur längst informiert worden, nachdem man den hinkenden Mann abgeholt hatte. Vielleicht befand er sich bereits auf dem Weg dorthin, um ihn in der Zelle zu befragen. Der Maresciallo beschloß, die Dinge ihren Lauf nehmen zu lassen und abzuwarten, bis ihn der Staatsanwalt anrief; in der Zwischenzeit schrieb er seinen Bericht. Er setzte sich an seinen Schreibtisch und warf ab und zu einen Blick auf das Telefon. Punkt neun Uhr klingelte es. So früh? Er atmete ein paarmal tief durch, bevor er den Hörer abnahm.

»Ist da der Maresciallo?«

»Am Apparat.«

»Ich sollte Sie nicht so früh stören, aber...«

»Wer ist da?«

»Linda Rossi.«

»Ach so. Guten Morgen.«

»Guten Morgen. Ich hoffe, es ist nicht zu... Wie geht es dem armen Jungen?«

»Leider nicht besonders gut. Er ist noch immer bewußtlos. Was kann ich für Sie tun?«

»Ich wollte nur... Stimmt das? Das mit Clementina?«

»Ja, es stimmt. Leider konnte ich es Ihnen nicht früher sagen, aber regen Sie sich nicht zu sehr auf. Der Mann, der gestern nacht eingestiegen ist, befindet sich in Polizeigewahrsam. Für Sie besteht keine Gefahr.«

»Es war ein Schock, als ich es in der Zeitung gelesen habe. Sie finden es bestimmt schrecklich, daß ich Sie einfach so störe, wo Sie soviel um die Ohren haben, aber... Wir haben Sie gestern nacht angerufen, wissen Sie, also mein Mann hat Sie angerufen, aber da waren Sie schon unterwegs. Franco hat gesagt...«

»Ja, ich weiß.«

»Wir haben nur versucht zu helfen.«

»Ich bin Ihnen sehr dankbar.« Wenn er ihr nicht den Weg ebnete, ging das womöglich noch stundenlang so weiter. »Ist irgend etwas Schlimmes vorgefallen? Brauchen Sie meine Hilfe?«

»Ach, Sie ahnen ja nicht, wie dankbar wir wären, wenn... mein Mann... Wir haben es erst gestern erfahren, als wir zum Mieterschutzbund gegangen sind. Das Datum der Anhörung ist bestätigt worden. Es ist unglaublich, was sich manche Leute einfallen lassen, um einen aus der Wohnung zu bekommen – gestern wurde der Fall von einem Ehepaar verhandelt, dessen Wohnung buchstäblich zusammenkrachte und das jahrelang darum ersucht hatte, daß die Schäden behoben würden. Dem kleinen Sohn war ein großer Brocken Verputz auf den Kopf gefallen, und die Böden waren morsch – und wissen Sie, was der Anwalt des Wohnungsbesitzers behauptet hat? Daß dieser wiederholt Handwerker vorbeigeschickt hätte und die Mieter sich geweigert hätten, sie hereinzulassen. Unverfrorene Lügen, an den

Haaren herbeigezogen! Die beiden waren so perplex über diesen unerwarteten, völlig aus der Luft gegriffenen Vorwurf, daß sie sich vor Schreck nicht mehr verteidigen konnten. Wenn man selbst ein ehrlicher Mensch ist, kann man sich nicht vorstellen, daß Leute es fertigbringen, einen so reinzulegen. Und natürlich sind die Wohnungsbesitzer immer einflußreicher als ihre Mieter. Sie haben Freunde in hohen Positionen. Da ist man einfach machtlos. Und was die Anwälte von uns behaupten, ist auch schlichtweg gelogen, aber wenn es uns nicht gelingt...«

»Einen Augenblick mal«, unterbrach sie der Maresciallo. »Was behaupten sie denn?«

»Genau darum geht es. Wenn sie mit dem Argument gekommen wären, daß ich geheiratet und ein Baby bekommen habe, wären wir darauf vorbereitet gewesen. Aber offenbar sind sie zu der Erkenntnis gelangt, daß das Baby die Sache hinauszögern könnte, weil sie uns dann mehr Zeit lassen müßten, eine neue Bleibe zu finden. Also haben sie einfach eine Geschichte erfunden. Sie behaupten, ich hätte untervermietet, ich hätte zahlende Gäste aufgenommen. Das ist absolut nicht wahr, aber wie können wir es beweisen?«

»Wie können die anderen es beweisen?«

»Sie behaupten, sie hätten einen Zeugen, aber auch wenn der lügt, was können wir schon machen? Unser Wort steht gegen ihres. Ich versichere Ihnen, daß das nicht stimmt! Bei uns hat noch nie jemand übernachtet, nicht einmal ein Freund. Dafür ist einfach kein Platz!«

»Ich glaube Ihnen. Aber was könnte ich denn für Sie tun?«

»Sie sind unsere einzige Hoffnung. Die Frau vom Mieterschutzbund hat uns gefragt, ob wir einen Zeugen benennen können, jemand Unvoreingenommenen, keinen Freund oder Nachbarn, jemanden, dem man glauben würde.«

»Verstehe. Aber was genau könnte ich bezeugen?«

»Wir haben ihr erzählt, was passiert ist – mit Clementina –, und da hat sie vorgeschlagen, sonst wäre ich nie… Sie haben uns ein paar Mal aufgesucht, unangemeldet, und wenn Sie bestätigen würden, daß Sie keinerlei Anzeichen dafür bemerkt haben, daß hier sonst noch jemand wohnt…«

»Verstehe«, wiederholte der Maresciallo. »Tja, das könnte ich schon machen.«

»Ich muß Ihren Namen angeben«, hakte Linda Rossi besorgt nach. »Ich muß noch heute eine Liste mit den Zeugen vorlegen, die aussagen werden…«

»Na gut. Schreiben Sie meinen Namen drauf.«

»Ich fürchte, Sie müssen mir… Ich weiß nicht, wie Sie heißen. Wir kennen Sie nur als ›Maresciallo‹…«

»Guarnaccia. Salvatore Guarnaccia.«

»Vielen Dank. Ach, Maresciallo, ich bin Ihnen ja so dankbar. Dabei belästige ich Sie ausgerechnet jetzt, wo Sie sich sicher große Sorgen um diesen Jungen machen.«

Dieser Junge… Der Maresciallo hatte auf die Gabel gedrückt, ohne den Hörer loszulassen. War es zu früh, um noch einmal im Krankenhaus anzurufen? Dieser Junge… Wie oft hatte er das gesagt und dabei den Kopf geschüttelt?

»Er ist unberechenbar… genau das ist er…«

Er konnte sich nicht genau erinnern, wie lange es her war, seit er zum letzten Mal angerufen hatte. Doch sicher über eine Stunde? In einer Stunde konnte alles passieren. Oder nichts. Keine Veränderung. Manchmal lagen Leute jahrelang im Koma. Aber es hatte nicht ausdrücklich geheißen, daß Bruno im Koma lag, es hatte geheißen, er sei bewußtlos, und das war nicht dasselbe. Er kannte sich nicht gut genug mit solchen Dingen aus, um die richtigen Fragen zu stellen, und hatte sich einfach abspeisen lassen. Immerhin konnten sie ihn nicht daran hindern anzurufen, auch wenn es ihnen lästig war.

Aber da klingelte das Telefon unter seiner Hand. Um ein Haar hätte er den Staatsanwalt vergessen. Aber je eher er das hinter sich brachte, um so besser.

»Guarnaccia?«

»Am Apparat.«

»Guten Morgen. Ich habe Neuigkeiten für Sie – hoffentlich denken Sie jetzt nicht, ich habe zu lange dafür gebraucht.«

Das war mit Sicherheit nicht der Staatsanwalt, aber der Maresciallo brauchte ein paar Sekunden, bis ihm klar war, daß es sich um Spicuzza von der Polizeidirektion San Giovanni handelte. Brunos Unfall hatte alle Gedanken an seine Recherchen verdrängt. Zum Glück plauderte Spicuzza weiter, zufrieden mit dem Ergebnis seiner Nachforschungen, so daß dem Maresciallo Zeit blieb, seine Gedanken zu sammeln.

»Die schlechte Nachricht zuerst – falls man das so nennen kann. Ich konnte nichts über ein Verbrechen finden, das möglicherweise mit dem Mann und dem Kind dieser Frau zu tun hat... Übrigens habe ich in der Morgenzeitung gesehen, daß man die Katze aus dem Sack gelassen hat.«

Der Maresciallo hatte es natürlich nicht gesehen. Wenn

er bloß nicht so langsam wäre! Er mußte zugeben, daß der Staatsanwalt mit seinem Urteil gar nicht so unrecht hatte.

»Jedenfalls«, fuhr Spicuzza fort, »habe ich in der Richtung nichts für Sie, aber ich habe den Unterbringungsbeschluß. Er wurde am 28. Dezember 1966 hier ausgestellt.«

»Dann haben Sie also ihre damalige Adresse?«

»Ja, sie hat in Santa Croce gewohnt – keine Sorge, eine Fotokopie ist per Bote an Sie unterwegs. Sie müßten sie jeden Augenblick bekommen. Aber da ist noch etwas...«

»Warten Sie – steht dabei, wer diesen Unterbringungsbeschluß beantragt hat?«

»Die Krankenhausverwaltung, fürchte ich. Hilft Ihnen nicht viel weiter, was? Sieht aus, als sei sie bereits im Krankenhaus gewesen, als sie verrückt geworden ist. Es war sogar eine Notiz an das Dokument geheftet – nur ein handgeschriebener Zettel, auf dem steht, daß die Patientin trotz des Unterbringungsbeschlusses vorerst auf ihrer Station in Santa Maria Nuova bleiben soll, bis sich ihr körperlicher Zustand soweit gebessert hat, daß man sie innerhalb des Hauses zur Beobachtung in die psychiatrische Abteilung verlegen kann.«

»Ihr körperlicher Zustand?«

»Ja, genau. Und diese Notiz trägt die unleserliche Unterschrift eines hinzugezogenen Dermatologen. Es war nicht ganz einfach, den Text zu entziffern, aber das steht drauf. Haben Sie die Leiche gesehen? Hatte sie irgendwelche Brandwunden oder Hautverpflanzungen? Ich habe ja schon gesagt, daß es ein Unfall gewesen sein könnte, wenn Sie sich erinnern.«

»Sie hatte keine sichtbaren Narben, und im Obduktionsbericht steht auch nichts dergleichen.«

»Vielleicht kann Ihnen das Krankenhaus weiterhelfen.«

»Stimmt, obwohl es zwanzig Jahre her ist. Aber im Augenblick interessiere ich mich mehr für die Adresse. Jedenfalls vielen Dank, daß Sie mir so geholfen haben.«

»Gern geschehen. Weiß der Himmel, hier ist ohnehin nichts los. Heute morgen haben wir einen Taschendieb geschnappt – im Dom, ausgerechnet! Der Höhepunkt der Woche. Hat alle Kirchen und Museen abgegrast, die von Touristen besucht werden. Offenbar ein kulturell interessierter Typ.«

»Ach, *der* Taschendieb.«

»Im Palazzo Pitti war er auch, oder? So ein Trottel – er hat sich als Urlauber verkleidet, mit Kamera und Reiseführer, beides natürlich geklaut, aber diesen Drei-Tage-Sonnenbrand und den weggetretenen Blick, den man von einer Überdosis Museen bekommt, kann man nicht simulieren. Sobald wir wußten, daß er wieder in Aktion war, hat es nicht lange gedauert, ihn ausfindig zu machen und auf frischer Tat zu ertappen.«

»Mein Kompliment«, sagte der Maresciallo, »und nochmals vielen Dank.«

Di Nuccio klopfte und kam herein. »Maresciallo?«

»Warum bist du nicht im Bett?«

»Es geht mir gut, ehrlich. Haben Sie vergessen, daß Sie gesagt haben, ich soll beim Einwohnermeldeamt anrufen, um festzustellen, ob ich die Schwester der Verrückten ausfindig machen kann? War allerdings Fehlanzeige. Ohne den Vornamen und die Adresse spuckt der Computer sie nicht aus.«

»Es muß doch einen Weg geben, da ranzukommen! Wenn ich den Vornamen und die Adresse wüßte, würde ich nicht nachfragen.«

»Genau das habe ich denen auch gesagt, mußte mich aber ziemlich scharf zurechtweisen lassen, daß das schließlich keine Verbrecherkartei sei. Trotzdem bin ich überzeugt, daß es einen Weg gibt, an diese Daten zu kommen, nur leider ist der zuständige Beamte in Urlaub...«

»Und wir müssen bis zum ersten September warten. Erzähl mir bloß das nicht.«

»Genauso ist es, leider. Gibt es was Neues von Bruno?«

»Nichts. Als ich das letzte Mal angerufen habe, war er noch immer bewußtlos.«

»Wie lange ist das her?«

»Muß etwa eine Stunde sein.«

»Können Sie es nicht noch mal versuchen?«

»Mach ich gleich.«

»Rufen Sie mich an, wenn es irgendwas gibt... Ach, beinahe hätte ich vergessen, weshalb ich gekommen bin. Das hat ein Bote für Sie abgegeben.«

Zehn Minuten später nahm der Maresciallo Hut und Jackett vom Haken hinter der Tür. Bevor er wegging, warf er einen kurzen Blick in den Wachraum.

»Wie geht's deiner Schulter?«

»Alles in Ordnung. Ich würde lieber aufbleiben, Maresciallo, wirklich...«

»Kannst du mit einer Hand ein bißchen tippen?«

»Ich denke schon. Dann muß ich mich eben mit einem Finger begnügen statt mit zweien.«

»Wenn es nicht geht, soll einer von den anderen für dich

tippen, und du kannst die restlichen Anmerkungen zu dem Bericht schreiben, der auf meinem Tisch liegt. Die meisten habe ich schon gemacht. Ich sehe sie mir dann an, wenn ich zurückkomme.« Er gab nicht zu, daß er unmöglich ruhig dasitzen und sich konzentrieren konnte. Ihm war jede Ausrede recht, um von hier wegzukommen und ein paar Schritte zu gehen, um die Angst abzuschütteln, die sich seiner bemächtigte.

»Haben Sie im Krankenhaus...«

»Keine Veränderung.«

»Aber haben Sie sonst noch was erfahren?«

»Ja. Man hat mir gesagt, daß er ein Blutgerinnsel im Gehirn hat und wahrscheinlich noch heute operiert werden muß.«

»Mein Gott... Das habe ich auf seinem Spind gefunden, Maresciallo.«

Es war eine Postkarte von Brunos Eltern aus Wien. Von dort aus wollten sie weiter nach Amsterdam. Zum Schluß hieß es: »Liebe Grüße. Bis zum 1. September.«

»Soll ich in der Kommandantur anrufen? Man kann nie wissen, vielleicht haben die irgendeine Möglichkeit...«

»Ja. Ruf dort an.«

»Gehen Sie weg?«

»Bis zum Mittag bin ich wieder zurück. Wenn nicht, melde ich mich.«

Damit marschierte er los. Er bildete sich ein, wenn er nur weit genug und fest entschlossen ging, könnte er vielleicht etwas von dem Druck auf der Brust abschütteln und wieder richtig durchatmen. Er schritt gleichmäßig aus, ohne nach rechts und links zu blicken, nahm nur dunkelgetönte, verwischte Farben wahr und hörte nichts als das gedämpfte Summen bedeutungsloser Geräusche, wie ein Zugreisender, der halb eingenickt war. Ab und zu prallte er mit Touristen zusammen, die unschlüssig umherschlenderten, an den hohen Häuserfassaden emporschauten und ihm den Weg versperrten. Er merkte, daß sie stehenblieben und ihm nachstarrten, drehte sich aber nicht einmal um, um sich zu entschuldigen. Seine Sonnenbrille schottete ihn von ihnen und ihrer Welt ab. Er überquerte den Fluß und folgte der Uferstraße auf der anderen Seite.

Bei schwierigen Fällen kam es zuweilen vor, daß er sich, in einem lichten Moment, über sich selbst ärgerte, weil es ihm an Grips und Effizienz mangelte. Man wußte von ihm, daß er Listen und Pläne machte und Diagramme zeichnete, die er dann stundenlang anstarrte, ohne daß sie ihn auf etwas anderes gestoßen hätten als auf seine eigene Beschränktheit. Irgendwann schob er sie dann einfach beiseite und folgte, konzentriert und unerbittlich, seinem Instinkt. So war das bei fast allen Fällen gewesen, die er bearbeitet hatte; danach mochte er nicht mehr daran denken, weil er sein Vorgehen als ein bißchen peinlich empfand und die ganze Angelegenheit lieber vergaß, sobald sie vorüber war.

Diesmal konnte er sich weder hinter Listen verschanzen, noch hinter fruchtlosen Versuchen, seine beschränkte Intelligenz auf eine Menge widersprüchlicher Fakten anzusetzen. Das alles fiel diesmal weg, wahrscheinlich wegen Bruno, und übrig blieb nur das Mitleid mit einer armen alten Frau, die in ihrem Bett überfallen worden war und die er im Traum dadurch am Leben zu erhalten gehofft hatte, daß er sich zu ihr setzte.

»Setzen Sie sich zu mir?«

Ursprünglich hatte Angelo dieses Mitleid geweckt. Angelo, dessen Miene sich beim Anblick eines Vogels aufhellte.

Und Bruno. Aber Bruno konnte er nicht dadurch am Leben erhalten, daß er sich zu ihm ans Bett setzte, obwohl er weiß Gott liebend gern Tag und Nacht bei ihm gesessen hätte. Er durfte ihn nicht einmal sehen. Ob man ihm den Kopf kahlrasieren würde? Und seine Eltern genossen ihren Urlaub, ohne zu ahnen, was sie bei ihrer Rückkehr erwartete. Seine beiden Jungen... Er war immer selbstverständlich davon ausgegangen, daß sie ihren Militärdienst bei den Carabinieri ableisten würden...

»Passen Sie doch auf!«

Eine reptilartige Prozession japanischer Touristen hatte ihn von dem schmalen Gehsteig heruntergedrängt und vor ein Taxi geschubst. Der Fahrer, der gerade noch rechtzeitig bremsen konnte, starrte ihn an. Achselzuckend trat der Maresciallo zurück. Er mußte sich zusammenreißen. Er war schon ein Stück zu weit gegangen, überquerte jetzt die Uferstraße und kehrte wieder um. Weiß der Himmel, wie weit er gelaufen wäre, wenn ihn nicht das Taxi aufgeschreckt hätte. Er begab sich zur Kirche Santa Croce; vor der Marmorfassade blieb er stehen, um die Adresse aus der Tasche zu holen. Die Straße, die er suchte, war winzig und führte direkt vom Platz weg; wie sich herausstellte, war sie aufgerissen, und über den klaffenden Gräben lagen Holzplanken, aber gearbeitet wurde nicht. Überall waren die eisernen Rolläden vor den Geschäften heruntergezogen, nur in einem, das nach Fischhändler aussah, wurde offenbar umgebaut. Ein grauhaariger Mann mit imposantem Schnauzbart stand mit einem Besen in der Hand in der Tür. Als er sah, daß der Maresciallo zögerte und nach den Hausnummern Ausschau hielt, meinte er lächelnd: »Eine schöne Bescherung.«

Der Maresciallo schaute an ihm vorbei in den Laden. Offenbar wurde er während der Ferienzeit renoviert.

»Ich meine die Straße«, fuhr der Mann fort. »Weiß Gott, wann sie damit fertig werden. Wir kriegen neue Gasleitungen. Noch ein paar solche Gewitter wie gestern, und wir müssen Wasser schöpfen wie sechsundsechzig.«

»Waren Sie damals hier?« fragte der Maresciallo, wach geworden bei dem Gedanken, daß er womöglich jemanden gefunden hatte, der Clementina gekannt hatte.

»Wo soll ich denn sonst gewesen sein? Sehen Sie diesen Ladentisch?« Es war ein aufwendiger Marmorsockel mit farbigen Einlegearbeiten. »Solche kriegt man heutzutage kaum mehr zu sehen, aber die ganze Vorderseite war früher mit Glas verkleidet. Alles zerbrochen. Dabei hat er zwei Weltkriege ohne die kleinste Macke überstanden! Und erst der Keller! Das ganze Lager! Wir haben Gasmasken gebraucht, um hinunterzugehen und alles rauszuschaffen. Ich kann nur hoffen, daß ich so was nie wieder erlebe.«

»Das kann ich mir denken... Ich überlege gerade, ob Sie mir vielleicht helfen können. Wenn Sie schon so lange hier sind, haben Sie vielleicht eine Frau gekannt – damals muß sie um die Dreißig gewesen sein –, die drüben in Nummer fünf gewohnt hat.«

»Wie hat sie denn geheißen?«

»Die meisten kennen sie als Clementina.«

»Clementina? Nein, das sagt mir nichts. Wissen Sie den Nachnamen?«

»Franci. Anna Clementina Franci. Ihr Mann hieß Chiari.«

»Moment! Jetzt weiß ich, wen Sie meinen. Mich hat nur der Name Clementina verwirrt, ich wußte gar nicht, daß sie so hieß. Anna Chiari ist die Frau, die Sie meinen.«

Wie eigenartig das klang. Auf einmal war ein richtiger Mensch aus ihr geworden. Anna Chiari, nicht die verrückte Clementina.

»Haben Sie sie gekannt?«

»Natürlich hab ich sie gekannt. Chiari hatte ein Ledergeschäft, gleich da drüben, und sie war bei mir Kundin, die arme Haut. Nachdem sie sie weggebracht haben, ist sie nie mehr zurückgekommen.«

»Dino!« rief eine Stimme aus dem hinteren Teil des Ladens.

»Einen Augenblick! Was wollen Sie von ihr?«

»Haben Sie nicht in der Zeitung gelesen, daß sie tot ist?«

»Tot?«

»Dino!«

»Ich komme gleich! Nein, hab ich nicht, aber ich lese auch nicht viel Zeitung, ich schau mir die Nachrichten im Fernsehen an. Demnach ist sie gesund geworden? Wundert mich weniger, daß sie tot ist, als daß sie noch gelebt hat. Damals hat es geheißen, es geht ihr sehr schlecht...«

»Dino! Der Lieferwagen wartet, und er versperrt die ganze Straße!«

»Ich muß gehen.«

»Warten Sie! Was ist mit ihr passiert? Ich muß es wissen.«

»Dino!«

»Ich muß gehen, aber fragen Sie hier irgend jemand – fragen Sie Signora Santoli, Nummer fünf, erster Stock. Es ist eine lange Geschichte, aber sie freut sich immer über Gesellschaft… Ja, ja, ich komme schon!«

Er ließ seinen Besen fallen, eilte nach hinten und ließ den Maresciallo, der zum Haus Nummer fünf hinüberschaute, einfach stehen.

9

Wer ist da?«
»Carabinieri.« Die Tür hatte einen Spion, und der Maresciallo war überzeugt, daß ein Auge zu ihm hinauslinste und seine Uniform in Augenschein nahm. Er trat einen Schritt zurück, damit er besser zu sehen war, und wartete ab, bis eine Kette entfernt und mehrere Riegel zurückgeschoben wurden. Als die Tür aufging, stand er einer Frau gegenüber, die ihn fragend ansah. Obwohl sie bestimmt um die Sechzig war, wirkte sie gesund und kräftig, hielt sich auffallend gerade und war so sorgfältig gekleidet, als erwartete sie Besuch.

»Maresciallo Guarnaccia. Verzeihen Sie, wenn ich störe, aber ich würde Sie gern einen Augenblick sprechen.« Da er bemerkte, daß sich Besorgnis wie ein Schatten auf ihr Gesicht legte, fügte er hinzu: »Bitte machen Sie sich keine Sorgen, es ist alles in Ordnung. Es geht nur um ein paar Auskünfte, die ich mir von Ihnen erhoffe und die mir bei meinen Ermittlungen weiterhelfen könnten.«

»Verstehe. Ich dachte schon, daß meine Schwiegermutter wieder einmal ...« Sie blickte über ihre Schulter nach hinten und dann an ihm vorbei auf die Tür gegenüber. »Kommen Sie lieber herein. Sonst denken die Nachbarn noch ...«

Er folgte ihr in einen kleinen, aber blitzsauberen Flur.

»Kommen Sie ins Wohnzimmer, da ist es gemütlicher.«

Das Wohnzimmer war so makellos sauber wie der Flur, aber keineswegs gemütlich. Mit seinem glänzenden Holzfußboden und den symmetrisch angeordneten Stühlen erinnerte es an das Wartezimmer eines arrivierten Zahnarztes. Auf einem niedrigen, geschnitzten Tischchen lag sogar ein Packen ordentlich gestapelter Zeitschriften.

»Bitte, nehmen Sie Platz.«

Wenigstens war es kühl, so daß sich der Maresciallo recht gern in einem der kalten Ledersessel niederließ; den Hut samt Sonnenbrille balancierte er vorsichtig auf einem Knie. Die Frau saß kerzengerade auf einem Holzstuhl, schaute ihn an und wartete darauf, daß er zu sprechen begann.

»Es geht um eine Frau, die früher hier in diesem Haus gewohnt hat. Es ist schon sehr lange her, aber vielleicht erinnern Sie sich an sie. Sie hieß Anna Clementina Franci. Ihr Mann hieß Chiari und hatte, soviel ich weiß, unten im Haus ein Ledergeschäft.«

»Anna...?« Ihr Gesicht wurde lebhafter. »Aber... heute früh habe ich in der Zeitung gelesen...«

»...daß sie ermordet wurde. Ja, das stimmt. Ich versuche etwas über ihre Vergangenheit herauszufinden, und da Sie im selben Haus gewohnt haben...«

»Verstehe. Aber wie Sie schon sagten, das ist lange her. Dem Artikel habe ich entnommen, daß es Einbrecher waren. Zumindest entstand dieser Eindruck, also verstehe ich nicht ganz... Verzeihen Sie, Sie wissen natürlich am besten, was Sie zu tun haben. Ich bin nur etwas verwundert, das ist alles.«

»Morde passieren eben«, sagte der Maresciallo, »und manchmal trifft es einen Menschen, den man kennt.«

»Das ist es nicht. Ich weiß, was Sie meinen, aber als ich den Artikel gelesen habe, war ich, ehrlich gesagt, weniger überrascht, daß sie tot ist, als daß sie überhaupt so lange gelebt hat, auch wenn ich annehme, daß sie nicht klar bei Verstand war.«

»Nein, sie war nicht klar bei Verstand. Sie hat mehrere Jahre in San Salvi zugebracht, bis die meisten Patienten dort entlassen wurden.«

»Ja, ich weiß, daß sie nach San Salvi gekommen ist.«

»Das wußten Sie?«

»Aber sicher. Ich habe sie dort besucht.«

»Wirklich? Demnach waren Sie eng befreundet?« Er konnte sich diese freundschaftliche, aber penibel saubere Frau zwischen den Insassen von San Salvi nur schwer vorstellen. Trotzdem machte sie den Eindruck einer starken Persönlichkeit, eines Menschen, der gelassen das tut, was er als seine Pflicht betrachtet, und sei sie noch so unangenehm.

»Ich würde nicht unbedingt sagen, daß wir eng befreundet waren... aber verzeihen Sie, ich bin recht unaufmerksam. An einem so heißen Tag brauchen Sie sicher was Kaltes zu trinken.« Ihr Blick löste sich von seiner verschwitzten Uniform, so daß dem Maresciallo bewußt wurde, wie er nach seinem langen, aufgeregten Marsch in der Hitze aussehen mußte. Diese Frau hingegen sah aus, als bliebe sie ungeachtet der Temperatur und ungeachtet ihrer Gefühle stets kühl und gefaßt. Sie durchquerte das Zimmer und öffnete einen schweren, dunklen Schrank. Darin standen drei oder vier Flaschen und mehrere ordentlich aufgereihte kleine Gläser, bei deren Anblick der Maresciallo an vor langer Zeit geöffneten, klebrigen Vin Santo denken mußte. Er war überzeugt, daß nicht oft Gäste in dieses Haus kamen.

»Das ist sehr freundlich von Ihnen«, sagte er rasch, »aber am allerliebsten wäre mir ein Glas Wasser.«

Sie richtete sich auf. »Aber sicher. Ich hole Ihnen eines.«

Während sie draußen war, kam eine winzige, uralte Frau mit einem Stock an die Tür, blieb dort stehen und starrte den Maresciallo so selbstvergessen an wie ein kleines Kind einen Fremden.

»Guten Morgen.« Der Maresciallo machte Anstalten aufzustehen, aber sobald die alte Frau Schritte hinter sich hörte, verschwand sie. Er hörte die Schwiegertochter sehr leise sagen: »Geh in dein Zimmer.«

»Ich will mein Frühstück.«

»Das hattest du schon. Hast du das vergessen? Geh jetzt in dein Zimmer.«

Eine Tür wurde geschlossen. Signora Santoli kam mit einem Glas Wasser in der Hand zurück. Der Maresciallo stand noch immer da.

»Setzen Sie sich doch. Lassen Sie sich von meiner Schwiegermutter nicht stören. Ist sie hereingekommen?«

»Nur bis zur Tür. Vermutlich wollte sie wissen, wer da ist.«

»Bitte, lassen Sie sich von ihr nicht stören. Sie ist praktisch wieder zu einem Kind geworden.«

»Ein Schlaganfall?«

»Nein, Arterienverkalkung. Ich kann mich nicht beklagen, sie ist recht gefügig. Das einzige Problem ist, daß ich nie aus dem Haus gehen kann, denn selbst wenn ich die Tür mehrfach zusperre, gelingt es ihr immer wieder, sie aufzumachen, und dann geht sie los und hat keine Ahnung, wo sie ist oder wie sie heimkommen soll, die Arme. Es war einfacher, solange mein Mann noch gelebt hat, wobei ihr Zustand vor sieben Jahren natürlich nicht annähernd so schlecht war wie jetzt.«

Sieben Jahre. Sieben Jahre an diese Wohnung gefesselt, und sie wahrte den Schein, obwohl es in ihrem Leben vermutlich nicht das kleinste Vergnügen gab. Manche Frauen waren wirklich Heilige.

Als hätte sie seine Gedanken erraten, fuhr Signora Santoli fort: »Zum Glück höre ich sehr gern Musik und habe mir eine Stereoanlage geleistet, keine sehr gute, aber für mich reicht sie.« Ihr Blick wanderte hinüber in eine Zimmerecke, in der eine offensichtlich neue Stereoanlage stand, der einzige moderne Gegenstand in diesem ziemlich düsteren, altmodischen Zimmer. »Ich sehe auch gern fern, und meine Schwiegermutter geht früh zu Bett. Ansonsten ist sie bei guter Gesundheit, und dafür muß man dankbar sein. Außerdem habe ich eine Nachbarin, die jeden Samstagvormittag eine Stunde kommt, so daß ich selbst ein bißchen einkaufen gehen kann, statt mir alles bringen lassen zu müssen. Das ist eine nette Abwechslung.«

»Aber ich könnte mir vorstellen«, sagte der Maresciallo, »daß Ihre Nachbarin jetzt in Urlaub ist.«

»Ist sie auch, aber der August ist bald vorbei, nicht wahr?«

»Ja, Gott sei Dank«, sagte der Maresciallo aus tiefstem Herzen.

Er trank einen Schluck Wasser. Es war kühl, also mußte

es im Kühlschrank gestanden haben, aber es kam aus der Leitung und schmeckte nicht gut. Er war überzeugt, daß in diesem Haushalt das Geld knapp war und die Anschaffung der Stereoanlage ein großes Ereignis im Leben dieser Frau darstellte. Bestimmt hatte sie sich monatelang mit der Entscheidung herumgequält, bevor sie sich dazu durchgerungen hatte. Sieben Jahre... Schlagartig fiel ihm die Bemerkung des Staatsanwalts ein, er lasse sich immer in die »kleinen Probleme« anderer Leute hineinziehen. Doch der Staatsanwalt erlebte diese Leute nur in seinem Büro, wo ihre »kleinen Probleme« nicht so deutlich ins Auge fielen. Aus schierem Trotz blieb er sitzen und ließ Signora Santoli weiterreden.

»Mein Mann war zwar Italiener«, sagte sie, »aber ich selber bin Schweizerin. Kennengelernt haben wir uns, als ich hier als Gouvernante gearbeitet habe. Leider hatten wir selber keine Kinder, das war eine große Enttäuschung für uns beide, vor allem für mich, weil ich es von Berufs wegen gewöhnt war, Kinder um mich zu haben. Tja, man muß die Dinge eben nehmen, wie sie kommen, meinen Sie nicht? Und sofern ich nicht zu alt bin, wenn meine Schwiegermutter dahingeht, möchte ich Kinder betreuen. Heutzutage können sich nur wenige Leute Kindermädchen oder eine Gouvernante leisten, aber so viele junge Mütter müssen trotzdem arbeiten, so daß ich mich ganz bestimmt nützlich machen kann.«

»Davon bin ich überzeugt.«

»Soll ich Ihnen noch ein Glas Wasser holen?«

»Nein. Nein, danke.«

»Dann sollten Sie mir vielleicht sagen, was Sie über Anna

wissen wollen. Ich will Ihre Zeit nicht damit vergeuden, daß ich von mir selbst erzähle.«

»Ich möchte alles erfahren, was Sie mir sagen können. Ich weiß nämlich gar nichts über ihr Leben, bevor sie nach San Salvi kam, außer daß sie einen Mann und ein Kind hatte.«

»Ach ja, die kleine Elena. Sie war ein reizendes kleines Mädchen, und so lebhaft. Sie hat viel Zeit hier oben bei mir verbracht – durch die kleine Elena habe ich Anna und ihren Mann kennengelernt. Obwohl wir schon lange Nachbarn waren, blieb es immer nur bei ein paar höflichen Worten, wenn wir uns unten begegnet sind. Sie haben im Parterre hinter der Werkstatt gewohnt. Er hat Ledertaschen und Gürtel und dergleichen gemacht, und ich glaube, es ging ihnen ganz gut. Ich bin nur zwei Mal in die Wohnung gekommen, aber obwohl sie klein war und im Erdgeschoß lag, hatte Anna sie sehr hübsch hergerichtet und ein paar Pflanzen in den winzigen Hinterhof gestellt, so daß man an heißen Abenden draußen sitzen konnte.«

»Aber wohnten sie da hinter der Werkstatt mit einem Kind nicht sehr beengt? Wenn sein Geschäft gut ging…«

»Sie waren dabei zu bauen. Im Rahmen so eines Baugenossenschaftsprojekts. Im Grunde sehr vernünftig, hier durchzuhalten, bis sie sich was Eigenes leisten konnten.«

»Soviel ich gesehen habe, ist jetzt kein Geschäft mehr da unten.«

»Ganz richtig. Da ist völlig umgebaut worden, und jetzt ist das eine elegante kleine Wohnung, die bestimmt ein Vermögen kostet. Sie wird immer an Ausländer vermietet. Seit der Überschwemmung hat sich in diesem Bezirk alles grundlegend verändert. Als ich hierherkam, war Florenz das verschlafenste Nest, das man sich vorstellen kann. Und jetzt dreht sich alles um Tourismus und Fast food. Die alten Lebensformen sind verschwunden, und alle Leute wollen schnell viel Geld machen. Es gibt zwar noch ausgezeichnetes Handwerk hier, aber inzwischen ist das ein Luxus.«

»Da haben Sie recht.«

»Annas Mann war ein Handwerker vom alten Schlag. Der arme Mann, er war noch keine Vierzig, als er starb. Ich habe ihn nicht gut gekannt, aber ich glaube, daß er sehr hart gearbeitet hat und ein sehr rechtschaffener Mensch war. Die kleine Elena war mein Liebling. Sie muß ungefähr ein halbes Jahr alt gewesen sein, als Anna eines Abends bei mir anklopfte. Sie war in Panik, weil das Kind krank war, und nachdem der Arzt bereits dagewesen war, ihr Medizin dagelassen und gemeint hatte, es sei nichts Ernstes, traute sie sich nicht, ihn noch einmal zu rufen. Obwohl wir uns nicht gut kannten, hatte sie gehört, daß ich früher Kinder betreut hatte, also kam sie, um mich um Rat zu fragen. Beim ersten Kind geraten Mütter leicht in Panik, mit dem Ergebnis, daß die Babys hysterisch werden. Als ich hinunterkam, hatte die Kleine seit Stunden geschrien, und die Eltern waren völlig aufgelöst, vor allem Anna. Wie sich dann herausstellte, als ich sie besser kennenlernte, wurde sie hysterisch, sobald auch nur eine Kleinigkeit schiefging. Den Grund dafür erfuhr ich erst viel später. Jedenfalls hat sich das Baby ziemlich rasch beruhigt, als es die Anwesenheit einer ausgeglichenen Person spürte, und danach kam Anna immer zu mir, wenn sie Hilfe brauchte. Es dauerte nicht lang, bis sie Elena heraufbrachte, wenn sie ihrem Mann im Geschäft half. Für mich war es eine große Freude, die Kleine zu hüten, und als sie starb, habe ich sie schrecklich vermißt. Merkwürdig, wenn man sich vorstellt, daß sie jetzt eine junge Frau wäre.«

»Ist sie zusammen mit ihrem Vater umgekommen?«

»Sie sind im Abstand von wenigen Minuten gestorben. Er hat versucht, sie zu retten. Haben Sie nicht einmal das gewußt?«

»Gar nichts. Ich war damals nicht hier. Ich stamme nicht aus Florenz.«

»Ach so. Leider habe ich trotz der vielen Jahre in Italien noch immer kein gutes Ohr für regionale Akzente. Trotzdem hätte ich gedacht, daß auch die überregionalen Zeitungen über eine solche Tragödie berichten. Obwohl es natürlich stimmt, daß damals so viele schreckliche Dinge passiert sind, so viele Leute sind verbrannt – und dann war da dieser arme Mann, dessen Leiche vierundzwanzig Stunden am Hausdach hing. So etwas vergißt man im Leben nicht mehr.«

Einen Augenblick lang hatte der Maresciallo den Eindruck, daß sie vom Krieg sprach und ein bißchen durcheinander war. Das war vierzig Jahre her, keine zwanzig. Doch bevor man ihm seine Verlegenheit über ihre Verwirrung anmerkte, fielen ihm die Worte des Fischhändlers ein, der ihn hierher geschickt hatte: *»Noch ein paar solche Gewitter wie gestern, und wir müssen Wasser schöpfen wie sechsundsechzig.«*

Die Überschwemmung... Aber sie hatte davon gesprochen, daß Menschen verbrannt sind...

»Sind der Mann und das Kind bei der Überschwemmung ums Leben gekommen?«

»Alle beide, die Armen. Es war ein Wunder, daß Anna

nicht auch gestorben ist. In gewisser Weise könnte man ja sagen, daß sie gestorben ist, denn danach war sie nicht mehr derselbe Mensch. Da sie im Parterre gewohnt haben... Natürlich haben sie geschlafen, als die Uferdämme brachen, es war ja noch früh am Morgen. Das Wasser stieg so schnell, daß sich die Türen nicht mehr öffnen ließen, als sie schließlich aufwachten. Es war schon sehr merkwürdig, und ich muß noch oft daran denken, aber in dieser Nacht habe ich geträumt, daß im ganzen Haus Wasser über die Treppen herunterläuft wie über die Terrassen der großen Brunnen. Das mit dem Wasser im Haus war kein Traum, nur diese Wasserkaskaden auf den Treppen.«

»Vielleicht haben Sie im Schlaf den Regen gehört.«

»Das könnte sein. Es hat tagelang ununterbrochen geregnet. Aber vielleicht lag es auch daran, daß wir am Abend zuvor einen Film mit dem Titel *Die Bibel* gesehen hatte. Wir sind an dem Abend ausgegangen, weil der Vierte ein Feiertag war, und wir wollten, wie die meisten Leute, ausschlafen. Wir konnten ja nicht ahnen, was passieren würde. Jedenfalls, als ich aufwachte, hatte ich das Gefühl, noch zu träumen. Ich weiß nicht genau, wovon ich aufgewacht bin, ob von den ersten Explosionen oder vom Rauschen des Wassers oder weil Annas Mann aus dem Fenster unter uns um Hilfe rief. Sie hatten zunächst versucht, in den kleinen Hinterhof hinauszukommen, weil die Wasserfluten die wenig robuste Tür eingedrückt hatten, aber damit erreichten sie lediglich, daß noch mehr Wasser ins Haus strömte. Wären sie zu dem Zeitpunkt aus der Wohnung hinausgelangt, wären sie alle drei auf der Stelle umgekommen, weil das Wasser mit sechzig Stundenkilometern dahinschoß und Baumstämme und Autos und alle möglichen Trümmer durch die schmalen Straßen geschwemmt hat. Das hätte kein Mensch überlebt.

Ich weiß nicht, ob ihnen das klar war, aber jedenfalls hockten sie auf dem Fensterbrett, während das Wasser an ihnen vorbeirauschte, und schrien. Wir hatten kein Stück Seil im Haus, aber mein Mann kam auf die Idee, ein paar Bettücher zusammenzuknoten. Er schrie zu Signor Chiari hinunter, er solle die kleine Elena ans Ende des Bettuchs binden. Natürlich war das furchtbar gefährlich, aber was hätten wir sonst tun können? Das vorbeirauschende Wasser stieg von Sekunde zu Sekunde und hätte sie bald mitgerissen. Aber seine Stimme war unten nicht zu hören. Das lag nicht nur am Wasser, sondern an den Explosionen, die inzwischen eingesetzt hatten, und an der Tatsache, daß Anna völlig hysterisch war und alles noch schlimmer machte, weil sie ununterbrochen schrie. Bei jeder Explosion schossen riesige Wasserfontänen empor. Die Abwasserkanäle explodierten und die Gasleitungen und die Heizkessel, aber uns kam es vor wie das Ende der Welt, zumal es uns im Schlaf überrascht hatte und wir noch zu benommen waren, um zu begreifen, was geschehen war. Ob Signor Chiari uns hören konnte oder nicht, jedenfalls hat er versucht, der kleinen Elena das Bettuch unter den Armen umzubinden. Vermutlich hört sich das einfach an. Solche Sachen sieht man ständig im Fernsehen, stimmt's? Aber in Wirklichkeit war es unmöglich. Die Strömung zerrte an ihren Beinen, und er umklammerte mit einem Arm das Kind und mit dem anderen einen Fensterladen. Wie konnte er ihr da das Bettuch umbinden? Sooft er danach griff, mußte er es wieder loslassen und sich am Fensterladen festhalten, und Anna schrie und schrie, statt ihm zu helfen. Wir fühlten uns so hilflos, weil wir von hier oben nur zusehen konnten, und ich glaube, schon da wußten wir, daß es hoffnungslos war. Aber wir hatten keine Ahnung, was wir hätten tun können, außer dieses nutzlose Bettuch hinunterbaumeln zu lassen.

Dann gab es einen fürchterlichen Knall – der Heizkessel im Keller des Nachbarhauses explodierte –, und im selben Augenblick zersplitterte das Fenster, aus dem wir uns hinausbeugten, so daß wir uns übel geschnitten haben. Ich weiß noch, daß ich rücklings auf den Boden gefallen bin. Als ich wieder hinausgeschaut habe, war die kleine Elena verschwunden. Anna hat noch immer geschrien, aber ich weiß nicht, ob ihr überhaupt klar war, daß das Kind nicht mehr da war, weil sie das Gesicht an die Wand neben dem Fenster gepreßt hatte. Wir haben gesehen, wie sich ihr Mann ins Wasser stürzte und nach Elena schrie. Er war sofort verschwunden, tauchte aber wenig später ein Stück weiter hinten an einem Tisch auf, der sich zwischen Hauswand und einem Laternenpfahl verkeilt hatte. Wir haben noch gesehen, wie er die Arme ausgestreckt und versucht hat, sich daran festzuhalten. Vielleicht hätte es ihm das Leben gerettet, aber da schwemmten die Fluten einen umgekippten Bus an, der die Straße vollständig ausfüllte. Nachdem es ihn vorbeigespült hatte, war alles verschwunden, der Laternenmast, der Tisch und Signor Chiari.

Erst da haben wir wieder nach unten geschaut. Anna war ebenfalls verschwunden. Wir waren überzeugt, daß der vorbeitreibende Bus sie vom Fensterbrett gerissen hatte, riefen aber noch eine Zeitlang nach ihr, weil wir die leise Hoffnung hatten, daß sie sich vielleicht doch in die Wohnung zurückgezogen hatte. Nach einiger Zeit gaben wir auf, denn inzwischen hatte das Wasser die Decke der Parterrewohnung erreicht und näherte sich unseren Fenstern. Wir mußten allmählich an uns selbst denken.

Wir haben unsere Schnittwunden so gut wie möglich verbunden und sind mit ein paar Wertsachen, wichtigen Dokumenten und soviel Nahrungsmitteln, wie wir tragen konnten, ins oberste Stockwerk hinaufgegangen. Am meisten Angst hatten wir vor den Explosionen. Oben auf dem Haus gibt es einen Dachgarten, wo sich alle versammelt haben. Es war ein entsetzlicher Anblick. Überall stiegen schwarze Rauchfahnen auf, und gewaltige Wassersäulen schossen in die Höhe, wenn wieder ein Abwasserrohr explodierte. Natürlich regnete es immer noch, und wir hockten da oben zusammengedrängt unter Schirmen und in Decken eingewickelt, weil es uns sicherer erschien als im Haus, denn in unserem Keller konnte es ja auch eine Explosion geben. Stunde um Stunde saßen wir da, zitterten und warteten auf Hilfe – vergeblich. Den Leuten ringsum auf den Dächern erging es ebenso, andere schauten ganz benommen aus den Fenstern im obersten Stockwerk. Vermutlich waren wir durchgeweicht und halb erfroren, denn immerhin hatten wir November, aber ich kann mich nicht erinnern, es gespürt zu haben. Das läßt sich schwer erklären, aber irgendwie befanden wir uns in einem Schwebezustand. Wir sprachen kaum miteinander. Wir warteten nur. Warteten auf Hilfe. Auf jemanden, der uns sagte, was zu tun war, der alles erklärte. Dann begannen die Autohupen zu plärren, Hunderte auf einmal, als würde die ganze Stadt in lautes Gejammer und Wutgeheul ausbrechen. Eine Zeitlang heiterte uns das auf, weil der Eindruck entstand, als seien da draußen Menschen und Autos, als täte sich etwas, und da dachten wir, daß unser Bezirk der einzige war, der unter Wasser stand, und der ganze Lärm nur bedeuten konnte, daß Hilfe unterwegs war. Aber das Getöse ging ununterbrochen weiter, ohne Pause, bis es uns allmählich seltsam und unwahrscheinlich vorkam, daß so viele Leute ununterbrochen auf ihre Hupen drückten. Wir wären nie im Leben darauf gekommen, daß die ganze Stadt ertrank und die vielen hundert Autos, deren Hupen so jaulten, herrenlos waren und von den Wasserfluten mitgerissen wurden, die ihre Stromkreise kurzgeschlossen hatten…

Irgendwann sind wir ins Haus gegangen, um etwas zu essen und wieder trocken zu werden. Offenbar hatte der Hunger unsere Angst besiegt. Es gab weder Gas noch Elektrizität noch Wasser, und auch die Telefone funktionierten nicht mehr. Wir kehrten aufs Dach zurück und warteten. Am späten Nachmittag hörten wir Hubschrauber, allerdings ohne sie zu sehen, und begannen wieder zu hoffen. Doch sie kamen nicht einmal in unsere Nähe. Später erfuhren wir, wie dringend sie draußen in den ländlichen Bezirken benötigt wurden, wo die Leute auf den Dächern niedriger Bauernhäuser festsaßen, die bald unter Wasser stehen würden. Dort ertranken auch die meisten Menschen. Wir in der Stadt hatten mehr Glück, weil die Gebäude so hoch sind.

Sobald die starke Strömung nachließ, sahen wir eine dicke schwarze Ölschicht auf dem gelblichen Wasser schwimmen, die unsere Angst vor einem Brand noch verstärkte. Was hätten wir schon tun können, wenn im Haus ein Feuer ausgebrochen wäre? Dann wurde es allmählich dunkel. Können Sie sich vorstellen, wie es ist, wenn sich die Dunkelheit über eine Stadt senkt und kein einziges Licht angeht? Es war nicht nur beängstigend, es war unheimlich, zum Verzweifeln. An eine solche Dunkelheit sind die Menschen in zivilisierten Ländern nicht gewöhnt. Erst da, erst während wir Ausschau hielten und warteten und hofften, daß etwas geschah, irgend etwas, wurde uns klar, wie schlimm die Situation sein mußte. Nicht ein einziges Licht, Maresciallo. Und dann begannen überall Hunde zu heulen. Es hatte aufgehört zu regnen, und die Sterne waren heller, als man sie je über einer Stadt zu sehen bekommt, eben weil keine Lichter an waren. Da wir nicht wußten, was wir sonst hätten tun sollen, legten wir uns schlafen. Natürlich schlief niemand. Wir waren alle in der obersten Wohnung und machten es uns so gut wie möglich auf Stühlen und Teppichen bequem.

In der Nacht fiel der Wasserspiegel, und zurück blieb eine übelriechende Schlammschicht, und als es hell genug wurde, um etwas zu erkennen, gingen wir wieder hinunter, um festzustellen, wie groß der Schaden war. Mein erster Gedanke galt Anna. Ich fragte mich, ob sie unter all diesem Dreck begraben lag.«

»Und, war sie da?«

»Ja, aber gefunden haben wir sie nicht, da noch nicht. Mein Mann ist sofort hinuntergegangen – nicht daß wir damit gerechnet hätten, sie noch lebendig anzutreffen, er hatte nur gehofft, ihren Leichnam zu bergen, falls es ihn nicht weggeschwemmt hatte. Jedenfalls kam er nicht in die Wohnung hinein, weil das abfließende Wasser Regalbretter und

Möbelstücke vor das zerbrochene Fenster gespült hatte, so daß es versperrt war, und die Tür war so aufgequollen, daß sie sich nicht öffnen ließ. Von der Straße aus sah er den schwarzen Ölrand, bis zu dem das Wasser gestiegen war. Er befand sich über der Decke von Chiaris Werkstatt. Draußen auf der Straße stand ein Panzer, und ein paar Soldaten riefen meinem Mann zu, er solle herunterkommen und mithelfen. Aus dem Haus, in dem die Explosion stattgefunden hatte, wurden Verletzte geborgen, und die Männer machten sich daran, die Hausfassade mit Balken abzustützen. Tote hatte es nicht gegeben – zum Glück wohnte niemand im Erdgeschoß, weil der Boden völlig durchgebrochen war. Mein Mann war fast den ganzen Tag draußen und hat den Soldaten geholfen. Wir anderen haben hier drinnen versucht, einen Teil des Schlamms mit Eimern hinauszuschaffen. Es war ein hoffnungsloses Unterfangen, aber wir machten trotzdem weiter, weil wir nicht wußten, was wir sonst hätten tun können. In allen Häusern in der Straße machten die Leute das gleiche, alle mit denselben fassungslosen Gesichtern. Es wurde nicht viel geredet, und niemand beklagte sich auch nur mit einem Wort. Als mein Mann am späten Nachmittag hereinkam, brachte er ein paar Männer mit. Keine Fachleute oder dergleichen, einfach Leute aus einer Bar an der Ecke, die unterwegs gewesen waren, um Mineralwasser auszuteilen. Ich muß sagen, die Leute waren großartig – wissen Sie, es war gar nicht einfach, auf den Straßen vorwärtszukommen. Eine halbe Million Tonnen Schlamm, hieß es in der Zeitung, das macht pro Einwohner eine Tonne, und alles verseucht mit Benzin und Abwässern und Tierkadavern...

Wir haben Anna da unten lebend angetroffen. Zunächst erschien es uns wie ein Wunder, denn wir hatten gesehen, wie hoch das Wasser gestiegen war. Aber nachdem sie weggebracht worden war, fanden wir die Stelle... Wie in vielen dieser hohen, alten Häuser gab es Fehlböden, Sie wissen schon, Zimmerdecken aus Stroh und Verputz. Sie war auf einen alten, hohen Schrank geklettert, der zum Glück stehenblieb, weil die Wasserfluten das Bett dagegengedrückt hatten, und als das Wasser sie sogar dort erreicht hat, hat sie mit den Fingern ein Loch gebohrt... Es war gerade so groß, daß ihr Kopf hineinpaßte, und da hat sie gestanden, und das Wasser reichte ihr bis zum Mund. Wäre es nur zwei Fingerbreit gestiegen, wäre sie auf dem Schrank stehend ertrunken. Das muß sie die ganze Zeit gewußt haben, als sie dastand und wartete, während wir auf dem Dach waren und warteten. Wenn es schon für uns so furchtbar war, als die Dunkelheit hereinbrach und niemand kam, wie schrecklich muß es dann erst für Anna gewesen sein. Stellen Sie sich einmal vor...«

»Aber am Morgen, ist sie da nicht heruntergeklettert? Hat sie nicht um Hilfe gerufen? Sie muß doch die Leute ringsum gehört haben, auch Ihren Mann, als er versucht hat, in die Wohnung zu gelangen.«

»Sie ist heruntergeklettert, aber um Hilfe gerufen hat sie nicht. Ich sagte schon, daß wir an diesem ersten Morgen alle viel zu betäubt waren, um zu reden. Wirklich deutlich von diesem Tag habe ich die anderen Frauen in Erinnerung, die, genau wie ich, vergeblich die Schlammassen wegzuschaufeln versuchten. Ab und zu hielt eine inne, um nachzusehen, ob ein Möbelstück, das draußen auf der Straße auftauchte, ihr gehörte. Wenn nicht, schaufelte sie einfach weiter, ohne daß ein Wort über ihre Lippen kam oder ihr Gesicht eine Regung verriet. Nein, Anna hat nicht um Hilfe gerufen. Soviel ich weiß, hat sie nie wieder gesprochen. Es war reiner Zufall, daß wir sie gefunden haben.

Anfangs habe ich nicht begriffen, warum sich mein Mann vor allem anderen unbedingt vergewissern wollte, ob sich ihre Leiche noch in der Wohnung befand, wo es doch bestimmt sehr viele Leute gab, die noch am Leben waren und dringend Hilfe brauchten. Die meisten von uns standen so unter Schock, daß wir abgesehen von der unmittelbar drohenden Feuergefahr nicht an andere Gefahren wie etwa Infektionen dachten. Aber ihm war sofort klar, daß die größte Gefahr in den ersten paar Tagen die war, daß Typhus ausbrechen könnte. Niemand wußte genau, wie viele Menschen vermißt wurden, und immer wieder entdeckte man beim Wegschaffen von Trümmern Tote; außerdem waren unzählige Tiere ertrunken, Katzen und Hunde aus der Stadt und ganze Viehherden, die es vom Land hereingeschwemmt hatte, ganz zu schweigen von den Unmengen Fleisch und Fisch aus den Kellern der Markthalle. Noch Tage später waren Männer mit Gasmasken damit beschäftigt, sie zu säubern. Eine schreckliche Arbeit muß das gewesen sein; sobald man auch nur in die Nähe kam, mußte man sich Mund und Nase zuhalten, und nicht wenige mußten sich übergeben. Typhus also war der Grund, warum mein Mann unbedingt in die Wohnung wollte, Gott sei Dank, denn sonst wäre Anna womöglich eine ganze Woche da drin geblieben, bis sie mit den Geräten kamen, um den Schlamm abzupumpen.

Das Fenster war mit so viel Zeug blockiert, daß beschlossen wurde, die Tür mit der Axt einzuschlagen. Zu dem Zeitpunkt war ich hier oben und habe versucht, das zerbrochene Fenster abzudichten, bevor es dunkel wurde. Es hatte wieder zu regnen angefangen. Ich habe den Lärm gehört, als die Männer die Tür einschlugen, wußte aber nicht, was sie machten, bis mein Mann heraufkam, um mich zu holen.

›Kannst du einen Augenblick mit hinunterkommen? Es ist wegen Anna. Ich habe einen Krankenwagen gerufen, aber es wäre mir lieber, du würdest hinunterkommen...‹

›Du willst doch nicht behaupten, daß sie noch am Leben ist?‹

›Doch, aber... Komm mit, ja?‹

Als wir in die Wohnung kamen, standen die Männer, die geholfen hatten, hilflos da und wußten nicht, was sie tun sollten. Anna befand sich in ihrer kleinen Küche, die der Familie auch als Eß- und Wohnzimmer hatte dienen müssen. Der Schlamm stand mehr als kniehoch, und sämtliche Möbelstücke waren umgekippt. Als ich an den Männern vorbeiging und Anna bemerkte, bückte sie sich gerade, um etwas aus dem Dreck zu fischen. Es war eine Scherbe von einer zerbrochenen Tasse, an der noch der Henkel dran war. Als sie sich aufrichtete, sah ich, daß sie selbst über und über mit Schlamm bedeckt war, sogar die Haare; sie war kaum wiederzuerkennen. In der anderen Hand hielt sie einen schlammtriefenden Lumpen, mit dem sie sehr langsam und sorgfältig die Scherbe abzuwischen begann, wie jemand, der ganz normal Geschirr abwäscht. Dann legte sie die Scherbe auf ein Bord an der Wand, sehr behutsam, so daß sie nicht herunterfiel.

›Anna.‹

Sie gab keine Antwort, und mir wurde bald klar, daß sie uns gar nicht wahrnahm. Sie hat einfach weiterhin Scherben und dergleichen aus dem Schlamm gezogen, sie abgewischt und irgendwo auf halbwegs waagerechten Flächen abgelegt. Ihr Gesicht war völlig ausdruckslos, aber mir ist aufgefallen, daß ihre Augen unnatürlich glänzten, als hätte sie Fieber.

›*Versuch sie zum Reden zu bringen*‹, flüsterte mir mein Mann zu.

Ich habe es wieder und wieder versucht, aber es war hoffnungslos. Ich habe sie nie wieder sprechen hören.

Als die Sanitäter kamen, fegte sie mit einem schlammtriefenden Handbesen langsam über die Oberfläche des Schlamms. Trotz unserer Befürchtungen ist sie mitgegangen, ohne sich zu wehren; anscheinend war ihr weder klar, daß man sie in einem Panzer zusammen mit anderen Verletzten abtransportierte, noch hatte sie etwas dagegen.«

»Wurde sie nach Santa Maria Nuova gebracht?«

»Ich glaube schon. Zumindest war sie dort, als ich sie das nächste Mal gesehen habe, aber in diesen ersten Tagen herrschte ein solches Chaos, daß man sie möglicherweise erst woanders hingebracht hat, weil alle Krankenhäuser überfüllt waren. Das war auch der Grund, warum ich es ein paar Tage hinausgeschoben hatte, selbst zum Arzt zu gehen, aber schließlich erschien es mir doch klüger, weil die Schnittwunden von dem zersprungenen Fenster zum Teil ziemlich übel aussahen. Sie hätten genäht werden müssen und waren leicht entzündet. Wie Sie sehen, habe ich häßliche Narben zurückbehalten.« Sie drehte den Ellbogen nach oben, um dem Maresciallo eine breite weiße Narbe zu zeigen.

»Ich weiß nicht mehr genau, an welchem Tag ich endlich auf die Unfallstation von Santa Maria Nuova gegangen bin. Vielleicht am Sonntag oder auch am Montag, aber ich fürchte, die ersten paar Tage sind in meiner Erinnerung durcheinandergeraten.«

»Das kann ich gut verstehen. Der Tag ist auch nicht wichtig. Haben Sie Anna gesehen?«

Der Maresciallo empfand es als eigenartig, sie so zu nennen, aber sie schienen von einer ganz anderen Person zu sprechen, die noch nicht Clementina geworden war.

»Ich habe sie gesehen, aber nur kurz. Nachdem sie mir den Arm verbunden hatten – zum Nähen sei es zu spät, hieß es –, habe ich mich nach ihr erkundigt und erfahren, daß sie in der Inneren Abteilung liegt, auf der Frauenstation. Ich bin hinaufgegangen und habe mit der Stationsschwester gesprochen, aber Anna bekam ich nur kurz zu Gesicht. Ich hatte recht gehabt mit dem Fieber. Sie hatte Lungenentzündung und lag unter einem Sauerstoffzelt. Trotzdem würde sie durchkommen, meinte die Schwester.«

Die Erwähnung des Krankenhauses tat ihre Wirkung. Würden sie das auch bei Bruno sagen? »Er wird durchkommen…« Womöglich hatten sie ihn schon operiert…

Vielleicht hatte Signora Santoli bemerkt, daß seine Gedanken abschweiften, und das mißverstanden.

»Ich fürchte, ich habe Ihnen nicht das erzählt, was Sie wissen wollen, aber ich erzähle eben, woran ich mich erinnere.«

»Nein, nein. Bitte fahren Sie fort. Das sind genau die Dinge, die ich wissen möchte. Ich fange allmählich an, Clementinas merkwürdige Art zu begreifen.«

»Wie komisch, daß Sie sie so nennen. Ich wußte gar nicht, daß sie noch einen Vornamen hatte.«

»Nachdem sie so lange nicht gesprochen hat, könnte ich mir denken, daß die Leute in der Anstalt sie so genannt haben und nicht Anna.«

»Wahrscheinlich ist das der Grund, aber es hört sich an, als wäre von einem anderen Menschen die Rede.«

»Zu dem Zeitpunkt war sie in vieler Beziehung ein anderer Mensch.«

»Ist ja auch kein Wunder, oder? Sie hat alles verloren – Mann und Kind, Einkommen, ihre ganze Habe, sogar das Haus, das sie gerade zu bauen angefangen hatten. Alles einfach weggeschwemmt. Das ging mir so durch den Kopf, als ich an dem Tag aus dem Krankenhaus kam; mit alldem würde sie sich abfinden müssen, sobald sie ihre Krankheit überstanden hatte.«

»Sie hat sich nie damit abgefunden.«

»Das wundert mich nicht. Schließlich muß man etwas haben, irgend etwas Kleines, woran man sich klammern kann, das einem einen Grund gibt weiterzumachen. Sie hatte überhaupt nichts mehr. Nicht einmal die zerstörten Überreste dessen, was ihr gehört hatte, und die ruinierten Kleider, die alle mit dem Schlamm abgesaugt worden waren. Das ging mir durch den Kopf, als ich an dem Tag durch die verwüstete Stadt nach Hause gegangen bin. Überall ringsum haben die Menschen versucht, ihr Leben wieder zusammenzuflicken. Es schien hoffnungslos, aber sie haben es versucht. Ich erinnere mich noch, daß sämtliche Geschäftsleute versucht haben, aus den Unmengen von Schlamm, Abwasser und Öl ihre Kleider, Bilder und Möbel zu fischen und irgendwie zu retten, und daß sie sich ganz allein abplagten, ohne sich zu beklagen. Es war noch immer schwierig, durch die Straßen zu kommen – ich habe die Stelle gesucht, die man mir im Krankenhaus genannt hatte, an der im Freien eine Apotheke eingerichtet worden war, weil ich Antibiotika und Verbandszeug kaufen mußte. Ich erinnere mich, daß ein paar Soldaten den Kadaver einer Kuh mit Seilen auf einen Lastwagen hievten und ein Mann durch den Schlamm stapfte, der eine Statue in den Armen trug wie ein totes Kind, während ich noch immer an Anna denken mußte. Was konnte sie retten? Ich beschloß, sobald ich nach Hause kam, in ihre Wohnung zu gehen und nachzusehen, ob irgendeine Kleinigkeit übriggeblieben war, die ich ihr bringen könnte – bis dahin hatten wir alle Hände voll zu tun gehabt, um den Heizkessel im Keller freizulegen. Ich habe wohl gehofft, irgendein Andenken zu finden, das ich ihr ins Krankenhaus bringen konnte. Freilich ein dummer Gedanke, aber ich wußte nicht, was ich sonst für sie hätte tun können.«

»Das war überhaupt kein dummer Gedanke. Sagen Sie, hatten Sie gehofft, etwas Bestimmtes zu finden?«

»Ich dachte, vielleicht ein Foto von der kleinen Elena.«

»Ah…«, sagte der Maresciallo zufrieden. »Genau. Aber Sie haben keines gefunden?«

»Nein. Und ich selbst hatte leider auch kein Foto von ihr, was ich sehr bedauert habe und noch bedaure. Ich habe auch sonst nichts gefunden, und die ganze Sache nahm eine recht peinliche Wendung, denn während ich da unten herumgesucht habe, kam ausgerechnet Annas Schwester. Sie können sich vorstellen, wie unangenehm mir das war, weil ich wußte, welchen Eindruck das machen mußte… Trotzdem hat ihr meine Erklärung anscheinend eingeleuchtet, denn sie kam mit hinauf in meine Wohnung, ist eine Zeitlang geblieben und hat sich mir anvertraut. Von ihr habe ich erfahren, daß man den Leichnam der kleinen Elena zwei Straßen weiter im Keller eines Hauses gefunden hatte. Sie hatte sie soeben identifiziert.«

»Und der Mann?«

»Es hat noch ein paar Tage gedauert, bis seine Leiche, die ziemlich weit weggespült worden war, gefunden wurde. Ich habe ihn nicht erwähnt, weil ich keine Ahnung hatte, wieviel die Schwester wußte und weil sie schon ziemlich mitgenommen war. Bald wurde mir klar, daß sie sich wegen Anna ungleich mehr aufregte als wegen des Kindes, dessen Tod sie eher gelassen hinnahm. Freilich hatte sie dem Kind nicht einmal so nahe gestanden wie ich. Sie kam nicht sehr oft zu Besuch. Anna sagte mir einmal, sie habe es sehr schwer mit ihrem Mann, und wegen ihm könnten sie sich auch nicht so oft sehen, wie sie wollten. Auf mich machte die Schwester den Eindruck einer tüchtigen Geschäftsfrau. Anna zufolge schlug sie nach ihrem Vater. Das konnte ich mir gut vorstellen. Ich habe sie an jenem Tag zum ersten Mal gesehen, und trotz allem, was sie durchgemacht hatte, empfand ich sie als sehr starke Persönlichkeit, die genau wußte, was sie wollte. Völlig anders als Anna, die ungeheuer empfindsam war. Sie war gut gekleidet – wie alle damals mußte sie in Gummistiefeln durch die Straßen waten, trug aber einen sehr schönen Pelzmantel. Ich selbst kann mir keine teuren Kleider leisten, aber ich habe einen Blick dafür. Sie war eine sehr vornehme Frau, keine von denen, die sich ohne weiteres anderen Leuten anvertrauen, aber an dem Tag war sie ohne Zweifel froh, sich bei einer freundlichen Unbekannten ihren Kummer von der Seele reden zu können.

›Wenn es etwas gibt, wovor ich immer schreckliche Angst gehabt habe‹, sagte sie, ›dann, daß Anna etwas dergleichen zustößt. Ich bin ein völlig anderer Typ, und der Himmel weiß, daß ich nie ein leichtes Leben hatte, aber ich werde damit fertig. Ich weiß ja nicht, wie gut Sie sie gekannt haben, aber glauben Sie mir, das kleinste Mißgeschick genügt, um sie aus dem Gleichgewicht zu bringen.‹

Ich sagte, daß mir das auch aufgefallen sei.

›Aber vermutlich wissen Sie nicht, was der Grund dafür ist. Meine Schwester und ich wurden in eine sehr wohlhabende Familie hineingeboren, aber wir hatten eine unglückliche Kindheit. Meine Mutter starb, als wir noch ziemlich klein waren. Ich war neun und Anna erst fünf. Das an sich genügt eigentlich schon, um ein Kind völlig zu verunsichern, aber damals hat man sich solche Sachen nicht so bewußt gemacht wie heute. Doch zu allem Unglück war Anna allein mit ihrer Mutter im Zimmer, als es geschah. Sie bekam einen Herzinfarkt, ganz unerwartet. Wir wissen nicht, ob Anna um Hilfe gerufen hat, aber wir wissen, daß sie neben ihrer toten Mutter stehenblieb, bis mein Vater von der Arbeit zurückkehrte und ins Zimmer kam. Anna hat nicht geweint, sie stand einfach nur da, kreidebleich und stumm. Mag sein, daß sie um Hilfe gerufen hatte, denn wie sich herausstellte, war zufällig kein Dienstbote in Hörweite. Ich selbst habe erst einen Tag später vom Tod meiner Mutter erfahren. Man hat dafür gesorgt, daß wir Kinder uns nicht sahen. Vermutlich hielt man das für das Beste. Da keine weibliche Verwandte da war, die bereit gewesen wäre, die

Verantwortung für zwei kleine Mädchen zu übernehmen, brachte man uns in ein Kloster. Da ich die Ältere war, hat sich Anna auf mich verlassen wie auf eine Mutter, obwohl ich selbst erst zehn Jahre alt war. Meiner Meinung nach hat sie sich von dieser Sache nie erholt. Vielleicht hätte sie professionelle Hilfe gebraucht, aber damals war das nicht üblich, und die Nonnen waren eher streng als gütig. Von dem Tag an hatte ich immer Angst um Anna, weil ich wußte, daß sie auch den kleinsten Schwierigkeiten im Leben nicht gewachsen war. Als sie Chiari kennenlernte und ihn heiraten wollte, war mein Vater strikt dagegen. Ein Kunsthandwerker, Sie können sich vorstellen... Schließlich ist es mir gelungen, ihn zu überzeugen. Chiari war ein verläßlicher und ruhiger Mensch, genau das, was Anna brauchte. Bei den Problemen, die sie hatte, war das meiner Meinung nach das einzige, was zählte, und ich habe es nie bereut, ihr den Rücken gestärkt zu haben. Und jetzt das... darüber wird sie nie hinwegkommen. Aber was auch geschieht, ich bin immer für sie da. Solange ich lebe, wird sie nie allein sein, und es soll ihr nie an etwas fehlen, das schwöre ich vor Gott.‹

Danach habe ich sie nie mehr gesehen.«

»Und Anna?«

»Es hat sehr lange gedauert, bis ich Anna wiedergesehen habe. Wenig später mußte ich in die Schweiz fahren, weil mein Vater schwer krank geworden war. Ich bin ein paar Monate dort geblieben, bis zu seinem Tod. Bei meiner Rückkehr ging das Leben in Florenz wieder seinen normalen Gang. Aus aller Welt flossen Hilfsgelder, es war wirklich großartig. Aber gerade weil das Leben wieder seinen normalen Gang ging, habe ich den Verlust der kleinen Elena um so stärker empfunden; erst da traf er mich richtig, vermutlich weil zuvor ein zu großes Durcheinander geherrscht hatte. Durch eine Kleinigkeit wurde mir das so richtig bewußt. An einem Freitagmorgen stand ich unten im Fischladen an, und da erzählte eine Frau von einer furchtbaren Tragödie, die sich, glaube ich, in Wales zugetragen hatte. Ich habe nicht die ganze Geschichte mitbekommen, kenne also keine Einzelheiten, aber offenbar waren in einem Dorf sämtliche Kinder ums Leben gekommen. Das muß etwa zur selben Zeit gewesen sein wie die Überschwemmung, weil diese Frau berichtete, die Eltern hätten das ganze Spielzeug, das sie nicht mehr haben wollten, hierher geschickt, für die Kinder von Florenz. Es lag mir auf der Zunge zu sagen: ›Dann könnte die kleine Elena jetzt vielleicht…‹ Ich hielt inne und mußte mir sagen: ›Sie ist tot.‹

An dem Abend habe ich ein bißchen geweint, muß ich gestehen. Und am nächsten Tag habe ich mich nach Anna erkundigt.«

»Hatte man sie inzwischen verlegt?«

»Ja. Körperlich hatte sie sich anscheinend erholt, aber geistig nicht, wie ihre Schwester befürchtet hatte. Ich habe in Santa Maria Nuova nachgefragt. Dort sagte man mir, sie habe kein Wort gesprochen; sie habe jedoch wiederholt versucht, sich aus dem Fenster zu stürzen, jedesmal bei Einbruch der Dämmerung. Deshalb wurde beschlossen, sie nach San Salvi zu verlegen, aber das hatte sich etwas verzögert, weil sie noch in stationärer Behandlung bleiben mußte.«

»Hatte das zufällig mit ihrer Haut zu tun?«

»Ja. Wußten Sie das? Sie ging ihr am ganzen Körper ab,

weil sie so viele Stunden in dem verseuchten Wasser gestanden hatte, in dem sich alle möglichen Chemikalien befanden. Man hat mir gesagt, daß ihr die Haut in Streifen abging, offenbar aber recht zufriedenstellend nachwuchs, ohne daß dauerhafte Schäden zurückblieben. Als es soweit war, haben sie sie verlegt.«

»Und dann haben Sie sie in San Salvi besucht?«

»Leider nur zweimal. Sie hat mich anscheinend nicht erkannt, und gesprochen hat sie auch nicht. Eine der Nonnen sagte mir, Anna habe sich angewöhnt, den ganzen Tag zu putzen und zu kehren. Aber sie hat nicht mehr versucht, sich bei Einbruch der Dämmerung aus dem Fenster zu stürzen. Ich hatte nicht den Mut, ein drittes Mal hinzugehen, und abgesehen davon ist kurz nach meinem zweiten Besuch meine Schwiegermutter krank geworden und zu uns gezogen.

Das letzte Mal hörte ich von Anna am zweiten Jahrestag der Überschwemmung. Als ich in den Nachrichten die alten Filmberichte sah, mußte ich an sie denken und habe in San Salvi angerufen. Dort hat man mir sehr freundlich erklärt, ich bräuchte kein schlechtes Gewissen zu haben, weil ich sie nicht besucht hatte, da sie ohnehin niemanden erkannte, nicht einmal ihre Schwester. Offenbar hatte sie wieder angefangen zu sprechen, hatte sich aber eine aggressive und obszöne Ausdrucksweise angewöhnt, vor allem den Nonnen gegenüber. Irgendwie konnte ich das verstehen, habe aber nichts gesagt. Ich habe mir überlegt, wie ihre Schwester das wohl aufnahm. Ich bin überzeugt, daß sie Anna zu sich genommen hätte, egal, wie sie sich benahm, wenn sie nicht solche Probleme mit ihrem Mann gehabt hätte. Tja, Anna muß sich wohl bis zu einem gewissen Grad erholt haben, weil sie irgendwann entlassen wurde. Ich frage mich, was aus der Schwester geworden ist. In der Zeitung stand, daß Anna allein gelebt hat, als sie starb.«

»Ja, allein. Und in bitterer Armut.«

»In Armut? Das überrascht mich, nach allem, was mir ihre Schwester damals erzählt hat.«

»In Anbetracht dessen, was Sie mir gerade erzählt haben, ist es auch überraschend. Vielleicht hatte sie ja irgendwo Geld versteckt, das wir nicht gefunden haben.«

Der Maresciallo erhob sich. Plötzlich hatte er genug von diesem düsteren, ordentlichen Zimmer. Er wollte im Krankenhaus anrufen, und er verspürte das Bedürfnis, allein zu sein und alles zu überdenken, was er soeben von Signora Santoli erfahren hatte. Trotz der vielen Dinge, die ihm im Kopf herumgingen, war ihm bewußt, daß es dieser würdevollen und einsamen Frau leid tat, ihn aufbrechen zu sehen.

»Darf ich fragen«, sagte sie, »wann das Begräbnis stattfinden soll?«

»Das weiß ich nicht, ehrlich gesagt, aber wenn Sie möchten, kann ich Sie anrufen, sobald ich es erfahre.«

»Vielen Dank.«

Sie gingen in den Flur hinaus, wo sie ihre Nummer auf den ordentlichen leeren Block neben dem Telefon schrieb.

»Ich wäre Ihnen sehr dankbar«, sagte sie, als er den Zettel in seine Brusttasche steckte. »Ich würde gern zur Beerdigung gehen. Schließlich war sie einmal ein Teil meines Lebens. Je mehr Zeit vergeht, um so mehr klammert man sich an Kleinigkeiten.«

»Ja«, sagte der Maresciallo. »Da haben Sie recht. Vielleicht ist es mir deshalb so aufgefallen, daß ich in ihrer Wohnung kein einziges Foto und kein Andenken gefunden habe – genau das, was Sie nach der Katastrophe zu finden gehofft hatten und nicht finden konnten.«

»Das stimmt, ihre ganze Vergangenheit ist ausradiert worden. Aber etwas hatte sie, auch wenn sie es vielleicht nicht aufgehoben hat. Sie haben mich gerade daran erinnert. Als ich sie das zweite Mal in San Salvi besuchte, habe ich ihr den Zeitungsartikel mitgebracht, in dem über sie berichtet wurde. Ich dachte, vielleicht würde der Schock sie zum Sprechen bringen. Schließlich kann man nie ganz sicher sein, daß sich solche Menschen ununterbrochen in einem Zustand der Umnachtung befinden. Das empfinde ich auch bei meiner Schwiegermutter so. Woher will ich wissen, daß sie nicht für kurze Augenblicke klar bei Verstand ist und merkt, was mit ihr geschieht und daß ich hier bin und mich um sie kümmere? Oft ist das der einzige Grund für mich weiterzumachen. Auf Anna hatte diese Zeitungsseite keine unmittelbare Wirkung, aber ich habe sie ihr dagelassen, denn man kann nie wissen.«

»Standen da zufällig Name und Adresse der Schwester drin?«

»Davon bin ich überzeugt, aber ich kann mich nicht daran erinnern, tut mir leid.«

»Das macht nichts. Ich kann mir den Artikel aus dem Zeitungsarchiv besorgen. Ich glaube nicht, daß Anna ihn weggeworfen hat«, fügte er hinzu, »aber jetzt ist er verschwunden.«

»Ich fürchte, ich war Ihnen keine große Hilfe.«

»Doch, Sie haben mir sehr geholfen. Und wegen des Begräbnisses sage ich Ihnen Bescheid.«

Als sie die Tür hinter ihm schloß, hörte er sie liebevoll sagen: »Schon gut. Ist schon gut. Ich komme gleich und setze mich ein bißchen zu dir.«

Er ging die Treppe hinunter und trat in die Hitze hinaus. Jetzt hatte er eine genauere Vorstellung davon, wer der Mann, den er suchte, sein könnte; der Mann, der hinkte, war es nicht. Ein Rätsel war ihm nur, wie Clementina dahintergekommen war.

10

In Clementinas winziger Küche war es dunkel. Vielleicht kam wieder ein Gewitter. Die Luft war so stickig, nachdem der Raum bei dieser Hitze so lang verschlossen gewesen war, daß der Maresciallo das kleine Fenster öffnete und ein bißchen feuchte Luft und den Geruch sich ankündigenden Regens hereinließ. Sehr viel heller wurde es dadurch nicht, und als er den Lichtschalter betätigte, geschah nichts. Anscheinend war bereits jemand vom Elektrizitätswerk dagewesen, um den Strom abzuschalten, bis der nächste Mieter einzog. Der Maresciallo fragte sich, wer das sein mochte. Die Eigentümer würden die Wohnung im derzeitigen Zustand wohl kaum vermieten können. Es störte ihn, daß es hier drinnen so düster war, auch wenn er nicht viel zu erledigen hatte. Er zog die Tischschublade auf, die ihm zuvor Kopfzerbrechen bereitet hatte, inzwischen freilich nicht mehr. Er zog sie ganz heraus, ohne etwas anzurühren. Die Zeitungsseite, die sich hinten zusammengeschoben hatte, war, wie erwartet, verschwunden. Warum sie sie all die Jahre dort aufbewahrt hatte, war ihm nicht ganz klar. Aber es hätte Aufschluß über die entscheidende Frage geben können, wie verrückt Clementina wirklich gewesen war. Hatte es, wie Linda Rossi gemeint und Signora Santoli vermutet hatte, Zeiten gegeben, in denen sie klar bei Verstand war, sich an ihre Vergangenheit erinnerte und sie mit ihrer Gegenwart vergleichen konnte? Freilich war es bequemer, sie für völlig verrückt zu halten und davon auszugehen, daß sie alles vergessen hatte. Vielleicht war es auch für sie bequemer gewesen, sich in den Jahren in der Anstalt in geistige Umnachtung zu flüchten, so daß dieses Verhalten zur Gewohnheit wurde. Und trotzdem hatte sie diese Zeitungsseite fast zwanzig Jahre lang aufbewahrt. Die und das Foto, auf dem sie als verrückte Alte zu sehen war, die für einen jungen Reporter ihren Handfeger schwingt. Jemand hatte den falschen Zeitungsausschnitt mitgenommen, nachdem er sie umgebracht hatte, hatte statt ihrer Vergangenheit irrtümlich ihre Gegenwart entfernt. Ein Fehler, der nicht sonderlich ins Gewicht fiel, solange ihr Tod als Selbstmord deklariert wurde.

Anna Franci und die verrückte Clementina... Sobald er aus Santa Croce zurückkam, würde er Galli anrufen und ihn um die entsprechende Zeitungsseite aus dem Archiv bitten.

»Ich besorge sie Ihnen. Ich weiß genau, wo ich suchen muß, weil ich sie ausgegraben habe, als ich den Artikel über sie schreiben wollte.«

»Ich wünschte, Sie hätten mir was davon gesagt.«

»Ich wünschte, Sie hätten mir gesagt, daß sie ermordet worden ist! Aber im Ernst, ich hätte es Ihnen gesagt, wenn Sie zurückgerufen hätten, als ich in der Redaktion war. Später habe ich es ganz vergessen, weil der Artikel in dieser Form nie zustande kam. Irgend jemand aus San Salvi hat angerufen und mich überredet, über ihre Zeit als Patientin dort zu berichten. Für mich war das Jacke wie Hose, und das habe ich ihm auch gesagt. Keine der beiden Geschichten war sonderlich aufregend für diese Jahreszeit. Ein hübscher, saftiger Skandal mit einer Prise Sex und Gewalt, damit läßt sich die Zeitung in der Urlaubszeit verkaufen, damit und mit dem Bingo-Wettbewerb. Und Sie glauben wahrscheinlich, Ihre Arbeit sei deprimierend... Ich schicke Ihnen eine Kopie rüber.«

Der Maresciallo machte die Schublade zu und ging langsam durch die Wohnung. Im Schlafzimmer war es noch dunkler, weil die Fensterläden geschlossen waren. Diesmal suchte er nichts, sondern versuchte nur, sich die Wohnung einen Augenblick lang zu eigen zu machen. Bis jetzt war immer jemand vor ihm dagewesen, genau wie in der Anstalt, und hatte alle Spuren von Anna Franci und ihrer Geschichte entfernt. Jemand, der schlauer war als er und es immer schaffte, ihm einen Schritt voraus zu sein. Die Sache mit dem Mord war erst heute in der Morgenzeitung enthüllt worden, und doch hatte der Betreffende bis dahin vorsorglich seinen Gorilla hergeschickt, um diesmal den richtigen Zeitungsausschnitt verschwinden zu lassen. Woher hatte er das so frühzeitig gewußt? Der Maresciallo mochte nicht an einen Zufall glauben. Freilich konnte man die erste Ausgabe der Zeitung kurz nach Mitternacht am Hauptbahnhof bekommen, aber wenn der Mann auf diese Weise an die Information gelangt war, mußte er sich jeden Abend eine Zeitung besorgt haben, um sicherzugehen. Obwohl er viel zu verlieren hatte, schien das ziemlich unwahrscheinlich...

»So oder so«, sagte der Maresciallo leise in die Stille des dunklen, kleinen Schlafzimmers hinein, »ich werde ihn finden.« Er sah sich ein letztes Mal um, verließ dann die Wohnung und sperrte die Tür zu. Normalerweise hätte er zu jedem anderen Zeitpunkt und in jeder Gemütsverfassung kurz innegehalten und sich überlegt, warum ihm der Staatsanwalt die Schlüssel zurückgeschickt hatte. Sie lagen auf seinem Schreibtisch, als er aus Santa Croce zurückkehrte, eine wortlose Kapitulation. Diesmal hielt er nicht inne, um sich über die Schlüssel oder über sonst etwas zu wundern. Er wurde nicht mehr von Zweifeln und Groll über seine mangelnde Intelligenz geplagt, sondern dachte an Bruno, der stumm und reglos in seinem weißen Krankenhausbett lag, an Clementina, ehemals Anna Franci, jetzt in einem Kühlfach eingeschlossen, und an einen ehrbar aussehenden, grauhaarigen Mann, den er vor Tagesende ausfindig zu machen gedachte. Nur daran dachte er. Sofern man das als »denken« bezeichnen durfte. Nachdem seine Frau während des ganzen Mittagessens dieser schweigenden, massigen Gestalt gegenübergesessen hatte, meinte sie zaghaft: »Ich bin sicher, daß Bruno die Operation bis heute abend überstanden hat und wieder bei Bewußtsein ist. Du wirst sehen.« Er hatte nicht einmal geantwortet.

Er blieb auf dem nächsten Treppenabsatz stehen und klingelte bei den Rossis. Da niemand aufmachte, ging er hinunter auf die Straße, überquerte den Platz und betrat Francos Bar. Franco stand hinter dem Tresen; das Lächeln, mit dem er den Maresciallo begrüßt hatte, wich aus seinem Gesicht.

»Was ist los, Maresciallo? Sie sehen irgendwie sonderbar aus – ist noch was passiert?«

»Ich brauche den Namen des Hausbesitzers.«

»Von Clementinas Wohnung? Den kann ich Ihnen nicht

sagen. Ich glaube, das wird alles über eine Hausverwaltung abgewickelt. Die Rossis...«

»...sind nicht da.«

»Also ist doch was passiert?«

»Nein.«

Der Maresciallo drehte sich um und verließ die Bar. Es war ihm vage bewußt, daß er einen merkwürdigen Eindruck hinterlassen hatte. Er mochte und schätzte Franco, der ihm eine große Hilfe gewesen war, und wollte eigentlich vermeiden, daß er glaubte, er wolle ihm wegen der nächtlichen Zockerei Ärger machen. Er hätte umkehren und ihm alles erklären können, trottete aber weiter, denn diese diffusen Überlegungen reichten nicht aus, um ihn aufzuhalten. Jetzt würde ihn nichts mehr aufhalten, bis er getan hatte, was getan werden mußte.

Er hörte das erste Donnergrollen, als er die Treppe zum Carabinieri-Posten hinaufstieg und die Tür aufsperrte. Sofort tauchte Di Nuccio auf.

»Ich habe gerade im Krankenhaus angerufen. Er ist operiert worden, und alles ist planmäßig verlaufen.«

»Ist er bei Bewußtsein?«

»Nein. Noch nicht... Da war ein Anruf für Sie – vor einer Minute.« Er verschwand in den Wachraum und kehrte mit einem Blatt Papier zurück. »Vom Mieterschutzbund, eine Frau. Sie sagte, es sei wichtig.«

»Hm.«

»Soll ich Ihnen die Nummer geben?«

»Nein.«

»Sie hat gesagt...«

»Das spielt jetzt keine Rolle.« Er konnte sich jetzt nicht

mit dem Problem der Rossis beschäftigen, würde aber beim Mieterschutzbund anrufen, nachdem er dem Mann in der Zelle drüben in der Kommandantur einen Besuch abgestattet hatte. Wahrscheinlich konnte ihm die Frau sogar sagen, wem die Wohnungen gehörten. Alles zu seiner Zeit. Er durfte sich jetzt nicht aufhalten lassen, und genau das würde die andere Seite versuchen. Er hatte versprochen, zu der Anhörung zu kommen, und das mußte vorerst genügen.

»Ich muß noch mal weg«, erklärte er Di Nuccio.

»Wann kommen Sie zurück?«

»Weiß ich nicht.«

»Weil eine junge Frau hier war, die Sie sprechen wollte und die sagte, es sei sehr dringend.«

Für den Maresciallo war jetzt nur eines dringend: einen ehrbaren, grauhaarigen Mann einzuholen, der ihm immer einen Schritt voraus war.

»Sag ihr, sie soll gleich morgen früh kommen.«

»Tut mir leid, das konnte ich nicht wissen ... Ich habe ihr gesagt, sie soll gegen sechs noch mal vorbeischauen. Ich dachte, dann wären Sie da.«

»Kann schon sein.« Er schaute auf seine Armbanduhr. Es war zehn nach vier. »Kann schon sein ...« Er ging in sein Büro, setzte sich an den Schreibtisch und zog seine klapprige Schreibmaschine zu sich heran. Di Nuccio stand unschlüssig in der Tür.

»Was gibt es denn noch?« Er spannte ein Blatt Papier in die Maschine und zupfte es gerade.

»Es ist wegen dieser jungen Frau. Sie wollte mir nicht sagen, worum es geht, sondern unbedingt mit Ihnen sprechen. Sie hat gesagt, Sie kennen sie. Ich wollte nur sagen, ich hatte den Eindruck, daß es wirklich dringend ist. Sie hat geheult wie ein Schloßhund – ich habe noch nie jemanden so weinen sehen.«

»Ach, diese junge Frau ...« Der Maresciallo begann zu tippen. Di Nuccio starrte ihn verständnislos an, verließ dann das Zimmer und machte die Tür zu. Noch ungläubiger hätte er gestarrt, wenn er hätte sehen können, daß der Maresciallo mit zwei dicken Fingern seinen eigenen Namen und seine Adresse quer über die Seite schrieb, ein ums andere Mal, gelegentlich unterbrochen von einer Zeile sinnlos aneinandergereihter Buchstaben und Zahlen. Nachdem er fünf Seiten vollgeschrieben hatte, stempelte er sie an verschiedenen Stellen mit unterschiedlichen Dienstsiegeln aus seiner Schublade und schob sie dann zufrieden in ein großes Kuvert.

»Der Staatsanwalt ist auf dem Weg hierher, um ihm ein paar Fragen zu stellen, falls Sie warten wollen.«

»Nein. Ich gehe gleich zu ihm hinunter.«

Der Offizier rief einen jungen Carabiniere. »Führ den Maresciallo hinunter zu den Zellen.«

»Si, Signore.«

Schweigend folgte der Maresciallo dem jungen Mann nach unten, wo dieser die Zellentür aufsperrte und, die Schlüssel in der Hand, beiseite trat, um ihn einzulassen. Der Maresciallo betrat die Zelle, die hinter ihm abgeschlossen wurde.

Der Mann lag auf der schmalen Pritsche und rauchte. Er machte sich nicht die Mühe, sich aufzusetzen, sondern betrachtete den Maresciallo mit zusammengekniffenen Augen durch die Rauchwolke. Sein Hemd war bis zur Taille aufgeknöpft, und seine dicht behaarte Brust glänzte vor Schweiß.

Der Maresciallo richtete seine großen, vorstehenden Augen ebenso wachsam wie argwöhnisch auf ihn. Er konnte es sich nicht leisten, einen Fehler zu machen, noch weniger als sein Gegenspieler, der ihn jetzt zuversichtlich angrinste. In der Zelle gab es einen einzigen Holzstuhl, den der Maresciallo so weit wie möglich von der Pritsche wegrückte, bevor er sich setzte. Er sagte nichts, sondern schaute den gorillahaften Mann auf der Pritsche nur an. Es war nicht schwierig, ihn einzuschätzen. Er hatte oben einen Blick in seine Akte geworfen, aber selbst ohne den wäre ihm auf Anhieb klar gewesen, daß dieser Mann mehr Zeit im Gefängnis verbracht hatte als außerhalb und daß Verbrechen zu begehen für ihn weniger ein Beruf war als vielmehr seine zweite Natur. Er hatte nie viel davon profitiert, und daran würde sich auch nichts ändern, aber ein anderes Leben kannte er nicht. Seine Verteidigung würde einzig und allein darin bestehen, alles abzustreiten, und davon würde er sich auch durch noch so viele schlau eingefädelte Verhöre nicht abbringen lassen, während ein intelligenterer Mensch vielleicht versuchen würde, mögliche Vor- und Nachteile abzuwägen und in der Hoffnung auf ein milderes Urteil dem Rat eines Verteidigers zu folgen. Er war ein primitiver Kerl und wahrscheinlich überempfindlich. So primitiv, daß er nicht einlenken würde, auch wenn seine Chancen noch so schlecht standen, und so empfindlich, daß ihn bereits das unerwartete Schweigen des Maresciallo so zermürbte, daß er es schließlich brach.

»Ich hab Ihnen nichts zu sagen.«

»Dann halten Sie den Mund.« Der Maresciallo starrte ihn unverwandt an.

»Ich habe alles gesagt, was ich zu sagen habe. Ich bin in die Wohnung eingebrochen, weil ich gewußt habe, daß sie leer ist, und wo ich nichts gestohlen habe...«

»Das interessiert mich nicht.«

»Warum sind Sie dann hier?«

»Ich habe Ihnen etwas zu sagen.« Aber er sagte es nicht. Der Mann, der Bruti hieß, sog an den letzten zwei Zentimetern seiner Zigarette und rollte sich dann auf die Seite, um sie auf dem Boden auszudrücken.

»Haben Sie ein paar Stumpen für mich?«

»Nein.«

Er rollte sich wieder auf den Rücken und starrte zur Decke hinauf. Eine Fliege landete auf seiner Brust, und er schlug danach. Sie kreiste über ihm und setzte sich wieder auf seine Brust.

»In diesem verfluchten Loch kann man ja ersticken. Wann bringen sie mich nach Sollicciano?«

»Keine Ahnung.«

Er würde sich wohler fühlen, sobald er wieder im Gefängnis saß, umgeben von zahlreichen alten Freunden und dem vertrauten Tagesablauf. Er war nur acht Monate draußen gewesen.

»Scheißkerle!« Die Bemerkung richtete sich an niemand Bestimmten, umfaßte aber vermutlich alle Polizisten und alle Fliegen.

»Haben Sie ihn dort kennengelernt? In Sollicciano?« fragte der Maresciallo.

»Ich habe gedacht, das interessiert Sie nicht.«

»Stimmt. Spielt auch keine große Rolle. Das läßt sich ohne weiteres rausfinden.«

»Dann finden Sie's raus.«

»Werd ich auch. Ich hätte ihn fragen sollen, aber in dem Moment habe ich nicht daran gedacht...«

Bruti zeigte keinerlei Reaktion. Daß es aussah, als spannten sich seine glänzenden Brustmuskeln, entsprach wohl eher dem Wunschdenken des Maresciallo.

»Komisch«, fuhr er fort. »Ich hätte nicht gedacht, daß Sie sich so leicht herumschubsen lassen.«

»Mich hat nie jemand rumgeschubst.«

»Er ist schlau, das ist das Problem. Leute wie Sie sollten sich an Ihresgleichen halten. Da wissen Sie, woran Sie sind. Sobald Sie sich mit jemandem einlassen, der zu clever für Sie ist, kriegen Sie am Ende die Strafe aufgebrummt.«

»Und für was?«

»In diesem Fall für Mord, um nur einen Anklagepunkt zu nennen ... Ich nehme doch an, Sie haben eine gerichtliche Mitteilung erhalten, daß man Ihnen den Mord an Clementina zur Last legt?«

»Das hat nichts zu bedeuten.«

»Nein. Zumindest hatte es nicht viel zu bedeuten, solange es keine handfesten Beweise gegen Sie gab, aber jetzt wird man Sie verurteilen. Ich dachte, ich sollte Ihnen das wenigstens sagen. Was Sie unternehmen, bleibt Ihnen überlassen, aber ich halte es nicht für richtig, wenn der andere ungestraft davonkommt, während Sie den Rest Ihres Lebens hinter Gittern verbringen.«

»Ich weiß nicht, von wem Sie überhaupt reden.«

»Ganz wie Sie wollen. Es erschien mir nur fair, Ihnen Bescheid zu sagen. Man wird noch heute Anklage gegen Sie erheben.«

»Was wollen Sie mir denn anhängen? Sie haben nichts gegen mich in der Hand, außer daß ich in eine leere Wohnung eingebrochen bin und nicht mal was gestohlen habe, weil Sie mir in die Quere gekommen sind.«

»Stimmt genau, aber da drin gab es ja auch nichts zu stehlen, oder?«

Er antwortete nicht.

»Tja, wie schon gesagt, ganz wie Sie wollen. Wenn Sie an Ihrer Geschichte festhalten wollen, ist das Ihre Sache. Solange es keine Beweise gegeben hat, kein Motiv und keine Zeugen, hätten Sie nichts Besseres tun können. Aber wie ich schon sagte, das Problem ist, daß der Kerl Grips hat und Sie nicht.« Der Maresciallo klopfte auf das große Kuvert, das auf seinen Knien lag. »Er hat sogar behauptet, Sie seien geistig minderbemittelt – wahrscheinlich hat es ihn gewurmt, daß Sie beim ersten Mal den falschen Zeitungsausschnitt mitgenommen haben. Stimmt es eigentlich, daß Sie nicht lesen können?«

Daß man ihm einen Mord vorwarf, hatte Bruti nicht beeindruckt, aber bei dieser Frage lief sein Gesicht dunkelrot an, und seine Augen blitzten gefährlich.

»Das hat niemand behauptet!«

»Daß Sie geistig minderbemittelt sind? Und ob er das behauptet hat. Ich will ja nicht sagen, daß ich ihm ganz geglaubt habe, aber Sie haben wirklich den falschen Zeitungsabschnitt mitgenommen, und außerdem weiß ich, daß Sie nicht lesen können. Es steht in Ihrer Akte. Also machen Sie sich nichts draus. Das ist noch gar nichts im Vergleich zu einigen anderen Sachen, die er über Sie gesagt hat. Ich will ehrlich zu Ihnen sein: Ich habe ihm höchstens die Hälfte geglaubt, aber das ist meine persönliche Meinung. Ihnen hilft das nicht viel weiter, weil er sich garantiert ein paar ausgefuchste Anwälte nimmt, denen es nicht schwerfallen wird, den Richter zu überzeugen. Es ist durchaus plausibel, was er behauptet, und bei Ihrem Vorstrafenregister... Tja, und sobald Sie hinter Gittern sind, ist er fein raus. Dann hat er nicht nur bekommen, was er wollte, sondern muß Sie noch nicht mal für den Job bezahlen. Er hat Sie doch noch nicht bezahlt, oder? Offenbar begreifen Sie nicht, daß er das nie vorhatte. Mag sein, daß ich Ihnen einen falschen Eindruck vermittelt habe. Vielleicht denken Sie, daß irgendwas schiefgelaufen ist und er jetzt auf Sie losgeht, um seine Haut zu retten. Aber dem ist nicht so. Er ist nämlich von sich aus mit dieser Geschichte zu uns gekommen.« Er klopfte wieder auf den Umschlag. »Das war von Anfang an so geplant. Haben Sie das noch immer nicht kapiert? Und Sie mit Ihrem ellenlangen Strafregister waren der ideale Handlanger. Sobald Sie die Drecksarbeit für ihn erledigt hatten, brauchte er nur noch zu uns zu kommen und uns alles zu erzählen.« Stirnrunzelnd zog er die fünf maschinenbeschriebenen und mit Stempeln übersäten Blätter ein Stück aus dem Umschlag. »Ein schlaues Bürschchen, das muß man ihm lassen...«

Die Wirkung war zufriedenstellend, aber die Sache war riskant. Nicht umsonst hatte er sich möglichst weit weggesetzt und war auch jetzt heilfroh, daß der Mann nicht lesen konnte, weil er senkrecht in die Höhe schoß und nach den

Papieren griff, die der Maresciallo so hastig in den Umschlag zurückschob, daß sie zerknitterten.

Bruti ließ sich mit einem derart üblen Schwall von Verwünschungen auf die Pritsche zurückfallen, daß der junge Carabiniere vor der Tür die Luke aufmachte, um festzustellen, was los war.

»Schon in Ordnung.« Der Maresciallo winkte ihn weg, und die Luke ging wieder zu. »Tja, deshalb bin ich hergekommen, um Ihnen das zu sagen. Falls Sie sich verteidigen wollen, sollten Sie wissen, was er Ihnen anhängen will. Angeblich hat er sie in irgendeiner Angelegenheit zu Clementina geschickt, wegen einer ganz harmlosen Sache, die mit der Wohnung zu tun hatte, und als Sie gesehen haben, daß die Frau halb verrückt ist und ganz allein da wohnt, sind Sie eines Abends wiedergekommen, weil Sie gewußt haben, wieviel Geld sie versteckt hatte, und…«

»So ein Blödsinn. Damit kommt er nie durch! Die alte Schlampe hatte keine müde Lira!«

»Sie meinen, Sie haben sich gründlich umgesehen, nachdem Sie es getan hatten, aber nichts gefunden? Das rettet Sie auch nicht, weil sie tatsächlich Geld hatte, viel Geld, also wird Ihnen kein Mensch glauben, daß Sie nicht gehofft hatten, was zu finden. Man hat Sie reingelegt, Bruti, das sollten Sie endlich begreifen und sich eine bessere Geschichte ausdenken. Wissen Sie, er behauptet, Sie hätten ihm ganz genau erzählt, wie Sie es gemacht haben, und einige dieser Einzelheiten kann er nur von Ihnen erfahren haben. Weil sie nämlich nicht in der Zeitung gestanden haben. Verstehen Sie, was ich meine? Für Sie besteht keinerlei Hoffnung davonzukommen, wenn er gegen Sie aussagt, und wenn Sie weiterhin den Mund halten, erreichen Sie damit einzig und allein, daß er als Unschuldiger aus der Sache hervorgeht, der so freundlich war, uns bei unseren Nachforschungen zu helfen. Man hat Sie zum Narren gehalten, aber alles in allem haben Sie wohl nichts Besseres verdient. Wie haben Sie es denn angestellt? Ich weiß zwar, daß eine ganze Latte Gewalttaten auf Ihr Konto geht, aber das hier ist etwas anderes. Sie haben kaltblütig eine wehrlose alte Frau umgebracht – und das, soviel Sie wußten, nur weil dieser Kerl das Haus verkaufen mußte und sie nicht aus der Wohnung hinausbekam.«

»Schließlich sollte ich dafür Geld kriegen, oder? Was er damit wollte, ist seine Angelegenheit. Jedenfalls war sie zu dämlich, um mitzubekommen, was eigentlich lief – der Kerl hat ihr jahrelang nicht mal ihre ganze Rente ausgehändigt. Hat ihr irgendein Ammenmärchen von wegen neues Gesetz aufgetischt und ihr weisgemacht, daß man sie wegbringt, wenn sie sich beklagt. Sie hat geglaubt, er tut ihr einen Gefallen, wenn er ihr die Hälfte davon läßt, die verrückte alte Schlampe. Solche Leute sollte man wirklich einsperren – sie hat mich doch glatt mit einem Handbesen ins Gesicht geschlagen, als ich gekommen bin. Ich bin froh, daß ich sie abserviert habe, und mit ihm mach ich es genauso, wenn er versucht, mich mit seinen feinen Anwälten fertigzumachen! Um die verrückte alte Schlampe ist es nicht schade, aber was wird aus mir? He? Was wird aus der Nummer eins?«

»Gut so«, sagte der Maresciallo, »denken Sie endlich an die Nummer eins, denn der Staatsanwalt ist schon auf dem Weg hierher.«

»Na, dann sagen Sie's ihm! Sagen Sie ihm, daß das lauter

Lügen sind. Sagen Sie ihm, daß mich der Kerl geschickt hat, damit ich der alten Vettel einen Schreck einjage und dem Paar mit dem Kind Geld aus der Nase ziehe, weil sein Kleingeld nicht mehr gereicht hat, um die Fassade richten zu lassen! Sagen Sie ihm…«

»Das können Sie ihm selbst sagen«, entgegnete der Maresciallo. »Mich interessiert das nicht.«

Und diesmal sagte er die Wahrheit. Jetzt wollte er nur noch den Namen des Mannes und seinen Aufenthaltsort erfahren. Doch danach konnte er schlecht fragen, nachdem er Bruti so in die Falle gelockt hatte.

Oben an der Treppe begegnete er dem Staatsanwalt.

»Aha… Sie haben also mit ihm geredet. Ich fürchte, wir kriegen nichts aus ihm heraus. Ich habe einen Haftbefehl wegen Einbruchs ausgestellt, mit dem wir ihn zumindest vorerst hierbehalten können.«

»Sie können gleich noch einen ausstellen«, sagte der Maresciallo, vom Treppensteigen noch etwas außer Atem, »wegen Mordes.«

»Wegen…?«

»Er hat mehr oder minder gestanden. Aber am besten warten Sie damit bis morgen. Und dann brauche ich noch einen Haftbefehl.«

Es war ihm nicht bewußt, daß er dem Staatsanwalt buchstäblich Anweisungen gab. Auch wenn es diesem auffiel, erhob er zumindest keinen Einspruch. Der Mann, der sich einmal beschwert hatte, »daß dieser Mann aber auch nichts kapiert«, schaute den Maresciallo nur unsicher an, als dieser, mehr zu sich selbst, sagte: »Könnte sein, daß ich diesen anderen Haftbefehl noch heute abend brauche…«

»Verstehe. Auf welchen Namen?«

»Das weiß ich noch nicht.«

»Sie wissen...«

»Ich könnte es morgen feststellen, sobald das Einwohnermeldeamt aufmacht, aber der Kerl ist mir immer einen Schritt voraus, und diesmal muß ich ihm zuvorkommen, sonst schlüpft er mir durch die Finger. Ich muß ihn heute abend finden. Warten Sie mit Bruti bis morgen. Ich melde mich...« Damit trottete er langsam davon. Den Gesichtsausdruck des Staatsanwalts speicherte er als passend zu der Rückgabe der Schlüssel, ohne weiter darüber nachzudenken. Und als ihm der Staatsanwalt nachrief: »Wie geht es diesem Jungen...?«, hörte er es nicht einmal, sondern bog um die Ecke und ging seiner Wege. Falls es irgend jemandem gelungen wäre, ihn aus diesem Zustand herauszureißen und Auskunft darüber zu verlangen, wohin er ging und wie er es anzustellen gedachte, einen Mann, von dem er weder Namen noch Aufenthaltsort kannte, zu stellen, hätte er darauf keine Antwort zu geben vermocht. Aber wenn er in diesem Zustand war, konnte niemand zu ihm durchdringen, auch dann nicht, als er sich ohne klar ersichtlichen Grund wieder auf seinem Posten einfand und im Warteraum die weinende junge Frau antraf, die gerade ihr Taschentuch zusammenfaltete. Er führte sie in sein Büro und setzte sich hin, bereit, ihr geduldig zuzuhören, während er sie aus großen Augen anschaute, ohne sie wirklich wahrzunehmen.

»Noch zwei Wochen, dann hätte es nichts mehr ausgemacht – wenigstens hätte ich Zeit gehabt, mich nach etwas anderem umzusehen, aber Laura sagt, ich soll sofort gehen, damit ich da nicht hineingezogen werde, und außerdem wirft er mich bestimmt sowieso raus. Laura ist schon gegangen. Als sie heute morgen aus dem Urlaub zurückkam, hat sie sofort ihre Büroschubladen geleert und ist verschwunden, aber schließlich ist sie verheiratet, sie braucht keine Aufenthaltsgenehmigung – aber wenn ich in diese Geschichte hineingezogen werde, kriege ich nie eine, obwohl es nicht meine Schuld ist. Wenn es doch nur zwei Wochen später passiert wäre! Lauras Mann arbeitet in derselben Branche, deshalb konnte er sich ausrechnen, was da läuft, und deshalb ist sie auch gegangen, aber was soll ich bloß machen?«

Langsam und ziemlich ungeduldig begann der Maresciallo, diesen Wust an Informationen zu entwirren. Wie gewohnt, wurde das Lamento der jungen Frau nicht von Schluchzern unterbrochen, dafür rollten ihr beim Sprechen dicke Tränen über die Wangen; das Taschentuch, das sie in einer Hand zusammengeknüllt hatte, war klatschnaß. Der Maresciallo gab ihr seines, das bald genauso aussah.

»Warum zwei Wochen?«

»Weil dann die zweimonatige Probezeit vorbei gewesen wäre und er mich fest hätte anstellen müssen.«

»Aber es gefällt Ihnen dort doch nicht.«

»Ich weiß, aber dann hätte ich kündigen können.«

»Sie wollen fest angestellt werden, damit Sie kündigen können?«

»Ja. Und was soll ich jetzt machen? Wie komme ich jetzt über die Runden?«

Er suchte in seinen Taschen nach einem zweiten Taschentuch, fand aber keines. Dafür entdeckte er in einer Schublade ein Päckchen Papiertaschentücher und schob es ihr über den Schreibtisch zu.

»Danke. Sie sind der einzige Mensch, der mir helfen kann. Ich weiß nicht, an wen ich mich sonst wenden sollte.«

Inzwischen hatte er sich einen Reim auf alles gemacht. »Ihre Aufenthaltsgenehmigung, ist die das Problem?«

»Natürlich. Das sage ich doch. Sobald ich fest angestellt bin…«

»Verstehe. Um eine Aufenthaltsgenehmigung für fünf Jahre zu bekommen, müssen Sie nachweisen, daß Sie ein festes Arbeitsverhältnis haben und Ihren Lebensunterhalt bestreiten können.«

»Die vorläufige Aufenthaltsgenehmigung läuft demnächst ab – die habe ich für die Probezeit bekommen, und danach sollte ich bei der *questura* eine Bestätigung von meinem Chef vorlegen, daß ich fest angestellt bin…«

»Verstehe. Aber davon geht doch die Welt nicht unter. Sie müssen sich eben eine andere Arbeit und wieder eine vorläufige Aufenthaltsgenehmigung besorgen und noch mal von vorne anfangen.«

»Aber wenn das alles rauskommt, kriege ich überhaupt keine Aufenthaltsgenehmigung mehr. Selbst wenn ich tue, was Laura mir geraten hat, und auf der Stelle gehe, würde die Polizei trotzdem hinter mir her sein, oder? Die glauben bestimmt, daß ich da mit drinstecke, obwohl ich keine Ahnung davon hatte, bis Lauras Mann…«

»Diese Laura – ich nehme an, sie arbeitet in Ihrer Firma –, was genau hat sie Ihnen gesagt?«

»Was für krumme Sachen er macht! Als ich ihr erzählt habe, wie er mich wegen der Etiketten angebrüllt hat, hat sie es ihrem Mann weitererzählt, und der wußte sofort, was da läuft, und hat gemeint, unser Chef sei beileibe nicht der einzige, der solche Sachen macht, und er habe gehört, daß einige Leute wegen unbezahlter Rechnungen hinter ihm her seien, und sollte sich die Situation zuspitzen, würde alles ans Licht kommen. Und wenn ich mir vorstelle, daß er das alles an mir ausgelassen hat, ist das das Schlimmste! Wie hätte ich das mit den blöden Knöpfen wissen sollen? Ich hatte eine Bestellung über dreitausend Stück...«

»Signorina, würden Sie mir genau erklären, was für ›krumme Sachen‹ Ihr Chef Ihrer Meinung nach macht?«

»Das hat mit den Etiketten zu tun.«

»Nicht mit den Knöpfen?«

»Die Knöpfe müssen ausgetauscht werden, das ist der springende Punkt! Mir war den ganzen Tag elend, wenn ich nur daran gedacht habe. Der Arzt hat mir Antibiotika verschrieben und gemeint, es könnte ein Virus sein, aber der ahnt ja nicht, was ich durchmache.«

»Möchten Sie einen Kaffee?«

»Nein. Doch. Ich würde gern eine Zigarette rauchen, wenn es Ihnen nichts ausmacht.«

»Nur zu.«

Er stand auf und bat Di Nuccio, einen Kaffee zu bringen; dann ließ er sie weiterreden, bis der Kaffee kam, bevor er einen neuen Anlauf nahm.

»Wo genau liegt das Problem bei diesen Etiketten?«

»Da steht ›Made in Italy‹ drauf, aber das trifft nicht zu.«

»Auf die Etiketten?«

»Auf die Kleidungsstücke. Die werden in Taiwan oder sonstwo hergestellt. Wo, weiß ich nicht. Lauras Mann behauptet, das sei Betrug. Und dagegen gibt es ein Gesetz.«

»Das gibt es.«

»Dann stimmt es also. Und er glaubt, er kommt damit durch, wenn er die Sachen in Italien fertigstellen läßt, also werden die Knöpfe hier angenäht. Nur hat der Hersteller diesmal einen Fehler gemacht und das Zeug bereits mit den Knöpfen geliefert, und ich habe nicht gewußt, welche Rolle die spielen, woher denn auch? Wir waren mit der Lieferung ohnehin in Verzug, und deshalb...«

»Schon gut. Trinken Sie Ihren Kaffee, bevor er kalt wird.«

»Jetzt habe ich seine scheußlichen Knöpfe auswechseln lassen, aber dadurch hat sich die Lieferung so verzögert, daß die Kunden heute früh aus Deutschland angerufen und sich geweigert haben, sie noch anzunehmen. Er wird mich garantiert feuern.«

»Im Augenblick ist er doch gar nicht da, oder?«

»Er ruft aber jeden Tag an. Und zwischendurch war er da, wie oft, weiß ich nicht, und ist herumgerannt und hat mich wüst beschimpft und ist dann zu seiner schrecklichen Frau ans Meer zurückgebraust. Wenn Sie mich fragen, ist sie der Grund für den ganzen Ärger. Schließlich läuft das Geschäft auf ihren Namen. Solche Frauen machen mich ganz krank. Selbst rühren sie keinen Finger, finden aber immer einen Dummen, der die Drecksarbeit für sie macht. Aber so, wie es aussieht, muß sie sich einen anderen Trottel suchen, weil diese stornierte Bestellung das Faß zum Überlaufen bringt. Laura macht die Buchhaltung, beziehungsweise hat sie gemacht, und sie muß es wissen. Wenn er bankrott geht, was passiert dann mit mir?«

»Nichts, Signorina.«

»Wenn ich vor dem großen Knall gehe, wie Laura mir rät, könnte es aussehen, als wollte ich weglaufen, weil ich bei dem Betrug die Finger mit im Spiel habe, aber wenn ich warte, bis er mich rauswirft, wird es um so schwieriger, einen neuen Job zu finden. Also, was soll ich tun?«

»Nichts.«

»Wie stellen Sie sich das vor?«

»Gehen Sie nach Hause und schlafen Sie sich gründlich aus. Dann machen Sie Ihre Arbeit weiter, so gut es geht, und schauen sich nach einer anderen Arbeit um. Falls ihr Chef wirklich bankrott macht, passiert innerhalb der nächsten zwei Wochen gar nichts. Wenn Sie in dieser Zeit Ihre Aufenthaltsgenehmigung bekommen, schön und gut. Wenn nicht, bekommen Sie von mir einen Brief für die *questura*, der Ihnen zu einer weiteren vorläufigen Aufenthaltsgenehmigung verhilft, bis sich alles geklärt hat.«

»Aber er könnte mich doch trotzdem wegen dieser Lieferung rauswerfen.«

»Sollte das passieren...«

»Dann komme ich sofort zu Ihnen und sage Bescheid.«

»Einverstanden ... Sie kommen zu mir und sagen Bescheid. Und jetzt müssen Sie mich entschuldigen.« Damit erhob er sich.

»Ich melde mich sofort bei Ihnen. Und jetzt gehe ich wieder ins Büro und sehe nach, wie es steht. Vielleicht ist er ja inzwischen aufgekreuzt.«

»Gut.«

»Und dann rufe ich Sie an.«

Es gelang ihm, sie hinauszukomplimentieren; noch immer weinend, machte sie sich auf den Weg.

»Di Nuccio!«

»Maresciallo?«

»Verbinde mich mit der Frau, die vorher angerufen hat – vom Mieterschutzbund.«

»Sofort.«

Noch mehr Probleme anderer Leute. Und trotzdem hatte er die ganze Zeit im Hinterkopf nur den einen Gedanken: Bis heute abend muß ich ihn finden.

Beim ersten Klingeln des Telefons nahm er den Hörer ab.

»Ihr Gespräch, Maresciallo. Die Dame heißt Signora Betti.«

»Hallo? Spreche ich mit Maresciallo Guarnaccia?«

»Ja. Was kann ich für Sie tun?«

»Ich habe schon mal angerufen, aber Sie waren nicht da.«

»Ich weiß. Ich habe Signora Rossi schon gesagt, daß ich bereit bin…«

»Nein, es geht nicht um die Rossis – obwohl ich Ihnen natürlich sehr, sehr dankbar bin, es sind wirklich anständige Leute, die Hilfe verdient haben –, aber deshalb würde ich Sie nicht behelligen. Hat man Ihnen nicht ausgerichtet, daß ich gesagt habe, es sei dringend?«

»Doch, das hat man.« War ihr nicht klar, daß jeder, der hier anrief, behauptete, es sei dringend, egal ob es sich um Mord oder eine fortgelaufene Katze handelte?

»Es geht um Signora Franci.«

»Clementina?«

»Ja, Clementina, so wurde sie wohl genannt. Als ich heute früh in der Zeitung gelesen habe, daß sie ermordet worden ist, bin ich furchtbar erschrocken. Zuvor war doch von Selbstmord die Rede, aber man kennt diese Zeitungen ja… Also erst einmal, stimmt das überhaupt?«

»Daß sie ermordet worden ist? Ja, das stimmt.«

»Dann war es richtig, Sie anzurufen. Ich glaube, ich kann Ihnen weiterhelfen.«

»Der Hausbesitzer?«

»Genau! Dann wissen Sie schon Bescheid.«

»Ich würde sehr gern erfahren, was Sie wissen, angefangen bei seinem Namen.«

»Fantechi. Carlo Fantechi.«

»Danke. Und die Adresse?«

»Die weiß ich nicht, tut mir leid. Wir verhandeln mit den Hausverwaltungen, die die Wohnungen vermieten. Um diese Zeit ist natürlich niemand da, aber wenn Sie gleich morgen früh dort anrufen, bekommen Sie die Adresse bestimmt.«

Doch der Maresciallo war nach wie vor überzeugt, daß er nicht viel Zeit zu verlieren hatte.

»Was mir wirklich Sorgen macht«, fuhr Signora Betti fort, »ist, daß ich vielleicht indirekt schuld bin an dem, was passiert ist.«

»Sie?«

»Ja. Das heißt, wenn sich mein Verdacht bestätigt. Das Problem war, als mich diese Clementina aufgesucht hat, wußte ich nicht recht, was ich von ihr halten sollte. Sie war sehr eigenartig – nachdem es passiert war, habe ich aus der Zeitung erfahren, daß sie früher in San Salvi war, aber damals wußte ich das nicht. Ehrlich gesagt, wurde ich nicht recht schlau aus ihr. Es gab Augenblicke, in denen sie ziemlich verrückt wirkte, so daß ich nicht sicher war, ob sie mir die Wahrheit erzählte, und dazwischen hat sie mich dann wieder so durchdringend angesehen, daß ich ganz verlegen wurde. Ich weiß nicht, ob ich mich verständlich ausdrücke.«

»Doch.«

»Na ja, wahrscheinlich wissen Sie mehr über sie als ich. Vielleicht hat sie sich die ganze Geschichte nur ausgedacht, vielleicht stimmte sie aber auch, und die Frau hat sich nur übertrieben seltsam benommen. Am Ende habe ich beschlossen, nichts zu unternehmen, bis sie irgendeinen Nachweis bringen würde. Nach dem zu urteilen, was passiert ist, war das leider ein furchtbarer Fehler. Allerdings war ihre Geschichte auch sehr kompliziert, so daß ich nicht einmal jetzt genau wüßte, was ich hätte tun sollen. Ich will es möglichst kurz erklären. Sie war in erster Linie deshalb gekommen, weil man ihr, genau wie den Rossis, mit der Zwangsräumung gedroht hatte. Als ich sie nach den Bedingungen ihres Mietvertrages fragte, sagte sie, sie habe keinen und zahle auch keine Miete, weil sie in dieser Wohnung Wohnrecht auf Lebenszeit habe.«

»Hat sie gesagt, daß das Haus ihrer Schwester gehört?«

»Ja. Dann stimmte das also. Es ist eine so abstruse Geschichte, und ich bin heilfroh, daß Sie sie schon teilweise kennen. Ja, sie hat gesagt, das Haus habe ihrer Schwester gehört, aber die sei inzwischen gestorben, so daß jetzt ihr Schwager der Eigentümer sei. Trotzdem habe sie Wohnrecht auf Lebenszeit. Das zumindest erschien mir ganz plausibel, aber was dann kam, klang weniger glaubhaft. Hätte sie mir klipp und klar gesagt, daß sie in San Salvi gewesen war, hätte die ganze Geschichte einen Sinn ergeben, aber das hat sie mir verschwiegen. Sie hat mir nur gesagt, daß dieser Mann sie regelrecht tyrannisiert und ihr gedroht hat, sie einsperren zu lassen, wenn sie nicht auszieht, so daß er die Wohnung verkaufen kann. Und als sie sich geweigert hat auszuziehen, hat er ihr angeblich gedroht, ihr ihre Rente vorzuenthalten.

›Sie werden mich fortbringen. Wenn ich nicht nachweisen kann, daß ich eine Wohnung und Arbeit habe, bringen sie mich fort. Aber ich denk nicht dran zu gehen!‹

Sie hatte eindeutig panische Angst, aber was sie sagte, ergab einfach keinen Sinn. Dieser Mensch muß versucht haben, ihr einzureden, sie müßte in die Anstalt zurück. Wenn sie mir nur etwas von San Salvi gesagt hätte, hätte ich mich dort erkundigt. Wenn sie so viele Jahre dort verbracht hat, ist es gut möglich, daß sie nicht mehr selbst über ihr Geld und ihre Rente verfügen durfte. Aber leider muß ich gestehen, daß ich ihr einfach nicht geglaubt habe, zumindest nicht in ausreichendem Maß.«

»Und was haben Sie gemacht?«

»Ich habe ihr gesagt, wenn sie, wie sie behauptet, laut Testament ihrer Schwester das Wohnrecht in ihrer Wohnung hat, soll sie sich eine Kopie des Testaments besorgen und sie mir bringen. Wenn ihre Angaben stimmen, könnte man sie unter keinen Umständen zwingen, die Wohnung zu räumen, und wir würden die Sache für sie in die Hand nehmen. Danach habe ich sie nicht mehr gesehen. Ach – sie sagte noch, dieser Mensch hätte schon einmal versucht, sie mit einer Urlaubsreise, die er finanzieren wollte, aus der Wohnung zu locken, ausgerechnet mit einer Kreuzfahrt.

›Aber ich durchschaue alle seine Tricks! Es war dumm von meiner Schwester, daß sie ihn ihr Leben lang ertragen hat, aber ich bin nicht so dumm! Es wird ihm nicht gelingen, mich einsperren zu lassen!‹

Ist es da ein Wunder, daß ich ihr nicht geglaubt habe?«

»Überhaupt nicht.«

»Wenn sie mir nur die ganze Wahrheit gesagt hätte! Aber was geschehen ist, ist geschehen. Und inzwischen bin ich ziemlich sicher, daß dieser Mann sie nicht nur bedroht, sondern auch betrogen hat, denn wenn er ihr Vormund war...«

»Ja. Ich halte es für gut möglich, daß er sie um ein großes Erbe betrogen hat.«

»Und ich habe sie losgeschickt, damit sie eine Abschrift des Testaments besorgt! Eigentlich sind wir dazu da, Leuten zu helfen; darüber habe ich den ganzen Nachmittag nachgedacht, seit ich Sie zum ersten Mal angerufen habe. Wenn ich nicht gewesen wäre, hätte er sie vielleicht aus der Wohnung geekelt, aber sie wäre noch am Leben.«

»Menschen zu helfen ist nicht leicht. Sie hat Ihnen nicht die ganze Wahrheit gesagt. Das tun die Leute nie.« Auch er erzählte ihr jetzt nicht, daß die Rossis versucht hatten, ihr Baby vor ihm zu verstecken. Schließlich hatte er ihnen auch nicht die Wahrheit gesagt.

»Aber die Konsequenzen in diesem Fall waren... Wissen Sie, ich habe ihr gesagt, daß wir einen Anwalt haben, der sich um die Angelegenheit kümmern würde. Bestimmt hat sie ihrem Schwager damit gedroht. Als ich erfahren habe, daß sie tot ist – auch schon, als von Selbstmord die Rede war –, habe ich mich schrecklich schuldig gefühlt, weil ich ihr nicht ganz geglaubt habe. Und als sich herausstellte, daß es Mord war... Glauben Sie, daß ihr Schwager es getan hat...«

»Ja und nein. Er hat jemand anderen damit beauftragt.«

»Bestimmt geht es um sehr viel Geld, wenn er ein solches Risiko eingeht.«

»Ich bezweifle, daß die Dinge so einfach liegen. Ich halte

ihn nicht für einen Gewohnheitsverbrecher, sondern glaube eher, daß er verzweifelt ist. Wahrscheinlich hat er ihr Geld längst ausgegeben.«

»Vielleicht haben Sie recht. Wie dem auch sei, ich bezweifle, daß ich mir das je verzeihen kann, obwohl mir etwas besser zumute ist, nachdem ich es Ihnen gesagt habe.«

»Ich bin Ihnen mehr als dankbar.«

»Das ist das mindeste, was ich tun konnte. Aber ich will ehrlich zu Ihnen sein. Erst habe ich gezögert, mich bei Ihnen zu melden, aber dann hat Linda Rossi den Ausschlag gegeben. Obwohl Sie soviel am Hals hatten, haben Sie Zeit gefunden, den beiden jungen Leuten zu helfen. Ich hätte mich geschämt, einfach mit meiner Arbeit fortzufahren, ohne Ihnen in diesem Fall zu helfen. Falls Sie mich als Zeugin brauchen, stehe ich jederzeit zur Verfügung.«

Damit legte sie auf.

Nun wußte er, wie Clementina dahintergekommen war oder es zumindest versucht hatte.

»Ich denk nicht dran zu gehen!« Genau das hatte sie noch zu jemand anderem gesagt, oder? Noch bevor die Erinnerung klar in sein Bewußtsein rücken konnte, klingelte erneut das Telefon. Wäre er nicht so mit dem Gedanken beschäftigt gewesen, der sich allmählich herausschälte, hätte er Di Nuccio das Gespräch vielleicht gar nicht durchstellen lassen, aber bevor er wußte, wie ihm geschah, hatte er jene tränenreiche, jammernde Stimme im Ohr, die diesmal auch noch von Schluchzern begleitet wurde. Es bestand nicht die geringste Hoffnung, ein Wort einflechten zu können, also versuchte er es erst gar nicht.

»Er ist nicht da, aber der Fahrer hat sich auch nicht blikken lassen, und jetzt habe ich keine Ahnung, wo diese Lieferung fertiggemacht werden soll. Aber das ist noch nicht alles!«

Nun kam die Erinnerung an die Oberfläche, und die Puzzleteile fügten sich zusammen. Er wartete auf eine Atempause, die ihm erlauben würde, sich Gehör zu verschaffen.

»Laura hat mich gerade angerufen und gesagt, einem Gerücht zufolge soll er im Gefängnis sitzen – deshalb hat er sich nicht blicken lassen –, nicht der Chef, sondern der Fahrer! Was ist, wenn die Polizei herkommt? Sie sind der einzige, der mir helfen kann – ich versichere Ihnen, ich habe es nicht gewußt, ich habe gar nichts gewußt! Daß ich die Knöpfe nicht habe auswechseln lassen, ist doch ein Beweis dafür, oder? Das stimmt doch, nicht wahr?«

»Bitte, Signorina, hören Sie auf zu weinen und beruhigen Sie sich. Es ist alles vorbei.«

»Aber was soll ich tun?«

»Nichts. Gehen Sie vorerst weiter jeden Tag ins Büro.«

»Aber wenn die Polizei kommt?«

»Die Carabinieri werden kommen. Ich werde kommen. Und vorläufig wird Ihnen niemand Schwierigkeiten machen. Haben Sie das verstanden?«

Die einzige Antwort war ein Schluchzer, der allerdings schon etwas ruhiger klang.

»Und jetzt hören Sie mir gut zu: Auf der Geschäftskarte, die Sie mir gegeben haben, stand der Name« – er zog sie aus der Brusttasche – »Antonella Masolini.«

»Ich habe Ihnen doch gesagt, daß die Firma auf ihren Namen läuft…«

»Stimmt. Vermutlich auf ihren Mädchennamen. Heißt ihr Mann zufällig Fantechi?«

»Ja. Carlo Fantechi. Dann kennen Sie ihn also? Soll das heißen, daß er schon mal im Gefängnis war?«

»Nicht unbedingt, aber ich halte es durchaus für möglich, und wahrscheinlich hat er dort auch diesen Fahrer kennengelernt.«

»Es würde mich überhaupt nicht wundern, wenn Bruti schon im Gefängnis gewesen wäre. Er ist ein abscheulicher Mensch.«

»Können Sie mir sagen, seit wann Ihr Chef mit dieser Antonella Masolini verheiratet ist?«

»Ich weiß es nicht genau, aber noch nicht lange. Vielleicht vier oder fünf Jahre.«

»Seien Sie so nett und geben Sie mir seine Adresse.«

»Die Stadtadresse oder die am Meer?«

»Beide, wenn Sie so nett wären. Wissen Sie, wo er sich im Augenblick aufhält?«

»Zu Hause, glaube ich. Er hat von dort aus angerufen, bevor ich bei Ihnen war, und gesagt, er käme gleich morgen früh, also vermute ich, daß er noch da ist.«

»Und er hat Sie jeden Tag angerufen?«

»Jeden Morgen, sogar als er am Meer war.«

»Dann haben Sie ihm auch gesagt, daß ich im Büro war?«

»Sie haben doch gesagt, ich soll ihm ausrichten, daß Sie wiederkommen…«

»Schon gut. Ich weiß, was ich gesagt habe. Versuchen Sie sich genau zu erinnern, was Sie ihm gesagt haben – ich meine, über Clementina. Haben Sie ihm gesagt, ich hätte gesagt, daß sie ermordet worden ist?«

»Ich glaube schon… Ja, wahrscheinlich habe ich das gesagt – aber was hat das damit zu tun…«

»Geben Sie mir die Adressen.«

Er notierte sie. Er hatte bekommen, was er wollte, ohne bis zum nächsten Morgen warten zu müssen. Aber er mußte noch den Haftbefehl abholen, und, wer weiß, vielleicht fuhr der ehrbar aussehende, grauhaarige Mann, der jetzt einen Namen hatte, ihm aber stets einen Schritt voraus war, bereits auf die nächste Grenze zu.

11

Nicht schlecht ...«, konnte sich Di Nuccio nicht verkneifen zu sagen, als er dem Maresciallo in die ge-
räumige Eingangshalle folgte. Vor ihnen führte eine breite
Marmortreppe mit rotem Läufer empor zum ersten Treppenabsatz, auf dem mehrere große Topfpflanzen standen.
»Sieht eher nach einem Hotel aus ...«

»Kann ich Ihnen helfen?«

Durch das Fenster der Portiersloge zu ihrer Linken
blickte ein schmales Gesicht über den Rand einer Zeitung
zu ihnen heraus. Der Maresciallo ging hinüber und sagte:
»Ich möchte zu Fantechi.«

»Die sind fort.«

Ohne darauf einzugehen, fragte der Maresciallo: »Gehört
ihnen die Wohnung?«

»In diesem Haus gibt es nur Eigentumswohnungen. Sie
hat seiner ersten Frau gehört.« Der Maresciallo machte Di
Nuccio ein Zeichen, und beide verschwanden in der Portiersloge, so daß sie außer Sicht waren.

»Wie lange sind Sie schon hier?«

»Ich? Fünfzehn Jahre.« Der Mann faltete die Zeitung zusammen und ließ seinen Blick vom ausdruckslosen Gesicht
des Maresciallo zu Di Nuccios feindseliger Miene wandern.
»Gibt's irgendwas?«

»Ja«, sagte der Maresciallo, ohne sich die Mühe zu machen, das genauer zu erläutern. »Welches Stockwerk?«

»Die sind fort, das hab ich doch gesagt.« Seine Stimme wurde zaghafter, als der ausdruckslose Blick des Maresciallo auf einmal drohend wurde. »Dritter Stock – hören Sie, ich will mir keinen Ärger einhandeln. Fantechi hat gesagt, ich soll ... jedenfalls stimmt es, daß niemand oben ist.«

»Wo ist er hingegangen?«

»Nur Zigaretten holen. Er hat heruntergerufen und mich gebeten, ihm welche zu holen, aber ich kann den Eingang nicht unbeaufsichtigt lassen, und meine Frau ist nicht da. Sie sehen also, es ist die reine Wahrheit, daß niemand...«

»Dann warten wir eben. Wie ist denn seine Frau so?«

»Seine Frau? Hören Sie, ich kann nicht...«

»Was können Sie nicht?«

»Nichts. Ich wollte nur sagen... ich glaube, daß ich Ihnen ohne Einverständnis der Leute lieber keine Auskünfte geben sollte.«

»Nein? Ich habe Sie nicht um irgendwelche Auskünfte gebeten, sondern Sie nach Ihrer Meinung gefragt. Wie ist sie denn so?«

»Na ja, jung.«

»Wie jung?«

»Nicht die Jüngste, aber ich möchte wetten, über zwanzig Jahre jünger als er. Ich würde sie fünfunddreißig oder sechsunddreißig schätzen, und das spielt sie auch aus, falls Sie wissen, was ich meine.«

»Nein.«

»Also, er gibt sich alle Mühe, sie möglichst wenig aus den Augen zu lassen, und ich kann es ihm nicht verdenken.«

»Nein? Aber er hat sie aus den Augen gelassen. Sie ist am Meer, und er ist hier, obwohl er Ihnen aufgetragen hat zu sagen, daß er nicht da ist, und niemanden hinaufzulassen. Ich an Ihrer Stelle würde mich für ihn nicht auf die falsche Seite des Gesetzes stellen.«

»Was hat er denn angestellt?«

»Wer hat behauptet, daß er was angestellt hat?«

»Nicht nötig, oder, wo Sie da sind?« Er hatte kein Wort gegen Fantechi gesagt, aber in Anbetracht seines scharf geschnittenen Gesichts und des ruhigen Blicks konnte sich der Maresciallo ausrechnen, daß sich dieser Mann über sämtliche Hausbewohner eine Meinung gebildet hatte und von Fantechi nicht viel hielt.

»Sie sagten, Sie sind verheiratet?«

»Wer, ich?«

»Ja. Sie. Sie sagten, Ihre Frau sei nicht da.«

»Was hat das mit Fantechi zu tun? Also gut, ich bin verheiratet. Zufrieden?«

»Wo ist Ihre Frau? Geht sie arbeiten?«

»Sie arbeitet hier. Zum Beispiel müssen die Treppen saubergemacht werden. Das ist keine Männerarbeit.«

»Aber viele Portiers machen das.«

»Ich nicht.« Männerarbeit bestand offenbar darin, stundenlang hinter dem Fenster der Portiersloge zu sitzen, Zeitung zu lesen, Radio zu hören und genau aufzupassen, wer ein und aus ging.

»Wahrscheinlich arbeitet sie dann auch für einige Hausbewohner.«

»Für zwei.«

»Und einer davon ist Fantechi?«

»Ja, wenn Sie es genau wissen wollen. Hören Sie, was hat er angestellt? Sie wollen es nicht sagen, aber ich lasse mich nicht zum Narren halten, und mir sind auch Sachen zu Ohren gekommen. Mich führt niemand hinters Licht.«

»Was für Sachen denn?«

»Wie?«

»Was ist Ihnen zu Ohren gekommen?«

»Ich gehöre nicht zu den Leuten, die ihre Nase in anderer Leute Angelegenheiten stecken, wenn man sie nicht dazu auffordert, aber wenn Sie es wirklich wissen wollen, ich habe gehört, daß er hinter Gittern war. Er hat überall rumerzählt, daß er geschäftlich im Ausland war, aber ich habe eine andere Version gehört, nämlich daß er im Anschluß an einen betrügerischen Bankrott seine Strafe abgesessen hat. Nach dem Tod seiner ersten Frau – das war eine echte Dame, nicht so wie... Guten Abend, Madam.«

Als sich der Maresciallo umdrehte, erblickte er eine kleine, ältere Frau, die dick mit Make-up zugekleistert und sündhaft teuer gekleidet war und einen Miniaturhund an der Leine hinter sich her zog. Ihre Reaktion auf die Begrüßung des Portiers bestand in einem kaum wahrnehmbaren Nicken. Trotzdem sprang er auf, eilte zum Aufzug hinüber und drückte auf den Knopf. Sie stand da und wartete, ohne diesen kleinen Dienst zu würdigen. Als er zurückkam, achselzuckend und ziemlich verschämt, sagte er: »Oberste Etage, die da. Aber was kümmert mich das? Sie gibt mir jeden Monat ein dickes Trinkgeld. Alles nur Getue. Stammt aus einer alten Adelsfamilie, aber das meiste Geld ist futsch. Trotzdem, das können Sie mir glauben, worauf solche Leute nicht verzichten können, ist nicht etwa das

Geld, sondern daß man vor ihnen kriecht. Sie können es nicht ertragen, ignoriert oder wie gewöhnliche Menschen behandelt zu werden. Ich bin ziemlich sicher, daß sie sich das Trinkgeld, das sie mir gibt, im Grunde gar nicht leisten kann, aber notfalls würde sie lieber ohne Essen auskommen, solange sie nur besser behandelt wird als alle anderen Hausbewohner. Sie können sich vorstellen, was sie von Fantechis flittchenhafter Frau hält; die ist für sie Luft.«

»Sie halten wohl nicht viel von den Leuten im Haus?«

»Warum sollte ich? Wenn Sie wüßten, was sich meine Frau gefallen lassen muß. Bindet sich jeden Donnerstagnachmittag eine neckische Schürze um und setzt ein Häubchen auf, um den Freundinnen dieser blöden alten Schachtel Tee und billige Kekse zu servieren; und diese Fantechi muß sie auch noch ertragen, mit ihrem affektierten Getue, als wäre sie eine Gräfin, dabei ist sie ein Niemand. Solche Frauen finden immer einen Dummen, der ihre Rechnungen bezahlt, solange sie gut aussehen, aber die wird sich schon noch umschauen, wenn es damit vorbei ist. Wer gibt sich dann noch mit so einer Person ab?« Das war bestimmt eine Bemerkung aus dem Repertoire seiner Frau. »Zur Zeit streiten sie wie Hund und Katze. Am Abend bevor sie ans Meer gefahren sind, ist es hoch hergegangen. Er hat mit Geschäftsfreunden eine Kneipentour gemacht, und nach Mitternacht sind sie alle hierher gekommen und haben weitergefeiert. Als meine Frau am nächsten Morgen hinaufgegangen ist, lagen in der ganzen Wohnung Teller und Gläser verstreut, und ihre Ladyschaft hat Zeter und Mordio geschrien – sie hat geplärrt, was das Zeug hielt. Und er hat sich alle Mühe gegeben, sich nicht unterkriegen zu lassen.

›Wozu haben wir eine Putzfrau? Soll die sich darum kümmern!‹

›Es ist nicht die Aufgabe von meinem Hausmädchen, hinter deinen abscheulichen Freunden herzuräumen!‹

›Mein Hausmädchen!‹ Und wer bezahlt ihr Hausmädchen? Ganz zu schweigen von den vier Pelzmänteln und der schicken neuen Villa am Meer. Sobald sie einmal nicht kriegt, was sie will, droht sie damit, ihn zu verlassen, und unter uns gesagt, er wäre besser dran… Da kommt er. Das ist er.« Der Portier beugte sich etwas nach vorn, als wollte er ihm etwas zurufen, aber der Maresciallo legte ihm seine schwere Hand auf die Schulter und hinderte ihn daran.

Fantechi durchquerte die Eingangshalle, ohne aufzuschauen. Er trug einen weißen Seidenanzug, der so verknittert war, als hätte er darin geschlafen. Sein graues Haar war gekämmt, aber rasiert hatte er sich noch nicht, und seine Augen wirkten glasig. Er drückte auf den Liftknopf und wartete mit dem Rücken zur Halle, wobei er ungeduldig die Finger spreizte und wieder zusammenballte; seine Schultern wirkten verkrampft.

Der Maresciallo und Di Nuccio tauchten aus der Portiersloge auf.

»Signor Fantechi?«

Da sowohl der Maresciallo als auch Di Nuccio überzeugt gewesen waren, daß Fantechi zum Ausgang rennen würde, wo er bestimmt ein Auto geparkt hatte, waren sie so verblüfft, als dieser zur Treppe rannte, ohne sich auch nur umzusehen, daß sie ihm unfreiwillig einen Vorsprung einräumten. Sobald sie sich von der Überraschung erholt hatten, liefen sie ihm nach; ihre Schritte waren auf dem dicken

Treppenläufer kaum zu hören. Di Nuccio war schneller als der Maresciallo, der bald keuchte, sich aber keine übertriebenen Sorgen machte. Er hielt es für unwahrscheinlich, daß der Mann bewaffnet war, und flüchten konnte er eigentlich nur in seine eigene Wohnung, sofern Di Nuccio ihn nicht vorher einholte. Di Nuccio holte ihn nicht ein. Abgesehen von dem Vorsprung kam Fantechi seine Angst zugute. Als der Maresciallo im dritten Stock ankam, drückte Di Nuccio bereits unnachgiebig auf die Klingel.

Ein Hund begann zu bellen und dann zu heulen. Der Lautstärke nach ein sehr großer Hund. Sie hörten ihn gegen die Tür rennen. Die Klingel schrillte so laut wie ein Feueralarm, aber weder sie noch der heulende Hund vermochte auch nur einen einzigen Hausbewohner ins Treppenhaus herauszulocken, der nachgesehen hätte, was los war. Abgesehen von der alten Dame im obersten Stockwerk war das Haus anscheinend leer. Alle Leute waren in Urlaub. Di Nuccio gab es auf zu klingeln und begann mit der Faust an die Tür zu hämmern. Man hörte in der Wohnung ein Fenster oder eine Glastür zuschlagen und zersplittern, und der Hund raste, noch immer bellend, davon. Die Lifttür ging auf, und zum Vorschein kam der Portier.

»Schließen Sie die Tür auf«, befahl ihm der Maresciallo.

»Ich darf eigentlich...«

»Sie haben die Schlüssel. Sperren Sie auf.« Die Tür wirkte viel zu solide, als daß der Maresciallo hätte versuchen wollen, sie einzurennen.

»Wenn Sie die Verantwortung übernehmen...« Aber er zog seinen Schlüsselbund hervor und ließ die beiden ein.

Der Hund schoß aus der verdunkelten Wohnung, deren Fensterläden geschlossen waren, und sprang den Maresciallo so heftig an, daß er ihn fast umstieß.

»Giulio! Platz, mein Junge! Giulio! Keine Sorge, er kennt mich.«

Der Portier packte das große Tier am Halsband. »Beruhig dich, mein Junge, immer mit der Ruhe. Keine Sorge, ich habe ihn oft gefüttert und bin mit ihm hinausgegangen, wenn niemand da war, deshalb ... Ruhig, Giulio! Braver Hund.«

Aber die beiden Carabinieri gingen bereits auf den Lichtstrahl zu, der die Dunkelheit durchschnitt. Er kam aus einem Schlafzimmer auf der linken Seite des breiten Flurs. Die Verandatür stand offen. Der Boden war mit Glasscherben übersät, und der Musselinvorhang bewegte sich leicht im Lufthauch. Sie traten auf den Balkon hinaus und blickten auf einen Hof hinunter, in dessen Mitte eine Palme stand. Daneben lag Fantechi mit dem Gesicht nach unten auf den Steinplatten, einen Arm unter dem Körper, den anderen ausgestreckt, als wollte er die Leute von seinem zerschmetterten Kopf fernhalten. Aber niemand näherte sich dem leblosen Körper, und die Blutlache um den Kopf breitete sich im abendlichen Licht ungehindert aus.

»Ich rufe einen Krankenwagen«, sagte Di Nuccio.

Der Maresciallo rührte sich nicht von der Stelle. Wenig später lenkte ihn ein leises Klicken ab, und als er aufschaute, bemerkte er am obersten Fenster rechts das weißgepuderte Gesicht der alten Dame. Sie hatte ihren kleinen Hund fest an sich gedrückt, und sobald sie gesehen hatte, was es zu sehen gab, zog sie sich rasch zurück und klappte die Fensterläden zu. Der Maresciallo starrte wieder hinunter. Neben dem Körper tauchte der Portier auf, schaute, nachdem er sich kurz darübergebeugt hatte, nach oben und machte eine Geste, die besagte, daß nichts mehr zu machen war, aber der Maresciallo reagierte nicht. Er starrte hinunter, ohne den Körper auf den Steinplatten wirklich zu sehen. Statt dessen sah er Clementina, nicht wie sie tot dalag, sondern wie sie auf dem Platz tanzte, mit vom Wein und vom Essen gerötetem Gesicht, glücklich am letzten Abend ihres unglücklichen Lebens. Zwischendurch sah er auch Bruno, wie er in sein Büro platzte und die auf Hochglanz polierten Hacken zusammenschlug.

»Zum Kuckuck noch mal, Bruno, mach das nicht hinter meinem Rücken! Sonst bekomme ich noch einen Herzinfarkt!«

»Tut mir leid, Signore.«

»Und nenn mich nicht Signore!«

Dann tauchte ein anderes Bild vor ihm auf, eines, das er noch nie gesehen hatte. Es war eine Frau, die nicht, wie der Mann im Hof, mit dem Gesicht nach unten dalag, sondern auf dem Rücken, und deren eingeölter und gebräunter glatter Körper die letzten Lichtstrahlen auffing, bevor die Sonne am Horizont im Meer versank.

»Ah, Maresciallo! Guten Morgen!«

»Schaut mal, wer da ist!«

»Schöner Tag, nicht wahr?«

»Nett, Sie wiederzusehen, Maresciallo. Was hätten Sie gern?«

Franco stand hinter der Bar. Der Maresciallo hatte keinen solchen Empfang erwartet. Selbst Leute, die er noch nie gesehen hatte, lächelten ihn über ihr Frühstück hinweg an. Vielleicht war die wohltuende Kühle des nebligen Septembermorgens für die fröhliche Stimmung verantwortlich. In der Stadt herrschte wieder geschäftiges Treiben, wie durch ein Uhrwerk in Gang gesetzt, und zu den Geräuschen und Gerüchen in der vollen Bar gesellten sich die des vorbeifließenden Verkehrs. Der Metzger kam herein, dick und lächelnd in seiner weißen Schürze. Er hatte das Geschäft in der Obhut seiner Frau zurückgelassen, während er sich rasch einen Espresso gönnte, und auch er begrüßte den Maresciallo und legte ihm eine große rote Pranke auf die Schulter.

»Ich hoffe, Ihre Frau wird uns nicht ganz untreu werden, jetzt wo die Geschäfte in Ihrem Bezirk wieder geöffnet haben.«

»Das glaube ich nicht. Sie ist gern zum Einkaufen hierher gekommen. Nur hat sie in den letzten Tagen die meiste Zeit im Krankenhaus verbracht.«

»Bei diesem jungen Burschen? Hat er das Bewußtsein wiedererlangt?«

»Noch nicht.« Und heute müßten seine Eltern zurückkommen. Da die Ärzte gemeint hatten, es könnte dem Patienten guttun, wenn jemand mit ihm redete, auch wenn er nicht reagierte, hatte die Frau des Maresciallo viele Stunden an Brunos Bett verbracht. Er wußte, daß sie das gern tat und es als Wohltat empfand, sich nicht mehr so überflüssig vorzukommen, solange die eigenen Kinder nicht zu Hause waren. So hat jede Sache ihr Gutes…

»Sie müssen ihr ausrichten«, sagte der Metzger, »daß wir uns immer freuen, sie zu sehen. Ich mag Kundinnen, die genau wissen, was sie kaufen. Darf ich Sie zu einem Kaffee einladen?«

»Was der Maresciallo trinkt, geht auf meine Rechnung«, unterbrach ihn Franco lächelnd und nickte mit seinem großen Kopf. »Seinen Kaffee zahlt niemand – was halten Sie von einem kleinen Schuß in den Kaffee?«

»Nein, nein«, sagte der Maresciallo, »nur einen Kaffee.«

Als er kam, schmeckte er besser als irgendein Kaffee seit Monaten.

Der Himmel schien höher zu hängen, und das gefilterte Licht schimmerte und war voller Leben. Der Maresciallo konnte wieder besser atmen, und der Verkehr, über den sich alle das ganze Jahr über beklagten, trug zu der fröhlichen Stimmung bei. Bruno mußte einfach gesund werden; es konnte gar nicht anders sein.

»Was zu essen?« schlug Franco vor, der damit beschäftigt war, Toast zu machen.

»Nein, nein. Vielen Dank.«

Er war mit dem Hintergedanken gekommen, Franco einen zarten Wink zu geben, daß man über seine Aktivitäten nach Ladenschluß Bescheid wußte, doch jetzt, wo er hier war, wollte er keinen ungemütlichen Ton anschlagen und damit die Stimmung verderben. Er konnte ja ein andermal wiederkommen. Ob seine Frau nach wie vor hier einkaufen würde, konnte er nicht sagen, aber er selbst würde bestimmt auf einen Espresso bei Franco hereinschauen, sooft er sich in der Gegend aufhielt. Er hatte diese Leute gern, diesen Franco und vor allem seine dicke, seelenruhige Frau.

»Kaum zu glauben«, sagte Franco, »daß Sie herausgefunden haben, daß Clementina bei der Überschwemmung

Mann und Kind verloren hat, wo sie selbst die ganzen Jahre nie darüber gesprochen hat.«

Dem Maresciallo wurde bewußt, daß er von neugierigen, erwartungsvollen Gesichtern umgeben war und was als Gegenleistung für den Espresso von ihm erwartet wurde. Er erzählte, soviel er verantworten konnte, ohne Einzelheiten preiszugeben, die der Geheimhaltung unterlagen, und gab seinen Zuhörern damit das Gefühl, im Bilde zu sein.

»Es war schon beeindruckend«, beendete er seinen Bericht, »zu erfahren, was die Überschwemmung wirklich bedeutet hat. Ich war damals noch unten in Sizilien – natürlich haben wir die Bilder in den Nachrichten gesehen, aber aus der Entfernung berührt einen das nicht so.«

»Seien Sie froh, daß Sie nicht hier waren«, meinte der Metzger lachend. »Obwohl Ihnen da, wo Sie sind, nichts passiert wäre. Der Palazzo Pitti hat noch nie unter Wasser gestanden, weil er ein bißchen höher liegt.«

»Das stimmt«, ließ sich ein winziger, mit Farbe bespritzter Mann vernehmen, »dort haben sie das Brot ausgegeben. Da wären Sie in Sicherheit gewesen.«

»Trotzdem«, sagte der Maresciallo, »finde ich es erstaunlich, wie Sie zurechtgekommen sind.«

»Wir hatten gar keine andere Wahl«, meinte Franco, »und außerdem wäre mehr als eine halbe Million Tonnen Schlamm nötig gewesen, um die Leute hier fertigzumachen.«

»Aber Dino hat es fertiggemacht«, sagte der Metzger, und alle lachten.

»Wer ist Dino?«

»Den haben Sie noch nicht kennengelernt«, erklärte

Franco. »Er hat im August geschlossen. Ihm gehört die Braterei mit dem Schnellimbiß ein Stück die Straße runter auf der linken Seite.«

»Ich habe ihn weder zuvor noch danach je heulen sehen«, sagte der Metzger, »aber an dem Tag, als er diese ganze Rinderlende ausgebuddelt hat, hat er geheult – ein herrliches Stück Fleisch war das, ich hab es ihm selbst verkauft, und bezahlt hatte er es auch schon. Das war mehr, als er verkraften konnte! Er hatte die Lende auf dem Arm wie ein heißgeliebtes Kind. ›Nicht eine einzige Scheibe‹, sagte er immer wieder, während er in Gummistiefeln durch den Schlamm gewatet ist, ›nicht eine einzige Scheibe, dabei ist sie perfekt durchgebraten.‹ Am Ende hat er sie wieder in den Dreck geschleudert, hat die Arme zum Himmel emporgestreckt und zum Allmächtigen hinaufgebrüllt: ›Das werd ich dir nie verzeihen!‹«

Sie kramten noch viele ähnliche Anekdoten hervor, um den Maresciallo zu unterhalten, der die eher traurigen Einzelheiten von Clementinas Geschichte für sich behalten hatte. Schließlich verabschiedete er sich widerstrebend und überließ die Männer ihrem angeregten Frühstück.

Er mußte noch ein paar Besuche machen. Als erstes an diesem Morgen hatte er Linda Rossi aufgesucht, die mehr erstaunt als erfreut war über ihr Glück, dem so viele tragische Ereignisse vorausgegangen waren.

»Dann müssen wir also nicht hier raus? Sind Sie sicher?«

»Ganz sicher. Vorerst passiert gar nichts. Die Steuerfahndung wird ziemlich lange brauchen, um etwas Licht in Fantechis dunkle Machenschaften zu bringen. Danach müssen jede Menge Schulden beglichen werden, und dafür wird sein

Besitz wohl weitgehend, wenn nicht ganz, verkauft werden. Als derzeitige Mieter haben Sie das Vorkaufsrecht, das heißt, wenn Sie es irgendwie einrichten können... Der Preis wird nicht hoch sein, weil der Verkauf bestimmt rasch über die Bühne gehen soll.«

»Vielleicht kann uns meine Mutter unter die Arme greifen... Ich weiß gar nicht, wie ich Ihnen danken soll. Ich hatte ein so schlechtes Gewissen, weil ich Sie mit unseren Problemen behelligt habe, obwohl Sie so viel am Hals hatten. Ich kann nur hoffen, daß Sie uns verzeihen, aber wir waren verzweifelt.«

»Das war ganz richtig. Das gehört zu meinem Job.«

Das hatte er mit einer gewissen Genugtuung gesagt, weil es wirklich zu seinem Job gehörte, und wenn ein gewisser Staatsanwalt das nicht so sah, täte er besser daran, mit der Polizei zusammenzuarbeiten. Die Carabinieri würden ihm nicht nachtrauern. Die Polizei brauchte sich nur um Straftaten zu kümmern und verschwendete keine Zeit auf »anderer Leute kleine Probleme«.

Nicht daß weitere Bemerkungen dieser Art gefallen wären. Der Mann war bei ihrer letzten Begegnung eindeutig zahmer gewesen. Er hatte sich auch nach Bruno erkundigt. Immerhin führte kein Weg daran vorbei, daß der Maresciallo, sofern man ihm gestattet hätte, so vorzugehen, wie die Situation es erforderte, in jener Nacht die Wohnungsschlüssel in der Tasche gehabt hätte. Außerdem mußte dem Staatsanwalt wohl klargeworden sein, daß der Fall nicht abgeschlossen worden wäre und er selbst nicht rechtzeitig in Urlaub hätte fahren können, wenn der Maresciallo den kleinen Problemen anderer Leute nicht so viel Aufmerksamkeit geschenkt hätte. »Ich wünsche ihm viel Glück«, murmelte der Maresciallo, »und hoffen wir, daß er geläutert zurückkommt.« Er ging zu Fuß zum Palazzo Pitti zurück, da sein Auto in der Werkstatt war. Gott sei Dank war September.

Der Rest des Vormittags verging mit Schreibarbeiten im Zusammenhang mit Clementinas Fall und endete mit einem Besuch im Krankenhaus. Wenn Brunos Eltern inzwischen eingetroffen waren, mußte er sich auch dieser Situation stellen.

Als er hinkam, saß seine Frau auf einem Stuhl vor Brunos Zimmer. Das konnte nur eines bedeuten.

»Sind sie da?«

»Geh hinein. Sie warten auf dich.« Warum sah sie ihn so merkwürdig an? Hatten sie schon etwas gesagt? Er fragte sich, ob es nicht besser wäre zu warten, bis sie herauskamen. Irgendwie erschien es ihm nicht angemessen, mit ihnen zu reden, während ihr Sohn danebenlag. Aber seine Frau sagte noch einmal: »Geh hinein.«

Er machte die Tür auf.

Drei Augenpaare richteten sich auf ihn, so daß er wie angewurzelt auf der Schwelle stehenblieb. Rechts und links vom Bett saßen ein Mann und eine Frau, und dazwischen saß Bruno, kerzengerade, und grinste.

»Maresciallo!«

Mit ausgestreckter Hand ging er langsam auf ihn zu.

»So, das habe ich beschlossen«, verkündete Bruno nach einer Viertelstunde, in der es unmöglich gewesen wäre, ein Wort einzuwerfen. Selbst jetzt wurde der Maresciallo nicht mehr los als: »Na dann…«

»Zuerst werde ich nach Rom geschickt, nicht wahr?«

»Ich...«

»Sie können mir bestimmt ein Empfehlungsschreiben mitgeben. Ich möchte zu gern wissen, was die dort von dieser Schramme halten. Ich komme einfach zu keinem Ergebnis, ob sie gegen mich spricht oder ob man mir eine Medaille verleiht. Was meinen Sie?«

»Ich...«

»Ich hätte nichts gegen eine Medaille. Jedenfalls habe ich heute den ganzen Vormittag darüber nachgedacht, während sie mir Blut abgenommen und mich untersucht und mir erklärt haben, ich sei ein Phänomen, und ich meinen Entschluß gefaßt habe. Ich gehe nicht auf die Universität. Sobald ich wieder auf den Beinen bin, bewerbe ich mich um eine Stelle als Offizier!«

Beide Eltern schauten den Maresciallo hilfesuchend an, aber Bruno hatte ihn, wie üblich, sprachlos gemacht.

Der nächste Besuch des Maresciallo war sein letzter an diesem Tag. Der letzte, der mit diesem Fall zu tun hatte. Der Rest war noch mehr Schreibkram.

»Und wie ich das alles schaffen soll, weiß ich nicht...«
Der Beifahrer, der neben ihm im Mannschaftswagen saß, gab keine Antwort. Er nahm ziemlich viel Platz ein, störte aber nicht weiter, da er kerzengerade dasaß und durch die Windschutzscheibe den Verkehr und die untergehende Sonne betrachtete. Sie bogen in die Einfahrt von San Salvi ein und folgten den Schildern zum Verwaltungsgebäude.

»Raus mit dir«, sagte der Maresciallo, »wir sind da.«

Mannucci schien sich zu freuen, den Maresciallo wiederzusehen, und schob zur Begrüßung einen Stapel alter Akten beiseite. Er warf einen fragenden Blick auf den Begleiter des Maresciallo, verkniff sich aber jeden Kommentar.

»Setzen Sie sich und erzählen Sie mir alles.«

»Da gibt es nicht viel zu erzählen, was Sie nicht schon in der Zeitung gelesen haben. Allerdings muß ich gestehen, daß es mich ein bißchen überrascht hat...« Verlegen ließ er den Satz in der Luft hängen.

»Weshalb überrascht?«

»Na ja, vermutlich hätte ich selbst darauf kommen müssen, aber es hat mich überrascht, daß Sie in Anbetracht der Daten nicht auf die Idee gekommen sind, daß die Überschwemmung der Grund sein könnte, warum Clementina hier gelandet ist. Immerhin sind Sie der Experte...«

»Das stimmt, ich bin der Experte. Ich war damals nicht hier, Maresciallo, aber ich habe sämtliche Unterlagen über diesen Zeitraum, falls Sie sie einsehen wollen. Wir hatten nie weniger Neuzugänge als in der Zeit nach der Überschwemmung. Das glauben Sie mir nicht? Ich kann es Ihnen zeigen.«

»Nein, nein, wenn Sie das sagen...«

»Das ist so, und ich sage auch, daß Clementina psychisch bereits ziemlich instabil gewesen sein muß, um so zu reagieren, obwohl ich das nicht beweisen kann; es ist nur eine Vermutung.«

»Sie haben recht«, sagte der Maresciallo. »Zufällig weiß ich, daß es so war.«

»Es gibt nichts Wirkungsvolleres als äußere Katastrophen, um Menschen wieder zur Besinnung zu bringen. Früher hat hier ein Arzt gearbeitet, der immer sagte: ›Setz irgendeinen dieser Patienten mitten in der Wüste oder im Dschungel aus und überlaß ihn seinem Schicksal, und er kommt im Handumdrehen zur Besinnung und fängt an zu kämpfen, um zu überleben.‹ Natürlich sprach er von Kurzzeitpatienten, nicht von Leuten, wie sie jetzt noch hier sind. Nein, es wäre mir nie in den Sinn gekommen, Clementinas Zustand mit der Überschwemmung in Verbindung zu bringen, nachdem jemand so freundlich war, die Unterlagen zu entfernen. Ich hätte denken sollen, daß sie auch Rechte hatte – aber da ich nicht wußte, daß Geld in nennenswertem Umfang im Spiel war … Wie es sich anhört, muß die Schwester ganz schön dumm gewesen sein, daß sie ihrem Mann so vertraut hat.«

»Ich weiß nicht recht. Irgendwie glaube ich, daß er eher schwach war als böse. Er hat Clementina nichts zuleide getan, bis sich seine neue Frau eingemischt hat. Die ist ein harter Brocken.«

»Dann haben Sie mit ihr gesprochen? In der Zeitung stand, sie hätte sich aus dem Staub gemacht.«

»Hat sie auch. Und deshalb habe ich meinen Freund abgeholt …« Er blickte mit großen Augen zu seinem Begleiter hinunter, der neben ihm auf dem Boden hockte und seine ebenso großen Augen vom Maresciallo zu Mannucci und wieder zurück wandern ließ. »Das ist der Grund meines Besuchs, ich wollte ihn herbringen.«

Mannucci lachte und schaute ihn ungläubig an. »Für meine Begriffe sieht er recht gesund aus – und selbst wenn nicht, wir nehmen keine neuen Patienten auf.«

»Den da schon.«

»Das meinen Sie doch nicht ernst?«

»Ich habe selten etwas so ernst gemeint. Er heißt Giulio, und bevor Sie jetzt etwas sagen, überlegen Sie lieber, wie sich die Presse darauf stürzen wird. Sie haben gesagt, die hätten Ihnen nie viel Aufmerksamkeit geschenkt, und das wird sich auch nie ändern, wenn Sie nicht anfangen, so zu denken wie die Journalisten. Sonst werden Sie die nie dazu bringen, sich für die armen Geschöpfe zu interessieren, um die Sie sich hier kümmern.«

»Aber…«

»Giulio hat soeben den Selbstmord seines Herrchens miterlebt und ist von seinem Frauchen im Stich gelassen worden. Sein Herrchen war verantwortlich für den Mord an einer ehemaligen Patientin, und, kaum zu glauben, durch Zufall ist Giulio hier aufgetaucht. Können Sie sich die Schlagzeilen vorstellen? ›Hund bittet um Aysl‹. Da haben Sie Mord, Selbstmord, einen Geldskandal und eine rührselige Hundegeschichte. Und dazu kommt, daß Giulio kein Patient ist, sondern hier arbeitet, also kann ich nur hoffen, daß Sie die Zahlen, die ihren Personalmangel dokumentieren, parat haben.«

»Und ob ich die parat habe. Das ist kein Problem, aber…«

»Kommen Sie lieber mit.«

Die Sonne stand ziemlich tief. Die Baumkronen zeichneten sich bereits dunkel gegen den Himmel ab, während auf dem Rasen noch rötlich goldenes Licht lag und sich Angelos nackte Zehen unter der zu kurzen Hose im warmen Gras einrollten. Sein Kopf lag auf den Knien, mit dem Gesicht zur Seite, so daß er zu den beiden Männern hinaufschauen konnte; seine Augen glänzten vor Freude.

Giulio strich an der Bank entlang und legte seinen großen Kopf darauf, um Angelos Gesicht abzulecken.

»Sie können ihn ruhig streicheln«, schlug der Maresciallo vor.

»Darf ich? Darf ich ihn streicheln?« Angelo richtete sich unsicher auf, beugte sich dann wieder vornüber und vergrub sein Gesicht. Dann setzte er sich kerzengerade auf und schlang seine Arme um den riesigen Hund, ohne ihn anzusehen. Giulio drückte sich sofort glücklich hechelnd an ihn.

Angelo schaute den Maresciallo noch immer mit glänzenden Augen an.

»Setzt er sich zu mir? Setzt er sich...«

»Ja. Er wird Ihnen immer Gesellschaft leisten, wenn Sie ihm was zu fressen geben. Denken Sie auch bestimmt daran, ihn zu füttern? Wir sagen der Schwester Bescheid, daß sie Ihnen was zu fressen für ihn gibt, aber füttern müssen Sie ihn selber. Sie können auch mit ihm spazierengehen. Ich lasse Ihnen die Leine da.«

»Ich ... ich ... ich möchte nur, daß er sich zu mir setzt, nur hersetzen – hat er Angst?«

»Nein, nein. Das ist ein großer Hund. Der hat vor gar nichts Angst.«

»Er hat keine Angst.«

Der Hund legte seine schwere Pfote auf Angelos Knie.

»Schauen Sie! Schauen Sie... er...«

Angelo fand keine Worte mehr. Der Maresciallo befürchtete, er würde gleich zu weinen anfangen, so glänzten seine Augen. Er wandte sich um und ging zu Mannucci hinüber, der im langen Schatten einer Zypresse stand und auf ihn wartete.

Bitte beachten Sie
auch die folgenden Seiten

Magdalen Nabb
im Diogenes Verlag

Magdalen Nabb wurde 1947 in Church, einem Dorf in Lancashire, England, geboren. Sie studierte an der Kunsthochschule in Manchester und begann dort zu schreiben. Seit 1975 lebte und arbeitete sie als Journalistin und Schriftstellerin in Florenz. Ihre Guarnaccia-Krimis machten sie berühmt, doch sie schrieb auch sehr erfolgreich für Kinder und Jugendliche. Magdalen Nabb starb 2007 in Florenz.

»Wie man Italophilie, Krimi und psychologisches Einfühlungsvermögen zwischen zwei Buchdeckel bekommt, ist bei der Engländerin Magdalen Nabb nachzulesen. Die Reihe um einen einfachen, klugen sizilianischen Wachtmeister, der seinen Dienst in Florenz versieht, ist ein Kleinod der Krimikultur.«
Alex Coutts/Ultimo, Bielefeld

»Magdalen Nabb hat mit der Figur des Maresciallo Guarnaccia den Typ eines antiintellektuellen Polizisten geschaffen, dessen Verwirrung angesichts menschlicher Abgründe immer glaubwürdig und nie sentimental ist.«
Ulla Lessmann/Emma, Köln

»Magdalen Nabb erzählt mit einer beeindruckenden, unaufgeregten Intensität, sie fängt das Leben in der Stadt im Spiegel eines rapiden sozialen Wandels ein und liefert herrliche Psychogramme. Unter ihnen ist der Maresciallo der ungekrönte König.«
Peter Münder/Hamburger Abendblatt

Die Fälle für Guarnaccia:

Tod eines Engländers
Roman. Aus dem Englischen von Matthias Fienbork

Tod eines Holländers
Roman. Deutsch von Matthias Fienbork

Barbara Vine
im Diogenes Verlag

Barbara Vine (i.e. Ruth Rendell) wurde 1930 in London geboren, wo sie auch lebte. Sie arbeitete als Reporterin und Redakteurin für verschiedene Magazine. Seit 1965 schrieb sie Romane und Stories, die verschiedentlich ausgezeichnet wurden. Barbara Vine starb am 2. Mai 2015.

»Wenn Ruth Rendell zu Barbara Vine wird, verwandelt sich die britische Thriller-Autorin in eine der besten psychologischen Schriftstellerinnen der Gegenwart.« *Süddeutsche Zeitung, München*

Die im Dunkeln sieht man doch

Es scheint die Sonne noch so schön

Das Haus der Stufen

Schwefelhochzeit

Königliche Krankheit

Aus der Welt

Das Geburtstagsgeschenk

Kindes Kind

Alle Romane aus dem Englischen
von Renate Orth-Guttmann

Folgende Romane sind zurzeit
ausschließlich als eBook erhältlich:

Liebesbeweise

König Salomons Teppich

Astas Tagebuch

Keine Nacht dir zu lang

Der schwarze Falter

Heuschrecken